KB268724

你在哪里

니자이나리,
찾지 않는 이름들

전효원 장편소설

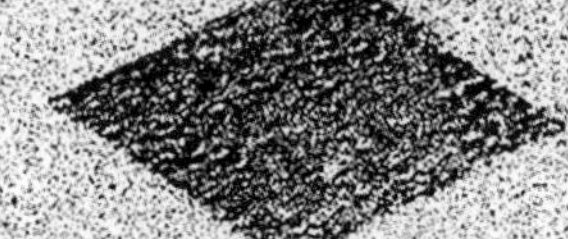

차례

차가운 죽음

실낱같은 의식이 돌아왔을 때 여자는 지독한 한기를 느꼈다. 겨울이면 온 세상이 꽁꽁 얼어붙는 한파가 예삿일인 고향에 돌아온 기분이었다. 잠깐이나마 집에 돌아왔나 싶었지만 그럴 리는 없었다. 몇 차례의 심호흡 끝에 여자는 깨질 듯한 두통과 어지럼증에서 조금씩 빠져나오기 시작했다. 고향을 떠난 지 3년째였다. 여자가 있는 곳은 연일 사상 최고 기온을 갱신하는 폭염으로 불타는 한여름의 한국이었다.

왜 이리 춥지. 왜 눈이 안 떠지지. 나는 왜 꼼짝도 할 수 없는 걸까.

여자는 무슨 일이 있었는지 드문드문 끊긴 기억을 더듬었다.

남자의 끈적한 시선은 그러려니 하고 넘겼다. 어떤

때는 실수로, 어떨 때는 칭찬과 격려의 의미로, 또 어떨 때는 가벼운 꾸지람 삼아 자기의 몸을 스치듯 어루만지거나 쓰다듬고 혹은 꼬집거나 토닥이는 남자의 손길에 큰 의미를 부여하지 않았다. 알면서도 모른 척했다는 편이 맞았다. 문제를 일으키고 싶지 않았기 때문이다. 정작 문제를 일으키는 사람은 따로 있지만, 피해 사실을 호소하는 피해자가 손가락질받고 배척당하는 사회였기 때문이다.

남자는 여자의 억압된 침묵을 허락이라고 자의적으로 해석했다. 여자는 자신이 잘못한 걸까 생각해보았지만 그건 아니었다. 남자는 처음부터 허락 따위를 구할 생각이 없었다. 그런 건 자기와 비슷한 계급에서나 필요한 거라고 믿었으니까. 그는 여자를 쥐와 바퀴벌레가 자유로이 드나드는 골방도 감지덕지하는 형편의 하층민이라 여겼다.

덜덜거리는 선풍기만으로 견디기 힘든 열대야가 이어지던 밤이었다. 잠을 못 이루던 여자는 타일도 없는 시멘트 마감의 욕실에서 샤워하고 방으로 돌아와 누워 있었다. 머리를 말리기도 귀찮아서 대충 털기만 한 다음 수건으로 둘렀다. 핸드폰으로 드라마라도 볼까 싶었지만,

액정 화면이 방의 온도를 미세하게라도 더 올릴 것이 걱정될 정도로 무더운 날이었다.

그때 노크도 없이 방문이 벌컥 열렸다.

"덥지? 어떻게, 지낼 만하냐?"

새삼 그게 궁금해서 야밤에 찾아온 건 아닐 터였다. 여자가 홑이불을 당겨 속옷 차림의 다리를 가리고 머리의 수건을 풀어 목에 걸쳤다. 얇은 흰색 티셔츠만 입은 상체를 덮으려는 의도였다.

여자의 자연스러운 방어 행동이 남자의 성질을 자극했다. 남자가 인상을 확 구기며 이를 드러냈다.

"뭐야, 이씨… 걱정돼서 와봤더니 감히 누굴 범죄자 취급이야?"

암흑의 추위 속에 점점 감각이 마비되는 것을 느끼며 여자가 자문했다. 그때 내 행동이 잘못이었을까? 여러 번 생각해도 답은 같았다. 아니, 내 잘못이 아니었어. 그냥 그대로 있었더라면 허락이라고 받아들였거나, 심지어는 그를 유혹했다는 누명을 씌웠을 것이 틀림없었다. 여자는 오히려 그동안 좀 더 단호하게 거절하지 못한 게 후회되었다. 하지만 그것도 여자의 잘못이라고 할 순 없었다. 나쁜 짓을 한 놈이 잘못이지, 피하지 못한 걸 탓

할 순 없지 않은가.

여자의 몸이 잔뜩 웅크린 채 점점 굳어갔다. 상하좌우 어느 방향으로도 꼼짝할 수 없었다. 손톱으로 눌러 확인한 감촉으로는 종이 상자 안에 갇힌 듯했다. 허리를 펴보기도 하고 팔꿈치를 밀어보기도 했지만, 가로막힌 종이 벽은 꿈쩍도 하지 않았다. 박스 테이프로 꽁꽁 싸맨 것만 아니라 위에도 옆에도 상자들을 쌓은 모양이었다. 지독한 냉기에 온몸의 피부가 타는 듯이 뜨거웠다. 세포들이 점점 얼어가고 있었다.

그동안 여자는 여러 차례 피해 사실을 알리려 했지만 제대로 들어주는 이가 없었다. 오해다, 지나치게 예민하다, 그럴 분이 아니다. 요란한 소음으로 가득한 공간에서 작은 상자 안에 구겨진 꼴인 지금은 아무리 고함쳐도 그 누구의 귀에도 들어가지 않을 것이었다. 피와 기름과 고깃덩이가 넘치는 장소이니 죽음의 냄새가 유별나게 관심을 끌 이유도 없었다.

"챙겨줘도 고마운 줄을 모르고 착한 사람을 자꾸 나쁜 놈 취급하지, 어? 이런 식으로 나오면 나도 별수 없어. 네가 원하는 대로 나쁜 놈 돼줄게. 네가 자초한 거다. 알지?"

여자가 어떻게 반응하든 남자는 여자 탓을 하며 자

기 행동을 정당화할 것이었다. 고분고분하게 굴었다면 이렇게 상자에 갇혀 얼어 죽는 꼴은 면할 수 있었을지도 모른다. 남자는 평소 '감히'라는 말을 자주 했다. 감히, 네 까짓 게, 주제도 모르고! 조금이라도 토를 달면 그의 권위에 대한 도전으로 받아들였다. 그러니 몸을 더듬는 손을 뿌리치고 달라붙는 몸을 밀어내려 다리를 마구 휘둘러대는 여자의 반항에 남자는 꼭지가 단단히 돌아간 모양이었다.

여자는 화가 났다. 그에게 농락당한 여자가 한둘이 아니었고, 죽어가는 자신 같은 피해자가 더 있을 수도 있었다. 자기가 살아남는 건 글러 보였지만 더 이상의 피해자가 생기지 않도록 남자를 막을 방법이 없을지 고민했다. 손가락 끝에 닿은 팔이 차갑게 서걱거렸다. 손톱으로 팔을 깊게 긁어 상처를 냈지만 통증은 느껴지지 않았다.

부응옥란이라는 여자

의심의 여지가 없었다.

전북 김제시 금선면에서 '최씨네 누룽지'를 운영하는 김영순이 자신의 환갑잔치를 준비한 일요일이었다. 11시에서 3시까지 읍내에 하나뿐인 뷔페식당을 통으로 빌려 친지와 지인 들에게 점심을 대접하기로 했다. 축의금은 정중히 사양하겠노라 초대 문자에 명시했지만, 굳이 봉투를 가져오면 손을 부끄럽게 만들 수는 없는 노릇이었다.

참석자 중에는 김영순의 조카인 김유정도 있었다. 연락처에 저장된 사람들에게 단체 문자를 보내다 보니 평소 왕래가 거의 없던 김영순의 오빠에게까지 연락이

간 모양이었다. 이 경우 축의금만 보낸다고 해도 도리를 충분히 다했다고 볼 수 있지만 오빠가 이 먼 곳에 굳이 딸내미를 보낸 것이었다. 김영순은 혹시 조카가 곧 결혼할 때가 되었나 싶었다.

"그리서, 유정이, 애인은 있냐?"

조수석에 앉은 김영순의 물음에서 소주 냄새가 풍겼다.

잔치가 시작되자마자 축하주를 몇 잔 연거푸 마신 그녀는 한껏 차려입은 투피스 스커트의 매무새를 확인하다가 손가락이 허전하다는 사실을 깨달았다. 깜빡하고 반지를 안 끼고 나온 것이다. 작년에 큰맘 먹고 산 큼지막한 다이아몬드가 박힌 반지였다. 늘 서랍 안에만 처박혀 있어서 오늘 같은 날이 아니면 낄 일도 없었다. 잔치는 이제 시작이니 후딱 다녀오면 될 터였다. 그래서 서울에서 온 조카의 새하얀 외제 차를 타고 집으로 돌아가는 중이었다.

"가만있자. 니가 우리 도경이보다 한 살 많던가? 시방 스물셋이냐?"

"예, 고모."

"아따, 너 유치원 댕길 때 봤었는디 언제 이렇게 이쁘게 커서 숙녀가 돼부렀다이. 하기사 내 아들만 나이 먹었겄냐.”

“그러고 보니 도경이는 안 보이네요? 어차피 못 알아보겠지만.”

“가 군대 갔잖여. 해병대. 휴가 나왔다가 그끄저께 들어갔어. 오늘 보고 갔음 을매나 좋냐. 그거 날짜 하나 못 맞추고.”

김영순이 짧은 한숨을 내쉬었다.

“아유, 아쉬우시겠어요.”

“별수 없지. 나라는 지켜얀게. 그리서, 애인은 있다고?”

도대체가 친척이라는 사람들은 질문에 답을 듣지 않고 넘기는 법이 없었다.

“애인은 없어요.”

“애인은 없다?”

김영순의 입꼬리가 씰룩이며 올라갔다. 김유정은 운전대를 잡고 전방을 주시했지만, 고모의 눈빛에 오른 뺨이 따가웠다. 계속 무시하고 싶었지만 김영순은 옆구리를 쿡 찌르기까지 했다.

“좋아하는 사람은 있어요.”

“자고로 남자는 외모도 중요헌디 뭣보담도 성실히야 헌다이. 니 고모부처럼 한량 끼 있는 놈팽이를 만나믄

안 된다 이 말이여. 내 말 알아듣지?”

“예, 엄청 성실한 사람이에요.”

“그려? 근디 인물은 별론갑다이?”

“아니거든요!”

김유정이 발끈하자 김영순이 요란하게 깔깔대며 웃음을 터트리고는 어깨를 툭 쳤다.

그러는 동안 차는 김영순의 공장을 지났다. 옥상에는 호남 고속도로를 지나는 차들이 볼 수 있도록 커다랗게 ‘최씨네 누룽지’ ‘국산 쌀 100%’ ‘전국 택배 가능’ 등의 문구가 적힌 광고판이 세워져 있었다. 하얀 바탕에 굵은 고딕체의 광고판은 미감 따위는 전혀 고려하지 않고 오직 정보 전달만을 목표로 한 듯했다.

장수에서 김제로 시집와 농사일만 하던 김영순은 동네 이장을 맡으면서 사회생활을 맛보고 조금씩 인맥을 넓히더니, 김제시와 농협의 지원을 끌어다 누룽지 공장을 설립했다. 점차 늘어나던 매출이 안정권에 접어들어 5년 만에 대출금을 다 갚았고, 직원들도 이주 노동자를 포함해서 열다섯 명이나 됐다. 공장이 보일 때마다 김영순이 자랑스러워하는 게 당연했다. 차가 좁은 동네 도로를 달려 녹색 철제 대문을 지나, 자갈이 깔린 마당에 멈출 때까지도 김영순의 얼굴엔 흐뭇한 표정이 이어졌다.

"후딱 댕겨올랑게 쫌만 기다려라이."

김영순은 시동을 끌 필요조차 없다는 듯이 손사래를 치고는 조수석 문도 열어둔 채 잰걸음으로 현관에 도착했다. 서둘러 도어록 비밀번호 숫자 여덟 개를 입력하고 문을 열었는데 뜻밖의 인물이 거실 중앙에 서 있었다.

아들은 군에 복귀했고, 남편은 잔치에 온 낚시 친구들과 일찍부터 거나하게 술판을 벌이고 있었다. 김영순도 미용실에 들르느라 두어 시간 전부터 집은 비어 있었다. 사람이 없어야 했다. 더구나 단 한 번도 집에 들인 적 없는 몽골 출신의 직원 체체크가 거실에 있다니 헛것이 보이나 싶었다.

"사, 사장님?"

김영순이 받은 서류상의 나이는 스물이 넘었지만 소녀같이 앳된 외모의 체체크가 창백한 낯으로 말을 더듬었다.

"야, 니가 여서 뭐 허냐? 어떻게 들어왔어?"

체체크는 흔들리는 눈으로 뒷걸음질 치며 손을 등 뒤로 감추었다.

"일로 와봐. 암도 없는 빈집에 어떻게 들왔냥게?"

김영순의 언성이 높아졌다. 체체크는 여전히 대답 없이 흰 양말을 신은 발을 연신 뒤로 밀며 몸을 옹송그렸

다. 그때 활짝 열려 있는 안방 문이 김영순의 눈에 들어왔
다. 방 안의 화장대 서랍들과 장식장 문이 아무렇게나 열
려 있었다. 그러고 보니 거실도 여기저기 손을 댄 듯 어수
선했다.

"이게 다 뭐여? 이것이 꿀을 먹었나. 카만히 있지만
말고 뭐라고 말을 혀!"

김영순이 체체크의 팔을 거칠게 붙들었다. 가녀린
팔이 저항 없이 끌려오자, 김영순은 고사리처럼 쥐고 있
던 주먹을 후벼 파듯 펼쳤다.

"오메, 이년 봐라."

커다란 다이아몬드가 화려한 빛을 발했다. 항상 서
랍에 깊숙이 보관하다가 오늘처럼 특별한 날에만 꺼내
는 바로 그 반지가 체체크의 손에 들려 있었다. 어찌나 꼭
쥐고 있었던지 반지 모양대로 자국이 손바닥에 빨갛게
찍혀 있을 정도였다. 김영순이 반지를 빼앗자 체체크가
무릎을 꿇고 양손을 비볐다.

"죄송해요, 사장님. 죄송해요."

김영순은 실크 블라우스에 반지를 문질러 닦았다.
후후 입김을 불며 이물질이 묻거나 흠집이 나진 않았는
지 살피고는 왼손 약지에 끼웠다. 차에서 기다리던 김유
정이 예상보다 시간이 오래 걸린다는 생각에 현관으로

들어섰을 때, 김영순은 체체크의 머리끄덩이를 움켜쥐
었다.

·

거여 마을에 사는 부응옥란은 10시쯤 고구마를 하나 먹
은 탓에 점심때가 다 되도록 허기가 들지 않았다. 딸 나래
도 찐 고구마를 좋아했건만 젤리에 한번 맛을 들인 후로
는 식감을 운운하며 더 이상 먹으려 하지 않았다. 말랭이
로 만들어주면 먹겠다고 우기는데, 고구마를 찌고 껍질
벗겨서 자르고 펼친 다음 건조하는 게 손이 얼마나 가는
지 몰라서 하는 소리였다. 게다가 일하랴, 살림하랴, 몸
이 두 개라도 모자란 엄마한테 곱게 간 설탕 가루까지 뿌
려달라니. 아홉 살짜리 헛똑똑이는 종종 말이 안 되는 소
릴 했다.

　부응옥란의 시모는 고구마에 늘 동치미를 곁들이길
요구했는데, 입으로 들어가는 것보다 옷이나 담요에 흘
리는 게 더 많았다. 진득한 호박고구마가 묻은 주름투성
이 손을 아무 데나 문지르며 같은 질문을 하곤 했다.

　"거시기, 베트남에도 고구마가 있능가?"

　"있어요, 어머니. 웬만한 나라엔 다 있어."

18

"그려."

그러다 문득 빤히 쳐다보며 묻기도 했다.

"근디 누구여?"

"응 옥란이잖아. 어머니 며느리."

"메느리…? 아아, 맞네이."

시모는 바닥에 펼쳐진 많은 패 중에 무늬가 맞는 화투짝을 찾아낸 것처럼 반색하며 고개를 끄덕였다. 아직은 괜찮은 수준이었지만 시모의 머릿속에는 조금씩 안개가 차오르고 있었다. 그나마 다행이라면 8년 전에 죽은 아들을 찾으며 울고불고하는 일이 많이 줄었다는 점이다. 조만간 '서방 잡아먹은 년'이라는 타이틀도 떼어낼 수 있을 것이었다.

나래는 방바닥에 엎드린 채로 골똘히 스케치북의 그림을 보는 중이었다. 아이는 손이 가는 대로 크레용을 골라 사건 현장이라며 이런저런 표시를 해두고는 단서들을 짜 맞추는 이상한 취미가 있었다. 평소 엄마가 수사물 드라마에 푹 빠져 있을 때 곁에 앉아 함께 시청하고, 곤란한 일을 겪는 사람들과의 상담 내용을 엿듣기도 한 탓이었다.

"으흠, 누구 짓일까아?"

"이번엔 무슨 사건인데 그래?"

입을 삐죽이는 나래의 자못 심각한 표정에 부응옥
란이 웃음을 참으며 물었다.

"연쇄 젤리 도난 사건. 녹색 젤리만 훔치는 녀석이
있어."

"손가락에서 청포도 향이 나는 친구를 찾아보렴."

"훈수는 사양할게."

얘가 누굴 닮아서 이러는지 원. 단호하게 손바닥을 내
미는 나래를 보며 부응옥란은 기가 찼지만 티를 내지 않으
려 노력했다. 그러고는 딸의 단어 선택이며 말투가 모두
저를 닮았다는 걸 부인하듯 고개를 절레절레 저었다.

"정나래, 배 안 고파? 점심 먹을래?"

"뭐 할 건데?"

"음… 무랑 시래기 넣고 갈치 달달 조려줄까?"

"어린이 입맛은 전혀 고려하지 않은 메뉴 선택이네."

"이럴 때만 어린이 행세하더라."

"엄마도 불리할 때만 외국인인 척하잖아. 한국 국적
딴 지 오래면서."

나래가 혀를 날름 내밀었다. 자식 이기는 부모 없다
더니 그 말이 이런 뜻이었나. 말발로는 당해낼 도리가 없
었다. 눈을 흘기던 부응옥란은 문득 밖에서 인기척을 느
꼈다.

"녹란 씨, 계셨네."

마루에 검은 비닐봉지를 내려놓는 넉넉한 체구의 중년 여성은 금선 파출소장 강경희였다. 그녀는 위아래로 부응옥란의 집과 바로 붙어 있던 구옥을 완전히 철거하고 커다란 상자처럼 네모반듯한 주택을 지어 살고 있었다. 응옥의 현지 발음이 실제론 '녹'에 가깝다며 강 소장은 그녀를 녹란 씨라고 불렀다. 얼마 전까지만 해도 여느 사람들과 마찬가지로 부응옥란을 껄끄럽게 생각했으나 조금씩 가까워지는 중이었다.

부응옥란을 부담스러워하는 사람들이 대는 이유는 다양했다.

첫째, 살짝 어두운 피부에 이목구비는 이국적인데 이를 감싼 전형적인 아줌마 파마, 그리고 꽃무늬 위주의 화려한 시골 스타일 의상. 무엇 하나도 으레 그런 것처럼 어울리는 게 없었다.

둘째, 눈을 감고 들으면 외국 출신이라는 사실을 전혀 알아채지 못할 정도로 유창한 한국어 실력으로도 모자라, 전라도 사투리를 쓰는 마을 사람들과 10년 넘게 부대끼며 살아도 바뀌지 않는 서울깍쟁이 말투. 참고로 서울 말씨는 드라마 속 송혜교에게 배웠다고 했다.

셋째, 스물다섯 어린 나이에 머나먼 한국 농촌으로

시집와서 2년 만에 남편을 잃고도 구박만 하는 시모를 모시며 딸을 키우는 억척스러움.

"강 소장님, 어쩐 일로?"

부응옥란이 커다란 눈을 반짝였다.

경찰들이 그녀를 불편해하는 이유도 있었다. 지역에서 발생하는 크고 작은 사건에 결혼 이주민이나 이주 노동자가 조금이라도 관련되어 있으면 커다란 눈에 불을 켜고 달려들었기 때문이다. 그들이 조금이라도 불합리한 대우를 받는다 싶으면 길길이 날뛰고 온갖 곳을 헤집었다. 범죄물 마니아라더니 경찰들이 현장에서 쓰는 속어나 법률 용어까지 자유자재로 구사하며 수사에 참견했다. 부응옥란이 나서면 증인이나 용의자가 입을 다물었고, 수사는 지연되기 일쑤였다.

하지만 계속 겪다 보니 부응옥란의 방식이 옳다는 사실을 강 소장도 깨닫게 되었다. 거슬리지만 마땅히 반박하지 못해서 어쩔 수 없이 받아들이는 게 아니라, 마음 깊이 이해하고 동의한다는 뜻이었다. 짜증 부리는 동료 경찰들을 오히려 나무라기도 했다. 실제로 부응옥란의 도움으로 진상을 제대로 밝혀 사건을 해결하는 일도 종종 있었다. 부응옥란의 진심 어린 오지랖에 영향을 받아 강 소장도 이주민과 소수자의 입장에서 사건을 살펴보는 방식에 익숙해지는 중이었다.

"이거요."

강 소장이 비닐봉지를 내밀었다.

"뭔데요?"

"저짝 은봉리에서 누룽지 공장 하는 아지매 안 있으요? 김영순 사장이라고."

"알아요."

"그 양반이 오늘 환갑이라고 읍내에서 잔치를 허는가 벼요. 요즘 시상에 누가 환갑을 챙긴다고. 암튼 떡을 한 상자 파출소에도 보냈드라고요. 잠깐 집에 들르는 김에 이 집 어르신 것 좀 챙깄어요."

"난 또 별거나 되는 줄 알았네."

"아이가? 어르신 팥시루떡 좋아허시잖어요."

부응옥란이 콧방귀를 뀌자 강 소장이 발끈했다.

"예, 예, 고마워요. 고마워."

건성으로 하는 인사에 기가 막혀 콧구멍을 넓히고 숨을 들이마시며 강 소장이 말을 쏟아내려던 찰나, 핸드폰 소리가 울렸다. "잘살고 못사는 건 타고난 팔자지만…."

"벨소리 좀 바꾸라니까."

"좋기만 헌디 왜 근대요? 어, 박 순경아, 얘기혀."

강 소장이 툴툴거리고는 전화를 받았다. 사건에 관
련된 통화인 듯 눈썹을 꿈틀거리며 상대의 얘기를 듣더
니 대답했다.

“알었어. 여기서 가까운게 내가 가보께. 어, 아녀. 필
요하믄 연락허마. 일들 봐라.”

전화를 끊은 강 소장이 부응옥란을 흘깃 쳐다봤다.
떡이 든 비닐봉지를 집어 들려던 부응옥란이 그녀와 눈
이 마주쳤다.

“왜요?”

강 소장은 잠깐 머뭇거리다 어차피 알게 될 일이라
는 얼굴로 입을 열었다.

“아까 얘기 나온 김영순 사장이 신고를 혔다네요. 빈
집에 도둑이 들어서 다이아 반지를 훔쳐 갈라고 하는 거
를 현장에서 붙잡었다는고만요. 근디….”

강 소장이 말끝을 흐리며 부응옥란의 눈치를 살피
고는 말을 이었다.

“그 빈집 털이가 누룽지 공장에서 일허는 이주 노동
자대요. 현행범잉게 특별헌 사항은 없을 거인디, 그래도
현장에 함께 가실라요?”

입 아프게 뭘 물어요. 사실 부응옥란이 소리 내어 대
답하진 않았는데 강 소장은 그렇게 들은 기분이었다. 꽃

무늬 스웨터 카디건을 걸치고 운동화에 발을 넣는 행동이 달리 무슨 뜻이겠나. 오히려 이주민 관련 사건에 저 사람이 안 따라나섰다면 어디 아픈가 싶어서 걱정이 됐을 터다.

순찰차 조수석에 앉은 부응옥란은 자연스럽게 컵홀더에 놓인 깡통 뚜껑을 열어 와사비 맛 아몬드를 꺼내 먹었다. 강 소장은 헛웃음을 흘리며 가속 페달을 밟았다.

쥐어뜯긴 듯 헝클어진 머리와 벌겋게 부어오른 뺨을 하고서 훌쩍이는 체체크의 모습에 부응옥란이 인상을 구겼다. 그러고는 고개를 홱 돌리더니 부잣집 마나님 취향의 투피스를 입고 허리에 손을 올린 채로 씩씩거리는 김영순에게 눈을 부라리며 물었다.

"폭행했어요?"

이런 사람이었다. "때렸어요?"도 아니고 "폭행했어요?"라고 묻는 사람. 그것도 파출소장이 입을 열기도 전에. 이런 이유로 경찰들은 부응옥란을 피곤해했다. 강 소장이 왼손을 높이 들어 주의를 끌면서 한 걸음 앞으로 나섰다.

"아이고, 상황 좀 정리합…"

"처맞을 짓을 했응게 때렸지!"

이번엔 김영순에게 선수를 빼앗긴 강 소장이 초점 잃은 눈으로 공기를 베어 물고 입맛을 다셨다.

"저 여시 같은 것이 오늘 우덜이 집 비우는 거 알고 도둑질을 했당게! 내가 이 반지를 을매나 애지중지허는디."

생각할수록 화가 치솟는지 김영순이 다시 체체크를 향해 손을 뻗었다. 손가락 위의 다이아몬드가 화려한 존재감을 빛냈다. 기어이 체체크의 머리를 몽땅 뽑고야 말겠다는 기세로 덤비는 김영순을 김유정이 붙들었다.

"참으세요, 고모. 경찰분이 왔으니까 이제 법대로 처벌하겠죠."

드디어 강 소장이 나설 차례였다.

"그짝이 신고했어요? 피해자허고는 관계가 워떻게 되실랑가요?"

"조카 김유정입니다. 제가 신고한 거 맞아요."

뭐라고 딱 꼬집어 얘기할 순 없지만 어딘가 서울 냄새를 풍기는 아가씨가 흥분한 김영순을 대신하여 침착하게 자초지종을 설명했다. 읍내 뷔페식당에서 고모의 환갑잔치가 열렸으며, 일찍 도착한 손님들과 소주잔을 부딪치던 고모가 자기를 조용히 불러 집에 좀 다녀오자고 했다. 깜빡하고 두고 온 반지를 가지러. 그래서 차로 모시고 와서 마당에서 기다렸는데, 시간이 꽤 지나도 안니 오시길래 열려 있던 현관으로 들어오니 고모가 저 아가씨를 붙잡고 있었다는 것이다.

“저짝은 공장 직원이람서요?”

“맞어요. 마침 일요일잉게 공장도 쉬었다, 사장은 잔치헌다고 읍내에 갔겄다, 아주 기냥 계획적으로다가 빈집을 털라고 혔당게요. 소장님, 저 이거 그냥 못 넘어갑니다. 타향살이 힘들깜시 그동안 내가 을매나 잘 챙겨줬는디 이따구로 보답을 혀?”

“신분증 좀 볼 수 있을랑가요?”

강 소장의 말에 체체크가 떨리는 손으로 낡은 지갑에서 외국인 등록증을 꺼냈다.

“체체크 씨. 몽골 분이시네요이. 고용 허가제로 비자 받어서 들어오셨고?”

강 소장이 신분증을 돌려주며 자라목을 하고 체체크와 눈을 맞추어 물었다.

“사장님 말씀이 맞어요? 어쩌자고 그맀어요? 취직혔으믄 걍 일이나 열심히 허지. 그거 비자 받는 것도 쉬운 일이 아니었을 틴디. 안 걸릴 줄 알었어요?”

체체크의 젖은 눈시울이 붉었다. 강 소장의 시선을 피해 고개를 더욱 숙이며 울먹였다.

“죄송해요. 죄송해요.”

"일단은 서로 갑시다. 절도 현행범으로 체포하는 거여요이? 뭔 말인지 알어요? 남의 물건을 훔치는 현장에서 붙잡혔다 이거여요. 변호사를 선임할 권리가 있고… 아 참, 뭐 다른 건 없어진 거 없으셔요?"

"근 거 같어요. 혹시나 히서 이년 주머니도 싹 다 뒤져봤는디 암것도 없어라."

"폭행도 모자라 몸수색까지 했어요?"

부응옥란이 따지듯 물었다.

"그거 싸대기 한 대 올린 거 갖고 뭐 자꼬 폭행, 폭행 그래싼디야? 도경이가 휴가 끝나서 부대 복귀허길 다행인 줄 알어. 안 긋으믄 저거 시방 뼈도 못 추렸어. 내 아들 해병대여, 이씨!"

김영순이 위협적으로 손을 휘저으며 하는 말에 체체크의 몸이 더욱 움츠러들었다.

부응옥란은 김영순의 손가락 위에서 찬란하게 빛나는 반지를 본 기억이 났다. 지난 금요일에 발행된 지역 신문 〈월간 지평선〉에서였다. 해당 기사는 '최씨네 누룽지'를 운영하는 김영순 사장의 성공담을 상세히 다루었는데, 청결한 공장에서 정장 차림에 위생모를 쓰고 활짝 웃는 김영순의 사진이 함께 실렸다. 무언가를 가리키는 척 계산된 각도로 쭉 뻗은 손에서 다이아몬드 반지가 지금처럼 반짝였다.

"신문에서 본 반지네. 실물이 훨씬 크고 예쁘네요."

부응옥란의 형식적인 칭찬에도 김영순은 입꼬리가 올라갔다.

"그짝도 봤능가벼?"

"신문?"

강 소장은 모르는 눈치였다.

"〈월간 지평선〉 이번 호에 김영순 사장님 나왔어요. '우리 동네 사장님'이라는 코넌데, 지역에 성공적인 사업가들을 소개하는 꼭지거든. 다른 때보다 담을 내용이 많았는지 두 쪽이나 나왔더라고요. '최씨네 누룽지'가 워낙에 모범적인 사례니까."

"아따, 암만 봐도 외국 사람인디 우리말을 허벌나게 잘허네이."

김영순은 미용실에서 공들여 세팅한 올림머리를 매만지며 뿌듯한 표정을 지었다.

"여기는 부녹란 씨라고 허는디, 언어에 대해서는 거의 초능력자 수준여요. 이런 사람은 생전 처음 봤당게요. 객관적으로다가 우리 파출소 박 순경보담도 낫고, 딴 나라 말도 솔찬히 허드라고요. 이주민 관련된 일이 생기믄 도움도 받을 겸 이렇게 모시고 다닐 때가 있으요. 글고 한

국말은 녹란 씨헌티도 우리말여요. 법적으로 한국인잉
게."

강 소장은 체체크를 밖으로 데려가려던 참이었으나
생각을 바꿔 부응옥란에게 살짝 힘을 실어주었다. 김영
순에게 뜬금없이 좋은 말을 하는 데는 왠지 그만한 이유
가 있어 보였기 때문이었다. 강 소장의 경험상 부응옥란
은 이런 상황에서 괜한 소릴 하는 사람이 아니었다. 짐작
건대 퍼즐 조각을 맞추는 중일 것이었다.

부응옥란은 거실 테이블 위를 가리키며 호들갑을
떨었다.

"오오! 저기도 있네, 〈월간 지평선〉! 아무래도 주로
남자들이 주인공인데 여기 사장님이 나와서 사람들이
다들 대단하다고 칭찬했어요. 아줌마들도 괜히 자랑스
러워하고."

"솔직히 나도 좋기는 허드라고. 그럴 만허잖어요?
우리 회사 얘기가 신문에 나왔응게 다들 한번 보라고 직
원들헌티도 한 부씩 돌렸어요. 근디 그게 이런 화를 불러
부렀네. 저것이 그 사진을 보고 딴맘을 먹을 줄 누가 알었
당가요."

만면에 웃음을 띠던 김영순이 표정을 확 바꿔 찌를
듯한 눈빛으로 체체크를 쏘아보았다. 그러자 부응옥란

이 능숙한 동작으로 한 걸음 옮기며 그녀의 시선에 끼어들어 관심의 방향을 바꾸었다.

"신문에 난 사진을 보고 절도를 계획했을 거다?"

"암만 히도 그렇다고 봐야지. 그때 말고는 저년이 이 반지를 볼 일이 없었응게."

김영순은 시선이 강 소장을 향할 때는 높임말을 썼지만 부응옥란을 향할 때는 자연스레 반말을 썼다. 부응옥란은 반말을 듣는 데엔 이골이 날 정도였지만, 이젠 본인도 TV 속 송혜교를 보고 배운 말투라고 핑계 대며 아무한테나 반말을 섞어 썼기에 개의치 않았다. 혹시라도 반말하지 말라고 따지는 사람이 있으면 외국인이라 그렇다고 빠져나갔다.

"오늘 깜빡 잊고 안 끼고 나가셨고?"

"그려. 일찍 알아채렸응게 다행이지. 또 우리 조카 덕분에 빨리 돌아왔고."

한쪽에 멀뚱히 서 있던 김유정이 어색하게 웃으며 고개를 저었다.

"이상하네."

부응옥란이 머리를 긁으며 뽀글뽀글한 파마머리를 손가락에 감았다. 강 소장의 눈썹이 기대감에 꿈틀했다. 강 소장은 부응옥란의 버릇을 잘 알고 있었다. 말로는 이상하다고 하지만 실은 이미 답을 찾았거나 매우 근접했다는 의미였다. 이제 말이 안 되는 이상한 점들을 늘어놓고 그게 말이 되려면 사실은 어쨌어야 하는지 얘기할 차례였다.

"그러니까 사장님은 원래 환갑잔치에 반지를 끼고 갈 예정이었잖아."

김영순이 고개를 끄덕였다.

"근데 깜빡하고 두고 갈 걸 체체크가 어떻게 알고 훔치러 왔을까? 그렇잖아. 본인이 주인공인 잔치에 반지를 안 끼고 갈 리가 없는데, 정말로 반지를 노렸다면 아무리 집이 비었다고 해도 오늘은 피했어야 하지 않아요?"

생각해보니 맞는 말이었다. 잠시 수궁의 침묵이 흐르게 두었다가 부응옥란이 말을 이었다.

"그리고 현관은 잠겨 있던 거 맞아요?"

"그건 확실혀."

"맞아요. 저도 고모가 비밀번호 누르고 문 여는 거 분명히 봤어요."

김유정도 거들었다.

"그거야 안에 들어온 다음에 닫기만 해도 자동으로 잠기는 거잖아요. 뭐, 어쨌든 체체크가 현관 비번을 어떻게 알았을까? 자주 집안일 심부름시키고 했나? 에이 뭐 사장들이 직원한테 장보기니 아이 하원이니 별별 일 다 시키는 거 공공연한 사실이잖아요. 체체크한테 현관 비번을 알려줬어요?"

"아니, 그런 적 없는디. 우리 집 비번을 뭐더러 알려 줘. 글고 나 그렇게 직원헌티 갑질이나 허는 사장 아니 여. 야! 니가 얘기 좀 혀라. 기냐 아니냐?"

김영순이 삿대질을 하며 언성을 높였다. 그러자 체 체크가 더 주눅 들까 봐 걱정된 부응옥란이 얼른 앞을 가 로막았다. 오늘 처음 본 사이인 게 분명한데 맏언니라도 되는 것처럼 굴었다. 위기에 처한 이주민을 향한 부응옥 란의 마음 씀씀이가 강 소장은 이미 익숙했다.

부응옥란이 큰 눈을 굴리며 입을 열었다.

"잔심부름 같은 지속적인 갑질이 있었던 게 아니라 면 진짜 말이 안 되잖아. 비번이 혹시 1234예요? 아니면 1111? 그렇지 않고서야 저 아가씨가 어떻게 문을 열고 들어오냐고."

그건 김영순도 도무지 알 수 없어서 궁금해하던 부 분이었다. 막연히 도둑질하는 족속들은 뭔가 방법이 있 겠거니 싶었다. 이를테면 문을 따는 도구라든가.

"진짜 이상한 건 따로 있어요."

부응옥란의 이상한 점 나열하기가 계속되었다. 내

내 동생을 보호하듯 앞에 서서 관심을 다른 곳으로 유도하던 그녀의 시선이 처음으로 체체크를 향했다. 그런데 눈길은 얼굴이 아닌 아래쪽으로 내려갔다. 부응옥란의 시선이 멈춘 곳은 하얀 양말을 신은 체체크의 발이었다.

"신발을 벗고 들어오는 빈집 털이범이 흔한가요? 도둑질하러 온 집에서 예의 차릴 이유도 없고 여차하면 최대한 빨리 튀어야 하는데 신발을 다시 신을 시간도 아껴야지."

질문받은 강 소장이 어깨를 으쓱했다.

"뭐… 그렇긴 한디 없지는 않여요. 발자국으로 신발이 특정되믄 범인 찾기가 쉬워징게. 다만…."

모두의 시선이 강 소장을 따라 현관으로 향했다. 가지런히 놓인 체체크의 신발은 흔해빠진 크록스였다. 크록스를 신은 사람이라는 단서는 사실상 지구인이라는 말과 크게 다를 것도 없었다.

"다만?"

"요로코롬 가지런히 신발을 벗어놓는 도둑은 쪼매 드물기는 허겠지요이. 이왕지사 정리를 헐라믄 나가는 방향으로 돌려놓기라도 혔을 거인디, 그것은 또 아니고…."

"단순히 그렇게까지 치밀한 사람이 아닐 수도 있

죠."

한쪽에서 조용히 듣던 김유정이 무심코 끼어들었다.

"잠긴 현관문도 여는 사람이? 일단 그건 넘어가고 사장님께 하나 여쭤볼게요."

부응옥란은 김유정에게 가볍게 웃어 보이고 김영순에게 눈을 돌렸다.

"아따, 현장에서 도둑을 잡았는디 뭣을 자꼬 따져싼디야. 뭔디?"

"반지는 어디에 보관하셨어?"

집 안은 누가 봐도 도둑이 든 현장이었다. 거실의 장식장들은 열었다가 급하게 닫은 티가 났고, 설마 귀중품을 여기 두겠나 싶은 곳까지 뒤진 흔적이 있었다. 김영순을 따라 들어간 안방도 상황은 마찬가지였다. 화장대 서랍이며 옷장이며 손대지 않은 데가 없었다. 화장대 위에 있는 액세서리 보관함이 열려 있었는데, 저 정도의 반지가 섞여 있기엔 딱히 값나가는 게 없어 보였다. 분명히 별도의 전용 케이스가 있을 터였다.

"드런 손으로 오만 간디를 다 뒤집어놨네. 저놈의 손모가지를 확 기냥!"

김영순이 새삼 짜증을 버럭 내며 체체크에게 달려들었다.

"에헤이! 사장님, 진정허시고요. 반지 보관 장소."

강 소장이 사이에 끼어들었다. 김영순은 반지를 떠올리기만 해도 누룽지 공장처럼 기분이 좋아지는지 얼굴에 슬며시 미소가 번졌다.

"이렇게 이쁜 우리 새끼를 아무 디나 두믄 쓰간디?"

김영순이 방을 가로질러 침대 곁 모노륨 장판이 깔린 방바닥에 철푸덕 주저앉았다. 바닥에 길게 늘어진 새하얀 레이스 침대 시트, 커다란 목단꽃 무늬가 펼쳐진 진홍색 극세사 이불, 모노 톤의 체크무늬 베개까지 어느 하나 취향의 통일성이라곤 찾아볼 수가 없었다.

김영순이 레이스 시트를 걷어 올리자, 매트리스 아래에 서랍이 드러났다. 강 소장이 오호, 하며 눈을 크게 뜨는 순간 부응옥란은 체체크의 표정을 살폈다. 서랍은 몹시 빡빡해 힘주어 당기고서야 쩍 소리를 내며 열렸다. 서랍 안에 접혀 있는 담요 틈에 검은 벨벳으로 감싼 조그만 상자가 있었다. 그 안엔 당연히 반지가 없었다.

"아하, 이런 데 꼭꼭 숨겨두셨구나. 근데 이상하네."

부응옥란이 검지에 머리카락을 감았다.

"뭔디요, 녹란 씨? 서랍이 잘못됐능가요?"

강 소장은 슬슬 안달이 나는 눈치였다. 부응옥란이 슬쩍 윙크했다. 답이 나왔다는 의미였다.

"그렇잖아요. 온 집 안을 다 열어본 흔적이 있는데 막상 반지가 보관되어 있던 서랍은 꼭꼭 닫혀 있네요. 왜일까요? 여기저기 다 들쑤셔놓고 이 서랍만 원래대로 정리했다? 굳이? 애초에 이 서랍을 열지 않았던 게 아닐까?"

"그것이 먼 말이당가? 듣자 듣자 헝게 별 해괴헌 소리를 다 허네. 서랍을 안 열고 워떻게 반지를 꺼낸디야?"

어이없어하는 김영순의 질문에 부응옥란은 체체크에게 다가가서 어깨에 팔을 얹었다. 그러더니 여전히 등을 동그랗게 말고 고개를 숙인 체체크의 상체를 끌어 올리며 답했다.

"좀 전에 사장님이 시트를 걷었을 때 확신했어요. 이 아가씨는 침대 밑에 서랍이 있다는 사실조차 몰랐다는 것을. 순간적인 표정은 감추기 어려워요."

"아니, 내가 저년 손에서 반지를 뺏었당게! 서랍이 있는 것을 몰랐는디 어떻게 반지를 손에 들고 있당가? 내가 시방 거짓부렁을 헌다는 거여?"

언성을 높이는 김영순과 달리 강 소장은 사건의 자초지종이 조금은 보이는 듯했다. 반지가 보관된 장소를 몰랐으면서도 반지를 손에 넣을 수 있었다면 가능한 방법은 오직 하나였다. 순서가 바뀐 거였다.

"아녀라, 사장님. 그럴 수 있지라오. 체체크 씨가 반지를 손에 들고 원래 감춰놨던 장소를 찾아 헤맸다믄 말이 되지요이."

김영순은 속이 터지는지 가슴을 두드렸다.

"어따 숨겼는지를 몰랐는디 어떻게 반지를 손에 넣는디야? 아니, 반지가 벌써 손에 있는디 뭐던다고 숨긴 장소를 찾는다요?"

김영순의 물음에 부응옥란과 강 소장 둘 다 대답하려고 동시에 움찔했다. 부응옥란이 눈빛으로 강 소장에게 답변할 기회를 넘겼다. 마무리는 파출소장이 하는 게 그림이 좋겠다는 생각이었다.

"체체크 씨는 반지를 훔칠라고 이 집에 온 게 아니라, 원래 자리에 돌려놓을라고 들어온 것이죠이."

"에엥?"

김영순은 여전히 이해하지 못한 것 같았다. 그건 김유정도 마찬가지였다.

"아이, 궁게! 이미 반지를 갖고 있었당게요. 근디 사장님이 돌린 신문을 봉게 그 반지가 사장님 꺼였던 거여. 그리서 원래 있던 자리가 어딘지 찾아서 몰래 다시 돌려놓을라고 헌 거랑게요."

강 소장이 부연 설명을 했지만 김영순은 머리를 쥐

어뜰었다. 공들인 올림머리가 마구 헝클어졌다.

"그것이 당최 말이 안 되잖여요!"

"맞아요. 도대체 왜 반지가 저 아가씨 손에 들어가 있었던 거죠?"

김유정도 가세했다.

"그, 그것은… 어따 흘린 걸 주셨등가…."

말을 더듬는 강 소장의 모습에 부응옥란은 다소 실망하고 얼굴을 찌푸렸다. 다 알아차린 줄 알았더니 거기까지만이었나. 가장 입에 담기 싫은 부분을 내가 말해야 한다니. 의심스러운 사람은 둘인데 한쪽이 범인일 확률이 다른 쪽에 비해 압도적으로 높다. 그건 바로….

"아드님요."

"엉?"

"해병대 아드님이 범인이라고요. 남편분도 가능하긴 한데 그분은 이 반지가 얼마나 비싼지 아실 거 아녜요. 이렇게 하나씩 지우다 보면 마지막으로 남는 게 정답이죠. 아드님은 이게 얼마 짜린지도 모르면서 체체크에게 선물했고, 현관 비번도 알려줬을 거야. 맞지?"

체체크가 낯을 붉히며 고개를 푹 숙였다.

더듬더듬 체체크가 고백한 내용에 따르면 부응옥란의 추리가 정확했다. 휴가 중에 공장에 방문한 김영순의 아들 최도경의 눈에 체체크가 들어왔다. 늘 친구들과 술만 마시던 지난 휴가들과 달리 일터에 자주 오는 아들의 모습에 김영순은 그가 공장에 관심이 많아진 줄 알고 제대하면 경영 훈련을 시킬 꿈에 부풀었다. 하지만 그에겐 다른 목적이 있었다. 최도경은 체체크의 환심을 사려고 지속적으로 노력한 끝에 침대로 끌어들였고, 부모가 없을 때 집으로 부르기 위해 현관 비번을 알려줬다. 그리고 부대에 복귀하는 날이 되자 정표 삼아 엄마가 아끼는 반지를 건넸다. 대충 돈 백만 원쯤 하는 줄 알았겠지만 〈월간 지평선〉을 본 체체크는 자신이 받은 반지가 사장님의 물건이라는 사실을 발견하고 원래 자리에 돌려놓으려 한 것이었다.

김영순은 달리 반박할 도리가 없음을 깨닫고 얼굴이 붉으락푸르락해져서는 모두를 안방에서 내보낸 다음 문을 닫아버렸다. 읍내에서 열리고 있는 자신의 환갑잔치도 뇌리를 떠난 지 오래였다.

"이해가 안 돼요."

모든 사실이 밝혀진 뒤에도 김유정은 여전히 혼란스러운 얼굴이었다.

"처음부터 사실대로 말했으면 됐잖아요. 왜 여태껏 가만히 있었던 거죠?"

부응옥란이 피식 웃었다. 이 아가씨, 나래처럼 세상 물정을 모르네.

"사실? 이주민들에게 사실이라는 단어만큼 큰 함정도 없답니다. 사실을 밝히는 것만으로 누명을 벗고 문제를 해결할 수 있다는 게 얼마나 대단한 특권인 줄 모르죠? 사실이 사실로 받아들여지지 않는 현실을 겪어보지 못한 사람은 상상하기도 어려울 거야. 뭐, 아가씨는 해외 생활을 오래 해서 사회 분위기를 더 모를 것 같긴 하지만."

부응옥란이 대수롭지 않게 한마디 덧붙이는 말에 김유정이 눈을 동그랗게 뜨고 말을 더듬었다.

"그, 그걸… 어, 어떻게 알았어요?"

"아까부터 듣자니까 아가씨 치읓 발음이 조금 특이해서. 한국 사람들은 치읓 소리를 낼 때 입 모양이 옆으로 퍼지는데, 그쪽은 조금 둥글어지더라. 주로 영어권 사람들이 그러거든."

"오메, 징헌 거! 정말 해도 너무헌 거 아녀요? 언어학자가 따로 없네요이. 나는 전혀 모르겠는디…."

강 소장이 혀를 내둘렀고 김유정도 믿어지지 않는 표정이었다. 부응옥란은 별일 아니라는 듯 어깻짓을 하며 말했다.

"한국어가 모국어가 아니라서 더 유리한 건지도 모

르죠. 어쨌든 그건 중요한 게 아니고…. 사실이란 건 마치 그림자 같답니다. 본질과 같아 보이지만 똑같지는 않아요. 내가 늑대에게 위협받은 사실을 밝혀도 가해자는 그냥 손장난이었다고 우기는 거죠.”

부응옥란이 손을 맞잡고 늑대 모양을 만들고는 손가락으로 만든 늑대 입을 움직이며 말을 이었다.

“아니면 더 크고 어두운 그림자로 덮어버리거나. 그러면 누구 말이 사실인지 누가 판단할까요? 그런 판결을 내릴 권력 있는 사람이 우리 같은 약자는 아니겠죠? 무슨 뜻인지 알겠어요? 뭐, 어쨌든 사실이라는 멋들어진 단어가 이주민에게는 무의미해지는 일을 너무나 많이 겪었다는 걸 얘기해주고 싶었어요. 외제 차 타고 다니는 유학파 공주님이 알던 세계와는 전혀 다른 세계를 살아가는 사람들도 있어요. 경찰도 그들을 제대로 지켜주지 못하는 경우가 많고. 오죽하면 내가 이렇게 기를 쓰고 쫓아다닐까.”

그날의 사건은 그렇게 강 소장과 김유정의 입을 잠가버린 부응옥란의 핀잔과 함께 애초에 아무 일도 없었던 것처럼 해결된 듯 보였다.

하지만 부응옥란의 걱정이 현실로 드러나는 데엔 그리 오랜 시간이 필요하지 않았다. 당일에는 창피하고 당황해서 안방에 자신을 셀프 감금했던 김영순이 다음 날 순진한 아들을 꼬드긴 꽃뱀을 그냥 둘 수 없다며 체체크를 해고한 것이었다. 그녀의 주장은 틀린 부분이 둘이나 있었고, 체체크는 죄가 없는 게 분명했지만 사장이 이주 노동자를 자르는 결정 앞에서는 아무런 힘이 없었다.

김영순의 차디찬 결단에는 모순적이게도 체체크의 진심이 가장 큰 영향을 끼쳤다. 체체크가 반지를 몰래 제자리에 가져다 두려 한, 다시 말해 최도경의 어리석은 행동을 김영순이 알아차리지 못하게 하려던 이유가 그를 진정으로 좋아하고 아꼈기 때문이라는 점을 김영순은 받아들이지 못했다. 여자와 놀아나기 위해 바보짓을 하는 아들은 등짝 스매싱으로 넘길 수 있지만, 감히 아들을 진심으로 넘보는 몽골 여자는 견딜 수 없었다.

고용 허가제로 입국한 이주 노동자가 직장을 옮기기 위해서는 사장의 동의가 필요했다. 하지만 김영순은 어떠한 조치도 없이 일방적으로 체체크를 내쳤다. 체체크로선 '미등록'이 되는 것 외엔 다른 선택지가 없었다.

이 소식을 전해 들은 부응옥란이 당장 누룽지 공장에 쫓아가 길길이 날뛰었지만 김영순은 모르쇠로 일관했다. 잘잘못이 분명해도 법과 절차를 따르려면 너무나도 길고 힘든 싸움을 견뎌야 하는데, 그 과정을 거치는 동안 힘없는 이주민의 사정은 계속 어려워지게 마련이었다. 부응옥란은 숨어버린 체체크라도 위험에 빠지기 전에 찾아내라고 강 소장을 닦달했다.

결국엔 사건만 없어진 게 아니라 한 사람의 이주 노동자마저 없어져버렸다.

서울에서 온 의뢰인

3개월 후 설을 열흘 앞두고 함박눈이 내려 세상을 새하얗게 덮은 날이었다. 나래의 겨울방학이 시작된 지도 한 달이 넘었다. 가뜩이나 농한기라 딸과 종일 붙어 지내야 하는 일과에 부응옥란은 슬슬 지쳐가는 중이었다. 함께 즐거운 시간을 보낼 방법을 찾으려 열심히 노력하는데도 나래는 집에만 있으니 지겹다며 빨리 개학했으면 좋겠다고 노래를 불렀다. 딸아, 오랜만에 엄마랑 마음이 맞았구나.

"녹란 씨, 집에 있지요?"

밖에서 들리는 강 소장의 목소리에 부응옥란이 부리나케 방문을 열었다.

"아따, 어쩐 일로 이 몸을 글케 반긴다요? 황송헐라고 허네."

"찾았어요?"

부응옥란의 물음에 강 소장은 머리와 어깨에 쌓인 눈을 털어내며 투덜거렸다.

"예, 나는 안녕합니다이. 물어줘서 고맙네요."

마루에 나선 부응옥란은 한겨울의 찬 바람에 몸을 부르르 떨었다. 한기가 들이칠까 방문을 닫고는 누빔 조끼를 여미며 화려한 꽃무늬 버선을 신은 발을 번갈아 겹쳤다.

"아으, 추워. 빨리 말해요. 체체크 찾았어, 못 찾았어."

"그것이 저, 농공 단지에서 봤다는 제보를 받고 알아는 봤는디…."

회색 패딩을 입은 강 소장의 입에서 나온 하얀 입김이 허공으로 흩어졌다. 말끝을 흐리는 걸 보니 글렀네. 부응옥란이 눈을 흘겼다.

"아니면 이 아침부터 무슨 일로 왔어요?"

강 소장은 대답 대신 뒤를 돌아봤다. 그녀의 넉넉한 체구에 가려져 있던 사람이 한 발짝 옆으로 나왔다. 영하 10도를 밑도는 추위에도 패딩이 싫어 코트를 고집하는 사람이 있다더니 진짜였다. 부응옥란은 보는 것만으로 한기가 드는 듯 양손으로 자기 팔을 문질렀다.

"안녕하세요."

강 소장의 팔뚝보다 가는 다리가 더 앙상해 보이는 스키니 핏의 검은 바지를 입은 여자가 인사했다. 석 달 전에 딱 한 번 봤을 뿐이지만 부응옥란은 아가씨를 알아봤다. 조그만 얼굴에 예쁘장한 눈 코 입, 검은 똑 단발에 코트와 색을 맞춘 하얀 머리띠가 곱기도 했다.

"누룽지 사장님 조카?"

서울에 산다던 김유정이었다.

"잘 지내셨어요?"

"예… 무슨 일로…?"

강 소장이 신발을 벗고 마루로 올라섰다.

"아따, 추운디 여서 이럴 게 아니라 들어갑시다. 나래야, 잘 있었냐? 공부혀?"

자기 집이라도 되는 양 행동하는 강 소장의 넉살에 어이없어하던 부응옥란이 뻘쭘한 자세로 서 있는 김유정에게 웃어 보였다.

"일단 들어와요. 부츠는 밖에 벗어두면 눈 맞으니까 여기 위로 올려놓고."

그러면서 섬돌에 있던 강 소장의 신발을 집어서 마루에 펼쳐놓은 신문지 위로 옮겼다. 마을 사람들은 대부분 집을 완전히 신식으로 개조해서 도시와 비슷한 주택에서 생활했다. 하지만 부응옥란의 집은 통나무 마루와

슬레이트 지붕의 구식 형태를 유지했다. 그렇다고 아궁이에서 장작을 때 구들장을 데우거나 실외에 푸세식 화장실이 있는 수준은 아니었지만, 강 소장이 바로 아래에 붙어 있는 집을 네모반듯한 모던 하우스로 신축한 것과는 극명한 대비를 이뤘다.

셋은 노란 장판이 깔린 방바닥에 둘러앉았다. 건넛방에서는 TV 소리가 들렸다. 귀가 어두워진 시모는 항상 음량을 아주 크게 틀어놓았다. 하루 종일 트로트 방송을 해주는 채널이 있어서 지루할 틈이 없는 건 다행이었다.

뱃속까지 언 것처럼 추웅게 땃땃헌 것 좀 달라는 강 소장의 엄살에 부응옥란은 꿍얼꿍얼하면서도 연유를 넣은 인스턴트커피를 타서 내왔다. 강 소장이 화려한 꽃 그림의 머그잔을 김유정 쪽으로 밀며 말했다.

"유정 씨, 드셔보셔. 이래 뵈아도 별다방 것보다 맛있당게요."

"타 온 건 난데 왜 소장님이 생색낸대?"

"나 정년퇴직허면 녹란 씨허고 커피집을 히야겠어."

커피를 맛본 김유정이 투자할 의사가 있다는 듯 고개를 끄덕였다. 강 소장이 그것 보라며 손가락으로 가리키자 부응옥란은 오만상을 찌푸렸다.

"또 그 소리…! 소장님은 맨날 나를 이용해먹을 생

각뿐이에요? 아니 아가씨까지 왜 이래? 나래 숙제 도와

줘야 하니까 얼른 용건이나 말해요.”

“엄마, 난 괜찮은데!”

눈빛만 봐도 마음이 통하는 절친처럼 지내는 모녀

들도 많다던데 나는 딸내미가 좀 더 나이 먹을 때까지 기

다려야 하나. 근데 나래, 쟤는 내 마음을 알면서도 일부

러 딴소리하는 것 같은 의심이 든단 말이지. 부응옥란이

짧은 한숨을 내쉬었다.

“사람 좀… 찾아주세요.”

머뭇거리던 김유정이 커피잔을 내려다보며 소심하

게 내뱉는 말에 부응옥란은 눈을 비비고 방 안을 둘러봤다.

“어? 여기 우리 집인 줄 알았는데 내가 착각했나? 경

찰서였어?”

“에헤이, 먼 길 온 사람 무안허게 왜 근디야.”

강 소장이 김유정의 눈치를 보며 손을 휘둘러 부응

옥란의 다리를 때리는 시늉을 했다. 하지만 부응옥란은

무관심한 표정으로 일관했다.

“아니, 경찰이 할 일을 왜 여기 와서….”

“경찰은 이주 노동자 한 명 실종된 데는 도통 신경을

안 써서요!”

말을 잘라먹는 김유정의 외침에 부응옥란의 큰 눈

이 반짝했다. 그러고는 상체를 한껏 앞으로 기울여 고쳐 앉았다. '이주'라는 수식어가 마치 마법의 주문처럼 작용했다.

"내 저럴 줄 알았지. 그럴람서 뭐 경찰서에 가라 어째라."

강 소장이 피식 웃음을 흘렸다. 책을 읽으며 흘끔거리던 나래도 고개를 저었다. 머쓱해진 부응옥란이 강 소장에게 눈을 흘기며 언성을 높였다.

"맞는 말이지 뭘요! 사람이 없어졌으면 경찰이 찾아야지. 사람 가려가면서 일을 하니까 내가 나서는 거 아니에요!"

"나한테 따지지 말어요. 우리 관할이 아녀. 서울에서 벌어진 일이여."

"됐고, 자세히 얘기해봐요."

부응옥란은 손을 내젓는 강 소장을 못 본 체하며 김유정을 향해 돌아앉았다.

"아빠가 서울 마장동에서 장사를 하시거든요."

"마장동에는 우리나라에서 제일로다가 큰 축산물 시장이 있습니다이."

"알아요."

부연 설명을 위해 끼어들었던 강 소장의 입술에 똑

바로 세운 검지가 날아왔다. 강 소장은 괜한 짓을 했구나 싶었다. 한국에서 나고 자라도 마장동 모르는 사람들은 많을 듯하지만 부응옥란은 뭘 모르는 법이 없었다.

"아빠는 고기는 아니고요. 내장만 취급하세요. 소내장이요."

강 소장이 또 뭔가 참견하려고 입을 달싹거리다가 부응옥란의 눈빛을 받고 도로 입술을 붙였다. 베트남에서도 곱창이나 대창, 천엽 등을 먹는지는 모르겠지만 부응옥란에게 부연 설명은 필요하지 않았다.

"잘 아시겠지만 마장동에도 이주 노동자가 많아요. 우리 가게에도 몇 명 있는데 문소평이라는 중국 출신 직원의 행방이 묘연해요. 그럴 사람이 아니거든요. 가게 일을 거의 도맡아 관리하다시피 할 정도로 책임감이 강한 사람인데, 무슨 일이 생긴 게 아니고서야 연락도 없이 이럴 리가 없어요. 벌써 3일이나 됐어요. 경찰에선 그냥 도망간 거 아니냐, 없어진 건 없냐, 통장 같은 거 잘 확인해 봐라, 이런 소리만 해요."

"하! 익숙한 전개네."

부응옥란의 공격에 강 소장은 나래 숙제에 관심 있는 척 딴청을 부렸다.

"곧 설날이라 중국으로 돌아간 거 아니냐는 사람도

있는데 소평 씨가 한국에 온 지 5년쨴데 갑자기 그런 결정을 내릴 리는 없잖아요. 지금껏 여기서 일궈놓은 터전이랑 아끼는 사람들을 다 팽개치고.”

부응옥란의 눈썹이 꿈틀했다. 김유정이 문소평을 ‘소평 씨’라고 부르는 건 강 소장이 부응옥란을 ‘녹란 씨’라고 부르는 것과는 느낌이 사뭇 달랐다. 소평 씨의 ‘아끼는 사람들’에 김유정이 포함되는 게 당연해 보였다. 적어도 본인은 그렇게 믿는 것 같았다.

“막막하던 참에 선생님이 떠올랐어요.”

“선생님?”

또 다른 인물이 등장하는가 싶어 집중하던 부응옥란은 뒤늦게 선생님이 자기를 가리킨다는 걸 깨달았다. 옆에서 강 소장이 키득거렸다.

“아따, 우리 녹란 씨가 언제 또 선생이 돼부렀디야?”

“아… 죄송해요. 뭐라고 불러야 할지 몰라서요.”

“응옥란 씨면 돼요.”

“씨는 좀 그렇고 언니라고 부를게요.”

김유정이 예의를 차리며 말을 이었다.

“지난번에 언니가 고모네 집에서 사건의 진상을 밝히고 몽골 아가씨도 구해줬잖아요. 그게 딱 떠오르면서, 그렇게 능력이 대단한 언니라면 분명히 소평 씨를….”

"그다음 얘기는 못 들었나 봐, 동생?"

어지간하면 자기 칭찬은 끝까지 듣는 편이지만 부응옥란이 참지 못하고 김유정의 말을 끊었다. 김유정은 들은 바가 없는 것 같았다.

"그다음요?"

"동생 고모님께서 체체크를 해고했어. 이직 동의서도 없이 내쳐서 미등록이 되어버렸다고. 흔히들 말하는 불법 체류자! 사람한테 불법이라는 딱지를 붙이다니 정말 너무하지 않아? 인간들이 말이야. 지금 어디서 어떤 험한 일을 겪고 있는지 아무도 몰라. 파출소장님도 석 달째 못 찾고 있고."

부응옥란이 가자미눈을 떴다. 강 소장은 대화 내용이 안 들리는 척 아예 나래 옆에 자리를 잡았다.

"어어, 나래야. 이 문제가 어렵다고? 도와주랴?"

"아뇨? 벌써 풀었는데요? 소장 아줌마, 손 좀 치워 봐요."

나이스! 내 딸 잘한다. 누구에게나 공평하게 무자비하구나! 부응옥란은 그새 기분이 좀 풀리는 것 같았다.

"고모가요? 그런 일이 있었는지는 몰랐어요. 사실 저는 시장에서 이주 노동자들을 바로 옆에서 자주 접하니까 잘 안다고 생각했거든요. 근데 착각이었어요. 이번에 소평 씨 찾으려고 경찰이나 주변 사람들이랑 얘기하다 보니까 이주민의 진짜 현실을 이제야 좀 알겠더라고요. 도와주세요. 저 믿어볼 사람이 언니밖에 없어요.”

부응옥란이 포트메리온 머그잔의 꽃무늬를 따라 손가락을 움직였다. 김유정은 참으로 독특한 아가씨였다. 소심한 듯하다가도 적극적이고, 평온해 보이다가 금세 표정이 절박해졌다. 단지 변덕스러운 성격 때문일까? 실종되었다는 남자는 김유정의 연인이거나 적어도 상당히 중요한 인물이 분명했다. 그러니 서울에서 여기까지 부응옥란을 만나기 위해 찾아왔을 것이다. 그럼에도 김유정의 얼굴에선 순간순간 천진한 표정이 삐져나왔다.

격정하는 것에 서툰 사람인가? 부응옥란은 믿기 힘들지만 실제로 그런 사람들을 본 적이 있었다. 대부분의 일이 마음먹은 대로 진행되고, 혹여 안 좋은 상황을 맞이하더라도 큰 어려움 없이 극복할 수 있는 인생을 살아온 사람들. 언제나 당연한 듯 행복한 결과들을 맞이해왔기에 뭔가를 걱정하는 데 익숙하지 않은 사람들.

부응옥란은 귀하게 자란 티가 숨겨지지 않는 이 서울 아가씨에게서 그런 사람들의 느낌을 받았다. 당장은 실종된 사람이 걱정되기도 하지만 별 탈 없이 찾을 수 있을 거라는 믿음이 엿보였다. 자기를 향한 부응옥란의 시선에 김유정이 생긋 웃었다. 저 표정이면 다들 웬만한 부탁은 들어줬을 거다.

"아무리 그래도 서울까지 가긴 좀 어렵지. 내가 가서 바로 찾을 수 있다는 장담도 못 하고, 혹시라도 며칠 걸리면…."

머뭇거리는 부응옥란의 말에 나래가 반색했다.

"난 괜찮아!"

괜찮은 수준이 아니라 엄마랑 며칠간 떨어져 지낼 수 있다니 오히려 기대하는 얼굴이었다. 겨울방학의 부작용이다. 우리는 원래 돈독한 모녀지간이다.

"그려요. 나래랑 어르신은 내가 종종 들여다볼랑게 염려 말고 다녀오셔."

강 소장까지 나서니 나래는 더욱 신이 났다.

"순찰차 태워줄 거예요?"

"그까이꺼 어렵지 않지."

"사이렌도?"

"그건 안 돼야."

다른 핑계를 생각하려고 머리를 굴리면서도 부응옥란은 느끼고 있었다. 사라진 이주 노동자가 큰 화를 당하기 전에 찾아내고 싶은 거부할 수 없는 열망이 가슴 깊이 끓어오르고 있다는 사실을. 딱히 보상받을 수 있는 일이 아닌데도 늘 그렇게 현장에 뛰어들고야 마는 성격을 어쩌겠나. 하지만 뭔가 손해 보는 기분이 들기도 했다.

"그래도 서울까지 가려면 뭔가 대가는 있어야…."

"사례는 얼마든지 드릴게요."

말이 끝나기도 전에 김유정이 답했다. 부응옥란이 헛웃음을 흘렸다.

"부잣집 공주님인 건 알겠는데 나 돈으로 움직이는 사람 아니야."

"그… 그럼요?"

부응옥란이 서랍장에서 서류봉투 하나를 꺼내 김유정에게 건넸다.

"체체크 씨 이직 동의서야. 아가씨 고모한테 가서 사인 받아 와. 그러면 내가 서울에 갈게."

듣고 있던 강 소장의 눈이 휘둥그레졌다.

"아따! 녹란 씨허고 나허고 몇 달째 어르고 달래도 눈 하나 깜빡 안 허는 아지매헌티 이직 동의서를 무슨 수로 받아낸디야. 거절허는 방법도 가지가지네요이."

서류봉투를 받아 든 김유정이 고개를 힘주어 끄덕였다.

"알겠어요. 그럼 짐 다 챙겨놓고 기다려주세요. 금방 다녀올게요."

심유정이 새하얀 코트 깃을 여미고 마루에 나서서 문을 닫았다. 문 너머로 강 소장의 목소리가 들렸다.

"쓰으… 수월허지 않을 것인디…."

김영순은 공장 한쪽 구석의 좁은 직원 휴게실에 있었다. 밥을 다 먹었으면 바로 일을 시작할 것이지, 꼭 1시까지 점심시간을 꽉 채워 놀려고만 하냐며 직원들에게 일장연설을 늘어놓는 중이었다. 회사 일을 내 일처럼 여기고 최선의 노력을 다해야 하건만 하나같이 주인의식이 없어서 문제라는 내용이었다.

"나 혼자 잘되자고 이러는 것이 아니라 여러분들 발전을 위해서 허는 말이여."

그때 직원 하나가 서울에서 조카가 찾아왔다는 말을 전했고, 김영순은 의아해하며 사장실로 향했다. 휴게실의 직원들은 김영순의 등을 흘겨보며 귀를 후볐다.

"고모, 안녕하셨어요?"

"유정이 니가 어쩐 일이냐? 점때 뭐 놓고 갔냐?"

생각지도 못했던 김유정의 방문에 김영순은 어리둥절한 얼굴로 응접 테이블 소파에 앉았다.

"아니에요. 별일 없으셨죠? 도경이는 군대 생활 잘하고 있고요?"

　　서울 사는 조카가 뜬금없이 김제까지 찾아와서 아들을 들먹이니 김영순은 티셔츠 태그가 목 뒤를 긁는 것처럼 껄끄러운 느낌이 들었다. 얼마 전 십수 년 만에 얼굴을 본 김유정에게 아들 녀석의 못난 짓거리 현장을 적나라하게 들켰기 때문이었다. 지방 사는 김영순이 서울 사는 부자 오빠의 잘난 척에 대항할 수 있는 유일한 카드는 아들과 남편을 가진 완전체 가족이었기에, 그날 일은 김영순의 자부심에 오물을 들이부은 사건이었다. 군에서 휴가 나온 아들이 몽골 출신의 직원 체체크를 꼬시느라 자기의 다이아몬드 반지를 선물했고, 그 반지를 몰래 돌려놓으러 집에 왔던 체체크를 도둑으로 몰아세우다 웬 베트남 여자한테 개망신당하는 모습을 조카한테 들켰던 그날의 일이 오빠 귀에 들어가는 것만은 막고 싶었다. 그 인간이 또 얼마나 비웃을지 불 보듯 뻔했다.

　　"어어… 도경이사 건강허게 잘 있지. 가가 뭣을 또 잘히갖고 거시기 포상 휴가를 받을 뻔힜는디 그냥 선임헌티 양보힜다드라. 내 아들이라서가 아니라 아가 징허게 착혀."

　　그날의 일은 기억에 없는 척 포장을 시도했지만 조카의 얼굴에 떠오른 웃음은 김영순이 기대한 반응과는 사뭇 다른 느낌이었다. 빤히 눈을 마주치며 한쪽 입꼬리만 삐죽하게 올라가는 표정이 영 꺼림칙했다. 설마….

"혹시 유정이 너 점때 있었던 일, 니 아빠헌티 얘기 혔냐?"

김유정이 큰 눈을 깜빡이며 고개를 저었다. 여전히 입꼬리는 올라간 채였다.

"아뇨? 고모가 아빠한테는 비밀로 해달라고 그렇게 신신당부하셨는데 뭐 하러 얘기했겠어요?"

김영순이 안도의 한숨을 쉬었다.

"그려, 고맙다이. 앞으로도 말헐 것 없어. 그날 니가 본 게 다가 아니여. 그 베트남 여자 있잖냐? 내가 나중에 알어봉게 허벌나게 유명헌 쌈닭이라드만. 죄가 있든 없든 무조건 외국인 편만 들고 난리 부르스를 춰서 경찰들도 혀를 내두른디야. 그때는 그 여자 말발에 넘어가서 도경이가 무슨 몹쓸 짓이라도 헌 거처럼 분위기가 흘러갔는디 진상은 아무도 모르잖냐? 솔직허게 말히서 그 어린 년이 오죽 꼬랑지를 살랑살랑 흔들어댔으믄 우리 순진헌 도경이가 그렇게까지 혔겠냐? 안 그냐?"

김유정이 강 소장과 부응옥란을 만나 자초지종을 듣고 온 사실을 모르는 김영순이 자기만의 방어 논리를 펼쳤다. 주변에서 혹시나 누가 물으면 이렇게 말해왔는데 대부분 김영순의 말을 그대로 믿었다. 굳이 의심할 이유가 없었고 체체크는 사라졌으니 반박할 사람도 없었다.

"아… 도경이한테 물어보셨어요? 걔가 그래요?"

"아따, 이 추운 날에도 나라 지키니라고 고생허는 아한티 뭐 그런 거를 물어보냐. 내 배로 낳은 놈잉게 내가 젤로 잘 알지. 물어보나 마나여."

"그러시구나."

김유정이 여전히 맘에 안 드는 미소를 띤 얼굴로 말을 이었다.

"그럼 체체크는 어떻게 하셨어요?"

"누구?"

김영순이 이름을 얼른 못 알아듣고 되물었다.

"그 몽골 여직원요. 도경이가 고모 반지까지 동원해서 환심 사려 했던….""

김영순의 얼굴에 의아한 기색이 번졌다.

"니가 어떻게 가 이름까지 아냐? 기억력도 좋다이. 가는 뭐… 사장 아들 꼬셔서 팔자 고칠라다 맘먹은 대로 안 됭게 도망가부렀어. 쪽팔린 줄은 알았는갑지."

"풉."

김유정이 더는 못 참겠다는 듯이 웃음을 터트렸다.

"우리 고모, 거짓말을 너무 못하시네! 다 티 나요."

그러면서 부응옥란에게 받은 서류봉투를 꺼냈다.

김영순은 미간을 찌푸리며 불쾌한 눈빛으로 테이블 위
에 놓인 황토색 봉투를 내려다보았다. 뭔가 법률적이거
나 공적인 문서가 담긴 게 분명해 보였다.

"이게 뭐냐?"

"고모, 거기 서명 좀 부탁드릴게요."

"먼디? 무슨 보증서는 거든 쪼금 거시기헌디….".

김유정이 태도를 바꿔 부탁조로 나오니 경계심이
누그러든 김영순은 봉투를 집어 들고 서류를 꺼냈다. 하
지만 자신의 서명만 비워둔 체체크의 이직 동의서를 확
인하고는 다시 눈을 부라렸다.

"이게 뭐 허자는 거냐?"

김영순의 험악한 표정에도 김유정은 태연하게 대답
했다.

"이거 서명해도 고모한테 불이익 가는 건 하나도 없
잖아요. 혹시라도 낯부끄러운 소문 날까 봐 그러시는 거
면 걱정은 안 하셔도 될 거예요. 먹고살기 바쁜 사람은 다
른 데 신경 쓸 여력이 없거든요. 그리고 제가 확실히 약속
할게요. 도경이와 반지에 관해서 아빠한테 한마디도 얘
기 안 할게요."

김유정은 고모가 아빠에게 품는 묘한 경쟁 심리를
온전히 이해하진 못했지만, 이렇게 던지면 자신이 원하

는 결과를 얻을 수 있는 건 분명했다.

"너 시방 이 고모를 협박허냐?"

"에이, 협박이라니요. 그렇게 느끼셨다면 정말 죄송해요. 제가 이게 꼭 필요해서 그래요. 부탁드려요."

예의 바른 말투와 달리 김유정의 얼굴은 단호했다.

"참말로 벨일이 다 있다이. 니가 가랑 뭔 상관이 있다고 그냐?"

김유정은 말없이 테이블 위의 이직 동의서를 슬쩍 밀었다. 얼굴은 나긋하게 웃고 있었지만 거기까지 알 필요 없다는 듯한 태도였다. 김영순은 몹시 불쾌했으나 오빠에게 치부를 들키는 것보다는 별 의미 없는 종이 쪼가리에 서명 하나 하고 무마하는 편이 훨씬 나았다. 김영순이 혀를 차며 책상 쪽으로 고개를 돌리자, 김유정은 기다렸다는 듯이 펜을 꺼내서 건넸다.

서울특별시

부응옥란은 평소처럼 불평을 늘어놓는 시모와 얄밉도록 들떠 있는 나래 사이에서 손을 흔드는 강 소장에게 인사하고 차에 탔다. 사실 서울 아가씨가 좀 심약해 보여서 크게 기대하진 않았는데 그렇게 빨리 체체크의 이직 동의서에 서명을 받아 올 줄은 몰랐다. 갈아입을 옷가지 몇 벌만 급하게 챙겨서 마음의 준비도 제대로 못 하고 서울로 향했다. 한시바삐 집에 돌아오겠다는 마음으로 김유정의 발이 액셀을 밟는 그 순간부터 사건에 집중했다.

"실종된 직원 이름이 문소평? 납치나 감금이라고 생각하는 거야?"

"아…."

김유정은 정면만을 주시하며 양손으로 핸들을 꼭 쥐었다.

"제가 눈길 운전은 처음이라… 자세한 얘기는 나중에 해도 될까요?"

"아, 그래그래. 안전이 우선이지."

부응옥란이 김유정을 물끄러미 바라보았다. 이렇게 소심한데 어떻게 누룽지 사장이 이직 동의서에 서명하도록 설득했을까? 무릎 꿇고 애걸복걸 사정이라도 했나? 그 사장님은 바늘로 찔러도 피 한 방울 안 나올 것 같더니만 그래도 핏줄이 부탁하니 서명을 해주긴 했네. 김유정이 김영순을 상대하는 모습을 보지 못한 부응옥란으로선 그렇게 생각할 수밖에 없었다.

부응옥란은 안전벨트를 확인하고 등받이에 몸을 기댔다. 조심과 소심은 선 하나 차이라는 걸 절실하게 체감할 수 있을 만큼 천천히 움직이는 자동차 안에 어색한 정적이 흘렀다. 맞은편에서 오는 자동차의 번호판을 읽다 보니 하품이 났다.

고급스러운 외제 차의 끝내주는 승차감에 깜빡 잠이 들었던 부응옥란이 부스스한 눈으로 차창 밖을 보니 펑펑 쏟아지던 눈은 그친 뒤였다. 먹구름 탓인지 아니면 공기가 탁한 건지 어두운 회색 하늘 아래로 고층 아파트들이 줄지어 있었다. 좌우로 늘어선 아파트들의 이름은 읽을 수는 있지만 무슨 뜻인지는 알 수 없었다. 아무렴 호화스럽고 비싸다는 의미겠거니 할 뿐이었다.

서울은 10년 만이었다. 생전 처음으로 비행기를 타고 인천공항에 내려 서울역으로 이동해서 김제행 기차를 탔던 그날처럼 여전히 낯선 풍경이었다.

미지의 세계에 발을 들이는 기대감과 두려움이 공존하던 당시의 감정이 되살아났다. 남편 정동기를 처음 봤던 순간의 기억도. 중개업자와 함께 베트남을 방문한 남자들 틈에 그가 있었다. 첫 대면에서 끈적한 시선으로 온몸을 훑기 바쁘던 남자들과 달리 와이셔츠를 처음 입은 인턴사원처럼 목을 문지르거나 단추에서 삐져나온 실을 자꾸만 잡아당기던 사람이었다. 어린아이 수준의 지능을 가진 지적 장애인이라며 함께 온 남자들은 그를 무시했다. 하지만 부응옥란은 재스민차를 마시다 쪽가위로 단추의 실밥을 정리해주니 함박웃음을 짓던 그에게 어쩐지 마음이 갔다. 중개업자가 주선한 단체 맞선을 통해 순식간에 진행되는 결혼이 아니라, 다른 기회로 그를 만났더라면 나았을 거라는 아쉬움이 들 정도였다. 그런 아쉬움을 담아 결혼 생활은 천천히 추억을 쌓아가는 연애처럼 했다. 달콤한 그 시절은 남편의 사고사로 너무 짧게 끝나버렸지만.

부응옥란의 기척에 김유정이 조수석을 흘깃했다.

"깼어요, 치란?"

"아, 음, 다 왔어?"

"얼마 안 남긴 했는데 양재 서초 구간은 늘 막혀서
요. 시간이 좀 걸릴 거예요. 근데 치란이라고 불러도 되
죠? 아까 짐 챙기실 동안 검색해봤거든요."

'치(chi)'는 베트남어에서 언니를 의미하는 호칭이
며 비슷한 뜻의 '꼬(co)'보다는 친근함을 나타낸다. 거기
에 미들 네임인 응옥을 떼고 치란이라고 부르는 건 친동
생급으로 가까운 사이에서나 있는 일로, 지난 10년간은
들어본 적이 없었다.

"좋을 대로 해."

"넹! 저는 동생 말고 유정이라고 불러주세요."

'넹' 같은 건 문자에서나 쓰는 말인 줄 알았는데 실제
로 말하는 사람이 있네. 부응옥란의 입가에 슬며시 미소
가 번졌다.

"사귄 지는 얼마나 됐어?"

"네?"

전방을 주시하며 운전에 집중하던 김유정은 깜빡이
도 없이 들어오는 부응옥란의 질문에 깜짝 놀랐다.

"문소평 씨 말이야. 아직은 그냥 썸 단계야? 아니면
혼자 짝사랑?"

"티 났어요?"

"직원이 없어졌다고 이렇게까지 하는 사람은 많지 않아. 강 소장님은 어떨지 모르지만 나래도 눈치챘을걸. 가끔은 걔가 나보다 더 빠르다니까."

부응옥란이 눈을 우스꽝스럽게 치뜨며 고개를 저었다. 그런 말과 행동에 더욱 편해졌는지 김유정이 가벼운 기분으로 마음을 내보였다.

"제가 한국에 돌아온 지 1년 조금 넘었거든요. 소평 씨는 이미 4년째 우리 가게에서 일하는 중이었고요. 제가 가끔 일 도와주러 가게에 나가면 얼굴 보던 사이였어요. 근데 워낙 성실하고 아빠가 자리를 지킬 필요가 없을 정도로 전체적인 업무를 책임지는 모습이 눈에 들어오더라고요. 제가 먼저 고백해서 사귄 지는 반년쯤 됐어요. 운명의 상대 같고 빨리 결혼하고 싶어요."

부응옥란이 미간을 찌푸렸다. 본인도 젊은 나이에 타국으로 시집 왔으면서도 다른 여성이 너무 일찍 결혼이라는 세계에 들어서는 건 만류하고 싶었다.

"스물세 살에 무슨 벌써 결혼 타령이야! 설마 그 남자에게도 말한 건 아니지?"

김유정이 뾰로통한 눈으로 입술을 삐죽였다.

"말했어요. 소평 씨도 치란이랑 똑같이 반응했고요.

사귄 지 얼마 안 됐고 내가 아직 어리니까 좀 더 시간을
두고 천천히 생각해보라고요."

"그래. 제대로 된 남자라면 그렇게 나와야지."

차는 오후 3시가 넘어서야 막히는 구간을 지나 한남
대교를 건넜다. 부응옥란은 꽁꽁 얼어붙은 한강의 모습
에서 아침에 본 뉴스를 떠올렸다. 서울은 항상 전국 날씨
의 기준이었다. 서울에 폭우가 내려 도로가 잠기면 종일
속보로 떠들썩했고, 남부 지방을 강타한 태풍이 서울을
비껴가면 다행이었다. 얼어붙은 한강은 전국에 들이닥
친 한파를 상징했다. 특별한 도시 서울은 다수, 주류, 중
심과 같은 단어들의 집합체였다.

이내 도착한 김유정의 아파트에서도 하얗게 멈춘
한강이 내려다보였다.

"이게 바로 그 비싸다는 한강 뷰인가?"

"사실 별로 보지도 않아요."

원래 가진 사람은 자기가 뭘 가졌는지 잘 모르는 법
이다. 배드민턴을 쳐도 충분할 정도로 넓은 거실을 사이
에 두고 있어서 안방과 김유정의 방은 사실상 독립된 집
이나 다름없어 보였다.

"치란, 침대 함께 써도 괜찮죠?"

"이 정도면 다섯 명도 자겠는데, 뭘."

"저쪽에 화장실 가기 전에 드레스룸이 있어요. 근데 짐은 그게 다예요? 옷장 한쪽을 비울까 했더니…"

김유정이 부응옥란의 가방을 보며 말끝을 흐렸다.

"갈아입을 옷 몇 벌이면 충분해. 그냥 가방에 두면 되지 뭘 옷장까지. 이 롱패딩만 걸면 돼. 근데 집에 아무도 없나 봐? 다들 일 나가셨나?"

늦은 오후인데 새벽처럼 조용한 집 안 분위기가 무언가 어색했다. 조잘대는 나래의 목소리나 시모의 방에서 들리는 트로트 가락이 없어서였을까. 천장이 너무 높고 대리석 벽면이 딱딱해 보여서였을까. 난방이 빵빵하게 돌아가 따뜻한 실내인데도 부응옥란에겐 어쩐지 그곳 공기가 차갑게 느껴졌다.

"다들이라고 해봤자 아빠하고 저뿐인걸요."

"아… 이렇게 넓은 집에 둘만 살다니 공간 낭비가 따로 없네. 서울 인구 밀도 낮추려고 노력 중인 거야?"

김유정의 말에 잠시 말문이 막혔던 부응옥란이 농담으로 분위기 전환을 시도했다. 엄마는 돌아가신 걸까. 혹은 이혼이나 별거? 차차 알게 되겠지. 좋은 얘기도 아닌데 무례하게 캐물을 수는 없었다.

"집이 좀 휑하죠? 작년에 제가 미국에서 들어오기 전까지는 아빠 혼자 사셨고, 그 이후에도 집에서 함께 시간을 보내거나 요리하거나 그런 일이 없어서 뭔가 사람 사는 집 같지 않은 느낌이 있어요. 생활 흔적이라고 하나? 예전 집에 엄마랑 셋이 살 땐 이 정도는 아니었는데….”

“미국엔 언제 갔어?”

“예중 다니다가 열다섯 살 때 엄마랑 유학하러 갔어요. 성악 전공했거든요. 아빠는 그때부터 7년 동안이나 홀로 기러기 생활을 하셨어요. 정말 얼마나 외로우셨을지 상상도 안 돼요. 그렇게 인내하고 희생하셨는데 이렇다 할 성과도 없이 포기하고 돌아와서 정말 면목 없어요. 혼자 되신 것까지 전부 다 제 탓 같고….”

“엄마는 어쩌다가…?”

“아… 한인 교회에서 만난 남자와 열렬한 사랑에 빠졌어요. 제가 끝도 없는 바닥 아래로 추락하던 시기였는데, 엄마는 그때 거기서 바로 이혼했어요. 모두 다 벗어나 새 인생을 살고 싶다더라고요. 한 명이라도 행복하니 다행이죠. 하하하.”

책장 앞 커다란 몬스테라를 심은 새하얀 화분에 미세한 실금이 때마침 부응옥란의 눈에 띄었다. 마냥 밝은 부잣집 공주님인 줄 알았는데 이런 아픔을 품고 있었네. 하지만 민감한 개인사를 만난 지 얼마 되지도 않은 사람에게 아무렇지도 않게 얘기하는 것도 아무나 할 수 있는 건 아니지 싶었다.

남들에게 공격당한 적이 있는 사람은 자신의 치부를 선뜻 내보이지 못한다. 아무리 작은 흠결이라도 꼬투리 잡혀 또다시 공격받을 수 있다고 생각하기 때문에 확실한 믿음을 가진 상대가 아니라면 섣불리 약한 부분을 드러내지 않는 법이다. 게다가 믿었던 사람에게 배신이라도 당하는 날엔 마음속에 방공호, 실상은 감옥이나 다름없는 곳을 지어 스스로를 가두기까지 한다. 그러니 저렇게 자기 상황을 농담으로 마무리 지을 여유가 있다는 건 역시 상처받은 적이 없는 온실 속 공주님이라는 뜻일 터였다.

그 순간 안방 문이 열리는 동시에 들려온 말이 부응옥란의 결론을 증명했다.

"우리 공주님, 아침부터 어디 갔다 왔어?"

60대 초반의 남자가 다정한 멜로디로 물으며 거실로 나왔다. 김유정의 부친인 김종환이었다. 부응옥란이 집에서도 윤기가 흐르는 명품 파자마를 입은 사람을 드라마 말고 실제로 보는 건 이번이 처음이었다.

"아이, 아빠!"

김유정이 부끄러워하며 눈치를 주고서야 거실에 한

사람이 더 있다는 걸 알아챈 김종환이 눈을 크게 뜨고 턱으로 부응옥란을 가리켰다. 얼굴에서 웃음이 사라진 것만 아니라 다가오던 걸음도 멈추었다. 단지 낯선 얼굴을 경계하는 행동일 수도 있지만, 부응옥란의 경험에 의하면 한국인의 전형적인 외모와는 약간 다른 외국인을 바라보는 특유의 표정과 태도였다.

"안녕하세요. 저는 부응옥란이라고 합니다."

인사를 건넸지만 김종환은 대꾸도 없이 딸에게 대답을 재촉하는 눈빛을 보냈다.

"소평 씨가 연락도 안 되고 오늘 출근을 안 해서요."

"아직도 연락 안 돼?"

"네."

"하, 가뜩이나 대목 막판이라 정신없는 판에…. 소평이 그 자식 얼마 전부터 도박판에 드나든다는 소문이 있던데 그거랑 무슨 관계가 있을지도 모르겠다."

걱정인지 짜증인지 김종환이 미간을 좁혔다. 부응옥란의 시선이 김유정에게 향했다. 도박이라고? 세상 성실한 남자라고 하지 않았니?

"소평 씨가 무슨 도박이에요. 그럴 사람 아닌 거 아빠도 잘 아시면서! 그건 진짜 헛소문이에요. 암튼 제가 도와줄 분을 모셔 왔어요. 이 언니가 못하는 일이 없거든요. 근데 지방에서 급하게 데려온 거라 당분간 제 방에서 함께 지내려고요."

김유정이 부응옥란을 소개하며 아빠 몰래 눈을 찡긋했다. 뜬금없이 무슨 말이야. 부족한 일손을 채우기 위해서 나를 데려왔다고? 부응옥란은 약간 황당했지만 일단 윙크를 접수했으니 잠자코 있기로 했다.

"오호! 도우미?"

김종환의 시선이 부응옥란에게 한동안 머물렀다.

"우선 며칠만 좀 고생해줘요. 아마 이번 주 목요일부터 일이 확 줄어들 거야. 그리고 설 연휴 지나면 거의 놀면서 꿀 빠는 기간이야. 같은 값이면 한국인이 좋긴 한데 뭐 어쩔 수 없지."

부응옥란은 도우미라는 단어 선택과 김종환이 자신을 훑어보는 시선에서 기시감을 느꼈다. 도우미는 일상적으로 쓰는 단어이기도 하고, 처음 사람을 만나면 살펴보는 게 당연하다고 할 수도 있지만 콕 집어 설명하기 어려운 미묘함이 있었다. 아는 사람만 아는.

게다가 같은 값이면 한국인이 낫다는 말은 같은 값이 아니니까 이주 노동자를 쓴다는 의미였다. 즉 이주 노동자에겐 한국인과 같은 급여를 주지 않겠다는 선전포고나 다름없었다. 수도 없이 자주 들은 말이었다.

"지금은 한국인이긴 해요. 잘 부탁드립니다."

이럴 땐 표면적으로라도 웃음을 짓지 않는 게 포인트였다.

"그래요. 그리고 집 구하는 게 마땅치 않으면 빈방 하나 있으니까 얘기하고."

"빈방? 어디?"

김종환의 제안에 김유정이 끼어들었다.

"가게 2층 방 계속 비어 있잖아."

"엥흐찐 언니가 쓰던 방? 에이, 아빠! 거긴 정말 아니다! 어떻게 치란한테 거기 살라고 할 수 있어요?"

김유정이 오만상을 찌푸리며 허리에 손을 얹었다. 공주님이 언성까지 높이는 걸 보니 가게 2층 방의 상태가 굉장히 열악한 모양이었다.

"아이고, 우리 공주님 화났어요? 집을 정 못 구하면 임시방편은 있다, 이 말이지. 계속 우리 집에 살 수는 없잖냐."

김종환이 김유정의 볼을 살짝 꼬집고는 변명을 흘리며 안방으로 돌아갔다.

"아빠, 아침은요?"

"괜찮다. 티오프 시간 빠듯하네."

곧 4신데 아침? 집에서 요리도 안 한다면서 식사를

묻는 건 비 오는 날 아침에 '굿 모닝'이라고 말하는 것처럼 원래 의미는 중요하지 않은 인사말일 것이다. 다소 삭막할 줄 알았던 둘 사이는 꽤 다정한 부녀지간이었다. 그 나이대 으레 그런 무뚝뚝한 아재라면 "네가 챙겨줄 것도 아니면서 왜 묻냐"라고 꼬투리를 잡았을 텐데 말이다. 김종환은 직원들 고생하는 대목에 오후 늦게 일어나서 골프 라운딩 가는 날라리 사장이긴 해도 이른바 '딸 바보'의 표상이라 할 만했다.

좋겠다, 야. 부응옥란이 김유정을 보며 피식 웃음을 흘렸다. 그러자 웃음의 의미를 오해한 김유정이 고개를 꾸벅했다.

"미리 의논 못 드려서 죄송해요. 그렇게 좀 부탁해요."

"그래. 좋을 대로."

보통 사람이라면 생각도 없던 일자리를 제안받고 해보지도 않은 일을 해야 한다는 걱정부터 들 텐데 부응옥란은 그쪽으로는 생각이 미치지 않았다. 언제든 어디서든 뭐든 자신 있는 편이었다.

단지 김유정의 의도가 궁금했다. 가게 일에 도움이 되고 싶다는 점을 어필해서 아빠에게 점수를 따고 싶은 걸까. 하지만 아빠가 도우미라고 생각했던 부응옥란이 문소평의 행방을 찾아내고 김제로 돌아가면 오히려 인선을 잘못했다며 점수를 잃을 수도 있다. 그렇게까지 빨리 사건을 해결할 수는 없을 거라 예상하는 건가.

혹은 문소평의 평판을 걱정하는 행동일 수도 있다. 좋아하는 남자의 빈자리로 인해 벌어지는 업무 가중을 최소한으로 줄여서 그가 돌아왔을 때 그를 향한 비난이 너무 크지 않았으면 하고 바랐다면 말이다. 그렇다면 김유정은 그가 돌아올 거라 확신하고 있을 터였다. 하지만 그렇게 확신이 있다면 잠자코 기다리면 될 걸 왜 김제까지 본인을 데리러 온 건지 부응옥란은 이해가 가지 않았다.

그리고 김유정이 아빠를 대하는 모습에서 부응옥란은 내심 품고 있던 미심쩍은 느낌에 대한 답을 찾은 듯했다. 높은 톤의 목소리로 애교를 피우고 뾰로통하게 앙탈 부리는 행동은 아빠가 가장 좋아하는 딸의 모습을 연기하는 느낌이었다. 김유정은 기본적으로 순진하고 해맑은 아가씨의 태도가 몸에 배어 있었는데, 그때그때 필요에 따라 본인의 캐릭터를 더욱 강조하거나 줄이는 게 보였다. '인생은 연기'라는 말처럼 사람이라면 누구나 상황에 맞게 표정을 바꾸긴 하지만 김유정은 그 변화가 조금 더 확연했다. 연인이 실종된 심각한 상황에 어울리지 않는 태도나 말투가 튀어나오는 이유일 것이었다.

부응옥란은 어쩌면 김유정의 본모습을 아직 본 적이 없을지도 모른다는 생각이 들었다.

"우린 뭘 좀 시켜 먹을까요?"

"시키긴 뭘 시켜. 요리해서 먹지."

김유정이 음식 배달을 제안하자 부응옥란은 살림하는 사람답게 거부했다. 하지만 그건 살림하는 사람이 없는 집의 상황이 어떤지 모르는 사람의 생각이었다.

"집에 아무것도 없는데요."

과연 냉장고엔 물과 술, 먹다 남은 배달 음식뿐이었다. 부응옥란의 냉장고보다 최소 두 배는 넓은 내부가 칸칸이 나뉘어 있었고, 대단해 보이는 첨단 기능들이 붙어 있었지만 말 그대로 돼지 목에 진주 목걸이였다.

"저도 가끔은 아빠랑 요리도 하고 맛이 있든 없든 식탁에 같이 앉아서 먹자고 했는데, 아빠는 분위기 좋은 곳에서 요리 잘하는 사람이 해준 걸 사 먹으면 되지 뭐 하러 그러냐면서 카드를 주세요."

그것참 부럽네. 부자 아빠의 사랑만큼이나 한도가 넉넉한 카드겠지? 부응옥란이 뻑뻑 소리를 내는 냉장고 문을 닫았다. 아래쪽 냉동칸에는 소고기와 돼지고기가 있었지만 부응옥란도 그렇게 거창한 요리를 선보일 기분은 아니었기에 배달 앱을 켜는 김유정을 향해 고개를 끄덕였다. 사실 부응옥란은 뜨끈한 국물이 당겼지만 화면을 이리저리 스크롤해가며 평점이 제일 높은 베트남식 샌드위치인 반미를 찾아낸 김유정의 정성을 거부할 수가 없었다. 편견에 의한 메뉴 선정이라도 어떤 마음으로 그런 결정을 했는지는 알 수 있으니까.

그사이에 외출 준비를 마친 김종환이 진한 머스크 향을 풍기며 거실로 나왔다. 머스크 향 자체에 문제가 있는 건 아닌데 품질의 차이인지 혹은 사람을 타는 건지, 자칫 아저씨 냄새가 되곤 했다. 활동성을 해치지 않으면서도 따뜻해 보이는 의상은 고가의 제품이 분명했으니 김종환의 향수 역시 싸구려는 아닐 터였다. 순간 부응옥란은 향기를 느끼는 데 후각뿐 아니라 시각 정보가 영향을 끼칠지도 모른다고 생각했다.

"골프가 중요한 게 아니야. 비즈니스지, 비즈니스."

이 추운 날 무슨 골프냐는 딸의 걱정에 김종환이 사업가다운 포즈로 배를 내밀며 답했다. 제스처도 동반했는데 스윙 동작이 아니라 돈을 세는 흉내였다. 그러곤 부응옥란을 흘깃하더니 김유정에게 인사했다.

"오늘 늦으니까 기다리지 마라. 뭔 일 있으면 연락하고."

뭔 일이란 무슨 일을 가리키는 걸까. 딸이 데려온 베

트남 여자가 집에서 뭔가를 훔쳐 가는 일? 순진한 딸을 꼬드겨 불리한 거래에 응하게 하는 일? 순백의 공주님에게 동남아 아줌마의 저렴한 냄새가 배는 일?

부응옥란의 씁쓸한 미소를 뒤로하고 김종환이 현관문을 나선 지 얼마 지나지 않아 초인종이 울렸다. 깜빡한 게 있나 싶었는데 헬멧을 쓴 사람이 문 앞에 있었다. 배달 음식이 벌써 도착한 것이었다. 역시 서울특별시구나.

"소평 씨와 마지막으로 연락이 된 건 언제야?"

식탁에 앉아 샌드위치 포장을 뜯으며 부응옥란이 물었다.

"3일 전 토요일 저녁요. 토요일은 도축이 거의 없어서 내장 장사들은 대부분 쉬거든요. 그래서 소평 씨랑 데이트는 주로 토요일에 했어요. 소평 씨가 월요일 새벽부터 일을 하니까 업무에 지장이 생기지 않게 최상의 컨디션으로 출근하고 싶다고 일요일엔 잘 안 만나줬어요. 그렇게 책임감이 강한 사람이었어요."

"데이트를 잘하고 헤어진 뒤에 연락이 끊긴 거야? 혹시 크게 싸웠다거나…."

김유정이 열심히 비교하고 검색한 덕분에 반미는 부응옥란의 기준에도 꽤 그럴싸한 맛이었다. 부응옥란은 문장을 마치지 못하고 샌드위치를 크게 한입 더 베어 물었다.

"아뇨. 그날은 제가 다른 약속이 두 개나 있어서 원래는 못 만나는 거였어요. 근데 저녁 약속이 막판에 취소되어서 소평 씨에게 전화를 걸었어요. 친구랑 동대문에 있는데 마침 사장님이, 우리 아빠 얘기예요, 일 시킨 게 있어서 가게에 가야 한다더라고요. 토요일 저녁에 무슨 일을 시키고 그러나 짜증이 확 올라왔어요. 퇴근 후에 카톡 보내는 수준도 아니고 정말 너무하잖아요. 나랑 사귀는 거 다 알면서 일을 줄여주진 못할망정…."

김유정이 빵을 씹느라 잠시 말을 끊었다가 꿀꺽 삼키고 다시 이었다.

"암튼 저도 왕십리에 있었던 터라 일단 가게에서 만나기로 했죠. 그래서 제가 먼저 가게 앞에 도착해서 기다렸는데… 안 왔어요. 전화도 안 받고."

"그냥 그렇게 갑자기?"

"네. 그 후로 오늘까지 3일째예요. 일요일에 경찰서에 갔었지만 성인 가출이니 사랑싸움이니 했고, 게다가 외노자냐며 무시만 당했어요. 저도 괜한 걱정일 거라 희망 품고 기다렸는데 오늘 새벽까지도 연락이 안 되고 출근도 안 해서 곧장 김제로 달려갔던 거예요."

"흐음…."

부응옥란이 미간을 찌푸리며 고개를 갸웃했다.

"뭔가 느낌이 오세요, 치란?"

"고수를 조금 더 넣으면 좋을 것 같아."

"아무래도 한국인 중엔 싫어하는 사람도 많아서…."

"소펑 씨랑 동대문에 갔다던 친구는 누군지 알아?"

잠깐 딴소리하는가 싶던 부응옥란은 금세 중요한 포인트를 짚었다.

"안 물어봤는데 아마 같이 사는 사람일 거예요. 이위진이라고 동향 출신이랑 함께 살거든요. 함께 산다기보다는 소펑 씨가 자기 집에 들인 거지만요. 원래 알고 지내던 사이도 아니고 고향만 같을 뿐인데도 무슨 친형제가 따로 없어요. 대륙, 대륙 하더니 땅덩어리가 워낙 넓어서 그런가 봐요."

"맞아. 중국인들이 그런 면이 있지."

부응옥란도 단지 동향이라는 이유만으로 굉장히 가깝게 지내는 중국 출신 이주민들을 여럿 알고 있었다. 그 넓은 나라에서, 그 많은 사람 중에서 같은 지역 사람을 그것도 멀리 떠나온 외국에서 만난다? 가족이지. 다들 그렇게 말했다.

"그 사람한테 연락은 해봤고?"

"연락처를 몰라요. 가끔 같이 어울리긴 했어도 굳이

전번을 딸 이유가 없어서.”

“집에 가면 만날 수 있을 거 아냐?”

김유정의 대답이 늦어지자 부응옥란이 재촉의 의미로 눈썹을 치켜올렸다. 안 그래도 큰 눈이 더 커졌다. 빵 삼켰으면 얼른 대답하지?

“집을… 몰라요.”

“뭔 소리야? 소평 씨랑 같이 산다며?”

“맞아요.”

“소평 씨 집을 모른다고?”

“네.”

부응옥란이 저작 운동을 멈췄다. 하도 어이가 없어서 계속 턱을 움직이다간 혀를 씹을 것 같았다. 뭐지, 얘? 이게 바로 그 차원이 다르다는 MZ인가?

“사귄 지 6개월 됐다며? 결혼까지 생각한다며? 근데 어떻게 어디 사는지도 몰라? 반년 만에 결혼 얘기를 하는 건 지나치게 빠른데, 여섯 달 동안 애인 집도 모르는 건 너무 느린 거 아냐? 뭐가 이렇게 들쭉날쭉해? 요즘 세대 특징인지, 서울 사람이라선지 알 수가 없네.”

“소평 씨가 집에 데려간 적이 없어요. 늘 저를 우리 집에 바래다주기만 했죠.”

“지극정성 나셨네.”

부응옥란의 농담에 김유정이 입술을 삐죽이며 자못 심각한 표정을 지었다.

"음, 소평 씨가 자상한 건 맞아요. 근데 그것만은 아니었어요. 처음부터 우리가 사귀는 걸 감추고 싶어 해서 많이 다퉜어요. 시장 사람들이나 주변인들이 우리 관계를 알게 되면 저한테 좋을 게 없다나요. 데이트는 항상 먼 동네에서만 했고, 집에 바래다줄 때도 혹시나 누가 볼까 전전긍긍하며 거리를 두고 걸었어요. 이미 시장에 소문이 나서 알 만한 사람은 다 아는데도 그랬다니깐요."

부응옥란이 콜라가 담긴 종이컵을 들었다. 비밀 연애라는 건 대부분 뒤가 켕기는 놈들이 하는 짓이다. 유부남이라든지 문어발이라든지, 아니면 다른 목적이 있어서 가까이 지내는 경우라든지. 특별한 사정이 있는 때를 제외하고는 떳떳하다면 숨길 이유가 없었다. 하지만 문소평에겐 어느 정도 감안해줄 부분이 있긴 했다. 이주 노동자와 사장의 외동딸이라면. 해고를 각오해야 할 수도 있었다.

"둘이 사귀는 걸 아빠도 안다고 했지? 어떤 반응이었어? 진지하게 만나는 것도 알아?"

김유정이 샌드위치 포장지를 구기고 콜라를 한 모금 마셨다.

"치란이 무슨 생각 하는지 알아요. 애지중지 키운 공주님이 외국인 직원하고 연애한다니 펄쩍 뛰지 않았느냐 이거죠? 우리나라 아빠들은 대부분 반대할 테니 그런 짐작을 하는 게 당연해요."

지금 '공주님' 부분에서 손끝으로 머리카락을 찰랑 흔든 건가. 예쁜 척이 아주 몸에 배었네. 부응옥란이 웃음을 참았다.

"하지만 우리 아빠가 어떤 분인지 알고 나면 그런 생각은 바로 사라질걸요. 집 떠나서 고생한다며 이주 노동자들을 조금이라도 더 챙겨주려고 노력하시는 분이에요. 아빠도 젊을 때 무일푼으로 마장동에 와서 힘든 시절을 겪어봤기 때문에 더 그러시는 것 같아요. 성실하게 살다 보면 자기처럼 좋은 날이 온다고 응원과 동기 부여를 많이 하세요. 그리고 직원들을 국적과 상관없이 철저하게 능력 위주로 대우하세요. 그래서 소평 씨가 자기보다 더 오래 근무한 한국인 직원을 제치고 제일 높은 위치에 있게 됐고요. 따로 직책을 주진 않았지만 다들 소평 씨가 조만간 대평이나 태평이 되는 거 아니냐고 했어요. 말이 나왔으니 말인데…."

김유정이 핸드폰 배경 화면을 보여주었다.

"소평 씨 현빈이랑 많이 닮지 않았어요?"

전혀 안 닮았다. 장난하나. 부응옥란은 한국어 선생님으로 삼은 송혜교 주연의 드라마 〈그들이 사는 세상〉을 무수히 시청했기 때문에 김유정의 터무니없는 콩깍지를 용납할 수 없었다. 바닷가를 배경으로 입가에 미소를 띤 사진 속 문소평은 선한 인상에 그럭저럭 깔끔한 외모이긴 하지만, 잘생겼다고 할 정도는 아니었다. 굳이 따지자면 병약한 모범생 스타일이었다.

"공부 잘하게 생겼네."

부응옥란으로서 최선을 다한 평가였다.

"역시 치란! 눈썰미가 끝내주넹. 맞아요. 소평 씨, 베이징대 졸업한 엘리트예요. 근데 취업난이 워낙 심해서 북경에 일자리를 구하지 못했대요. 중국에는 '후커우'라고 거주지를 등록하는 제도가 있는데, 직장을 못 구하면 원래 살던 고향으로 돌아가야 한대요. 근데 어차피 고향에 가도 먹고살긴 막막하니 우리나라로 온 거래요. 정말 대단하죠? 똑똑하고 생활력도 강한데 외모까지…."

"거기까지만 해."

그렇게 푹 빠졌으면서 어디 사는지도 모르다니 부응옥란은 다시 생각해도 이해가 안 됐다. 물론 누군가를 열렬히 좋아하는 것, 그와 함께 행복을 느끼는 것이 사랑이라 한다면 그 말도 맞다. 하지만 그 외에도 사랑의 속성에는 여러 가지가 있다. 가령 평소와 다른 상대방의 눈썹 각도만 보고도 말 못 할 고민이 생겼음을 알아보는 것, 서로가 어깨에 진 짐이 무엇인지를 헤아리려고 애쓰고 위로가 되어주는 것. 사랑에는 기쁘고 즐거운 시간 외에도 이처럼 수면 위로 떠오르지 않는 순간들이 있다. 그런데 지금 김유정은 문소평이 갑자기 사라진 이유조차 전혀 짐작하지 못하고 있었다. 이게 MZ식 연애인가 보다 넘기려 해도 어딘가 막혀서 답답한 기분이었다.

모든 걸 시원하게 털어놓지 않고 뭔가를 감추고 있다는 느낌을 지울 수 없었다. 김유정은 아빠가 사장으로서 직원들을 평등하게 대한다고 말했지만, 부응옥란은 김종환을 잠깐 마주친 사이에도 이주민에 대한 차별적인 언행을 겪었다. 설령 이주 노동자에게 호의적인 사장이라도 자기 자식과 진지한 연애를 시작하면 다른 사람이 될 수 있다. 김영순이 아들을 향한 체체크의 진심에 질겁을 했듯이. 김종환이 겉으로는 허락하는 척했더라도 기름 낀 뱃속 깊은 곳에 자리 잡은 거부감을 감추지 못했을 가능성이 높아 보였다. 아무리 눈치가 없기로서니 김유정도 그 사실을 모르진 않았을 것이다. 아빠의 뜻을 거스르느니 차라리 모르는 척하는 게 낫다고 생각했다면 몰라도 말이다. 중국 출신의 이주 노동자로서 사장님의 귀한 딸과 연애하다가 지취를 감춘 문소평에겐 어떤 사연이 있을까.

"그래도 일손이 부족한 상황에 치란 데려왔다고 아빠가 저를 좀 대견해하시는 거 같죠? 사실 집에 누구를 들인 게 처음이라 살짝 걱정했는데 흔쾌히 허락하셔서 다행이에요."

흔쾌히 허락했다라⋯. 부응옥란은 좀 전에 대뜸 가게 위층의 열악한 방을 제안했던 김유정의 아빠를 떠올렸다. 오히려 그 태도에서 문소평이 어떤 일들을 겪었을지 짐작되는 면이 있었는데, 김유정은 같은 상황을 전혀 다르게 이해하고 있었다.

김유정은 아빠가 원하는 모습을 보여주려 노력하는 딸이었다. 성악을 전공해 유학까지 갔지만 결국 장시간 투자한 경력이 모두 물거품이 되었다. 딸의 성공을 위해 인생을 바친 아빠에게 어떻게든 보답하고 싶은 게 당연했다. 본인 때문에 아빠의 인생까지 아무것도 남지 않는 허무한 결말에 다가간다는 자책감도 있을 터였다.

게다가 오랜 해외 생활 동안 낯선 환경에서 기댈 수 있는 유일한 존재였던 엄마는 딸에게 애정을 베풀기는커녕 외도를 저지르고 끝내 이혼까지 치달았다. 김유정이 애정 결핍을 겪는 건 어쩌면 당연한 일이었다. 취약한 상태로 다른 누군가의 애정을 갈구하다 나쁜 놈한테 걸려서 더 나쁜 일을 당하지 않았으면 다행이다 싶었다. 부응옥란은 문득 궁금해졌다. 문소평은 어떤 남자일까.

"둘은 어떻게 사귀게 됐어?"

내일 아침 출근해야 하니 일찍부터 쉬자는 김유정의 성화에 은은한 조명이 켜진 널따란 침대에 나란히 누워 부응옥란이 물었다.

"운명이었죠."

대답을 들으니 얼마나 홀라당 사랑에 빠졌을지 뻔했다. 젊은 여성들이 관계를 좀 더 신중히 생각해봤으면 하고 바라는데, 체체크도 그렇고 뭔가 이들은 부응옥란의 생각과 달랐다. 하지만 이런 소릴 하면 꼰대라고 여길 것이었다. 김유정은 인생 선배가 눈을 질끈 감은 것도 모른 채 신이 나서 자신의 연애사를 늘어놓았다.

"처음 한국 왔을 때는 가게에 별로 안 나갔거든요. 그래서 소평 씨를 크게 눈여겨볼 일도 없었어요. 그러다 엥흐찐 언니가 갑자기 일을 그만둬서 제가 사무실에 갈 일이 많아졌어요."

"엥흐찐? 아까 그 가게 2층의 방을 썼다던?"

"맞아요. 원래 우리 가게에서 경리 일 보던 언니예요. 몽골에서 왔는데 엄청 똑똑했어요. 한국말도 거의 치란만큼이나 잘하고 컴퓨터도 잘 다뤘고요. 진짜 똑 부러지는 언니였는데 어느 날 갑자기 안 나왔어요. 연락도 안 되고. 어떻게 하루아침에 그럴 수 있나 저는 많이 놀랐는데, 다들 대수롭지 않게 넘기더라고요. 어쨌든 그때부터 제가 본격적으로 출근하게 됐어요. 소평 씨하고 자주 마주치게 된 거죠. 처음엔 그냥 잘생긴 사람이 일을 꽤 열심히 하는구나 정도로만 생각했어요.”

잘생긴? 부응옥란이 흘깃하니 옆에 누운 김유정의 표정이 묘했다. 문소평과의 추억에 잠겨 은은한 미소를 띠고 있었는데 눈빛에는 촉촉한 근심이 어려 있었다. 사라진 애인이 걱정되지만 한편으로는 생각만 해도 좋은 모양이었다.

“근데 자꾸 보다 보니까 그냥 일을 좀 열심히 하는 수준이 아니라 인생 자체가 성실한 사람이더라고요. 그리고 이건 좀 별거 아니긴 한데… 제가 소평 씨한테 결정적으로 반하게 된 계기가 있어요. 치란이 들으면 비웃을 수도 있는데…. 사실 누군가가 마음에 들어오는 순간은 정말 사소하지 않나요?”

부응옥란은 자기도 모르게 나래 아빠를 처음 만났던 날을 떠올렸다. 그래, 셔츠 단추에서 풀어져 늘어진 실밥이 계기였지.

"저는 영어였어요."

"응?"

"영어요. 미국에서 돌아온 뒤로 무의식적으로 영어 매체를 멀리했는데, 그날 가게 앞에서 한 관광객이 길을 묻더라고요. 뉴욕 악센트로요. 정확한 이유는 모르겠지만 왠지 말문이 막혔어요. 근데 옆에 있던 소평 씨가 엄청 유창한 영어로 대답하는 거예요. 추가 질문에도 상세하게 설명해주고요. 얘기하면서도 웃기긴 한데 그 모습이 너무나 멋졌어요. 영어 좀 잘하는 게 뭐 그리 대단하냐고 물으면 할 말은 없어요. 그런데 비닐 앞치마에 피 묻은 장화를 신고 아무렇지도 않게 영어를 구사하는 중국인 노동자의 모습이 뭐랄까… 이질적이면서도…."

"그래, 그런 것에서도 특별한 유대감을 느낄 수 있지."

"맞아요! 특별했어요. 제가 소평 씨 엘리트라고 말했죠? 뭐 마장동에서 칼질하는데 가방끈이 무슨 소용이겠냐만요. 근데 또 시장에 은근히 고학력자가 많더라고요. 엥흐찐 언니도 회계 쪽 전공이어서 저한테 이것저것 많이 알려줬어요."

"근데 갑자기 퇴사했다고?"

"음… 퇴사라기보다는 잠수에 가깝죠."

"그래도 이상하게 여기는 사람이 없었다 이거지? 이주 노동자가 갑자기 그만두는 일이 그렇게 흔해?"

"다들 그렇게 얘기해요. 그치만 제가 겪은 바로는 이주 노동자에만 국한된 게 아니에요. 여기 마장동 시장 자체가 그런 곳이랄까요. 특히나 내장 쪽은 더 심해요. 제가 본 케이스는 대부분 한국인이었는데 알바 앱을 통해서 뽑은 직원이 하루도 못 채우고 도망가는 일이 허다해요. 마트 정육점처럼 깔끔한 일을 할 줄 알고 왔다가 내장 모양이나 냄새에 질려서 그만두기도 하고, 어떤 사람은 화물 승강기 한번 타보고는 곧장 집으로 가버렸어요."

"승강기가 왜?"

부응옥란이 의아해하며 한쪽 눈썹을 치켜올렸다.

"그게 처음 보면 좀 무섭긴 해요. 워낙 열악해서. 백화점이나 대형 마트 화물용 엘리베이터 생각하면 안 돼요. 그건 사실 고객용보다 크기만 크지 깔끔하잖아요. 여기는 움직이는 게 용하다 싶은 수준이고 실제로 종종 멈춰요. 그러면 또 다들 아무렇지도 않게 수동으로 버튼을 조작하더라고요."

"아무렇지도 않게 넘기는 일이 참 많네."

"근데 그거야 경험이 좀 있는 사람들 얘기고요. 첫날부터 그런 걸 보면 '아, 여기는 내가 있을 곳이 못 되는

구나!' 하는 생각이 들 만도 하죠. 현명한 걸지도요. 얼마 전에도 서문 쪽에서 누가 승강기 사고로 죽었댔나 크게 다쳤댔나 그랬으니까."

"그것도 흔한 일이야?"

"흔한 일까진 아닌데 다들 먹고살기 바빠서 그런지 남 일에 크게 신경을 안 쓴달까…. 같은 시장에서 벌어진 일인데도 직접적으로 아는 사람이 아니면 그냥 해외 뉴스처럼 여기긴 해요. 어지간한 건 하루이틀이면 잊고요."

끼이익. 위층에서 조심성 없이 의자를 끄는 소리가 났다. 이런 고급 아파트에서도 층간 소음은 어쩔 수 없는 모양이었다.

"사고당한 사람은 외국인?"

"어… 잘 모르겠어요. 아마 그랬던 거 같아요."

부응옥란이 짧게 한숨을 쉬며 곁눈질로 김유정을 살폈다. 기본적으로 심성이 착하고 중국인 직원과 사랑에 빠질 정도로 편견이 없는 건 알겠지만 어쩔 수 없이 기득권의 태도가 몸에 밴 듯했다.

"왜요? 너도 은은히 차별하는구나, 하고 생각했죠?"

김유정은 눈치가 없는 것 같다가도 어느 순간엔 놀랍도록 기민했다.

"차별이 아니라 자세한 사정을 듣지 못해서 그래요.

제가 꼬치꼬치 캐물을 사항도 아니고요. 차별이라면 오히려 제가 많이 당했죠. 유학하는 동안에도 그랬고, 사실 그전에도 그랬어요."

"네가?"

"그랬다니깐용. 백인들 사이에서 차별당한 거야 말할 것도 없고요. 한국에서도 클래식 음악 쪽에 워낙 쟁쟁한 집안 애들이 많잖아요. 저야 옛날 말로 백정 딸내미고요. 게다가 사실 마장동 시장 내에서도 내장은 약간 그런 게 있거든요. 치란도 그렇지 않아요? 마장동이라고 하면 한우 등심, 갈비, 아니면 삼겹살 같은 고기류를 떠올리지 곱창이나 대창을 먼저 생각하진 않죠. 내장류는 공식 명칭이 부산물이에요."

"부산물?"

"고기를 생산하면서 곁다리로 나오는 것들이라는 뜻이에요. 일반적으로 대목이라는 말은 돈을 많이 버는 시기를 가리키지만 부산물은 그 반대예요. 명절 대목엔 선물 세트다 뭐다 해서 소를 평소의 두 배도 넘게 잡는데, 내장이 많이 팔리는 건 아니란 말이에요. 설날이라고 곱창을 더 먹진 않으니까요."

"생각해보니까 그렇네. 그러면 좀 덜 매입하면 안 되는 거야?"

"부산물이라서 어쩔 수 없어요."

"응?"

"부산물은 많이 팔릴 때 많이 사고, 덜 팔린다고 적게 사고 할 수 있는 게 아니에요. 도축장하고 일정 기간 계약하는 거라 소를 많이 잡든 적게 잡든 그 기간에 나오는 물량을 받는 거예요. 그래서 내장 장사에게 대목은 일만 많고, 돈은 못 버는 기간이에요. 내장값은 또 선불인데, 팔 수 있는 것보다 훨씬 더 많은 물량이 쏟아지니까 돈이 냉동창고에 처박히는 거죠."

"수요와 공급의 법칙이 독특하게 어긋나 있네?"

"네, 정말 희한하죠. 원하지 않아도 사야 한다는 게. 단가도 계약 기간 동안 고정이에요. 안 팔린다고 해서 싼값에 가져올 수 있는 것도 아니란 뜻이죠."

"뭔가 불공정한 느낌이네. 상하 관계야? 누가 위쪽을 차지한 거야?"

김유정이 바스락거리며 돌아누웠다. 새어 나오는 한숨 소리와 미묘하게 가라앉은 마음을 감추려는 행동이었지만 그러기에는 부응옥란과의 거리가 너무 가까웠다.

"왜?"

"아빠가 진짜 바닥부터 차근차근 여기까지 올라오

셨는데 제가 실패하는 바람에 실망만 안겨드린 것 같아
서요.”

“어차피 아무리 올라가도 그보다 더 위가 있기 마련
이야. 네 아버지는 대단히 성실하신 분인 거 같은데 너도
네가 할 수 있는 일을 하면 돼. 아직 실패란 딱지를 붙이
긴 너무 어린 나이 아니니? 인생은 직선이 아니야. 옆으
로 돌아갈 수도 있지.”

부응옥란의 위로에 김유정은 금세 표정이 풀려서는
농담을 던졌다.

“제 이름에 곧을 정 자가 들어서 그런가 봐요. 넉넉
할 유에 곧을 정이거든요.”

“나는 구슬 옥에 난초 란.”

부응옥란이 말을 받자 김유정이 눈을 동그랗게 떴다.

“맞다. 베트남도 한자 문화권이죠?”

“응.”

“근데 표기는 영어로 하고.”

“영어가 아니라 로마자.”

“아, 암튼요. 그게 좀 특이한 거 같아요.”

부응옥란이 커다란 눈을 굴렸다.

“뭐가? 한국에서도 한자어를 한자가 아니라 한글로
표기하잖아.”

“음… 그런가? 그래도 우리는 고유의 문자가 있잖아요!”

김유정의 자랑스러운 태도에 부응옥란이 분한 콧김을 뿜고는 혀를 찼다.

“쯧, 세종대왕이 베트남에서 태어났어야 했는데.”

“에? 생전 처음 들어보는 주장이네요.”

“그분 식성도 좋으셨다는데 이모작 삼모작이 가능한 베트남에서 사셨으면 더 행복했을지도 모르지. 그랬으면 베트남에서 한글을 만들었을 거 아냐. 명칭은 달랐겠지만.”

“와, 치란 진짜 모르는 말이 없잖아요! 농촌에 사니까 이모작 삼모작이야 그렇다 쳐도, 세종대왕이 식성이 좋다는 건 어떻게 안 거예요? 미쳐, 진짜.”

김유정이 부응옥란의 배경지식과 한국어 실력에 새삼 다시 놀랐다. 그러고는 이내 귤 껍질을 씹은 사람처럼 오만상을 찌푸렸다.

“그랬으면 우린 여태 한자를 썼으려나요? 생각만 해도 끔찍하네요.”

“어허! 수십억 명이 사용하는 문자를 끔찍하다고 하면 쓰나? 자기 애인도 중국인이면서.”

“아, 그렇네요. 취소! 히히.”

문소평 얘기만 나와도 절로 웃음이 지어지는 모양
이었다.

"자라."

"넹."

부응옥란은 온몸에 힘을 빼고 눈을 감았다. 베개는
폭신했고, 매트리스는 적당한 탄력으로 등을 받쳐주었
다. 이불은 가볍고 따뜻했으며 좋은 향기가 났다. 이게 무
슨 향이더라. 아니야, 그만 생각하자. 하루 동안 과다한
정보를 받아들였다. 어디로 튈지 종잡을 수 없는 김유정
과의 대화엔 불필요한 수다가 너무 많이 섞였다. 온갖 잡
동사니로 가득한 방에 들어서서 어디서부터 정리를 시
작해야 할지 막막한 기분이었다. 어느 게 중요한 물건인
지, 어떤 걸 버려도 되는지조차 가늠이 안 될 정도였다.

내일은 시장 분위기를 파악하고 문소평과 이위진이
함께 살던 집을 알아내는 것부터 시작할 계획이었다. 일
단은 위장 취업을 했기 때문에 조사 외에도 할 일이 많을
터였다. 부응옥란은 부디 공포의 화물 승강기를 탈 일이
없길 바라며 잠들었다.

마장동 축산물 시장

시장 입구에 세워진 황소와 돼지 조형물이 마장동 축산물 시장의 성격을 분명히 드러냈다. 건강한 소와 돼지의 생명을 빼앗고 그 육체를 여러 부위로 나눠서 화폐와 교환하는 장소. 프라이드치킨을 배달하는 닭이나 삼겹살이 담긴 접시를 서빙하는 돼지가 그려진 간판에 비하면 그나마 덜 비극적이긴 했지만 여전히 모순적이었다. 하지만 어쩌겠나. 인간이라는 존재 자체가 모순적인 것을.

시장 통로에는 여느 현대식 전통 시장처럼 붉은 아크릴로 만든 아치형 천장이 덮였고, 양쪽으로 붉은 조명이 켜진 고기 진열장이 주욱 늘어서 있었다. 검은 아스팔트 바닥은 반질반질 미끄러웠으며 공기 중엔 비릿한 기름 냄새가 흘렀다. 이른 아침인데도 각양각색의 간판을 내건 상점들 사이로 1톤 탑차와 오토바이, 손수레를 미는 상인들이 끊임없이 이동하고, 무리 지어 모둠 한우 세트를 고르는 관광객들은 연신 사진과 동영상을 찍느라 분주했다.

"마장동 마장동 하더니 대단하긴 하네."

"상점 수가 2,500개가 넘는대요."

"전부 육류를 팔고?"

"거의 그렇다고 봐야죠."

"살벌하네."

커다란 소 갈빗대를 걸고 손질 중인 작업장, 젊은이들이 횟집처럼 수조를 두고 고기를 숙성하는 가게, 스티로폼 상자에 택배 포장이 한창인 여자, 가느다란 칼로 소머리에서 살과 뼈를 분리하는 남자, 그리고 그 옆으로 우설을 나란히 늘어놓은 노점 등 다양한 사람들이 다양한 일을 하고 있었다.

철길 아래 굴다리를 통과해 한참을 더 걷다 보니 유독 화려한 가게가 눈에 띄었다. '하나이모'라는 상호의 반짝이는 간판 아래로 찬란한 은빛 드레스를 입고 마이크를 손에 든 젊은 여자의 대형 사진이 걸려 있었다. 사진 옆에는 "미스 트롯 TOP 14 유하나"라는 문구와 친필 사인이 있었다. 유하나는 트로트 경연 프로그램에서 비록 최상위권에 진출하진 못했어도 꽤 인기가 좋았고, 탈락

이후에 여러 방송에 출연하며 인지도가 상당한 가수였다. 유하나의 이모가 운영하는 가게인 모양이었다. 부응옥란의 시모가 봤다면 반드시 저 집에서 고기를 사야 한다고 우겼을 거다.

그 옆으로 좁은 골목이 있었는데, 골목 초입 코너에 빨간 고무 다라이들을 늘어놓고 양과 천엽, 곱창 등의 내장을 파는 꼬부랑 할머니가 목욕탕 의자에 쪼그려 앉아 전기난로에 손을 녹이는 중이었다. 날이 추워서 내장이 담긴 고무 다라이에도 살얼음이 끼었다.

"리본 아줌마, 안녕하세요."

"어."

김유정이 노파와 인사를 주고받고는 골목으로 들어섰다. 해가 들지 않는 좁은 길은 염화칼슘을 뿌린 흔적이 보였지만 군데군데가 빙판이어서 여전히 위험했다. 앞서 걷던 김유정이 통굽 부츠가 미끄러져 뒤로 넘어질 뻔하다가 빙글 돌아 부응옥란을 붙잡고 가까스로 버텼다.

"휴, 빠른 길로 가려다 빨리 죽을 뻔했네. 그냥 넓은 길로 돌아서 갈걸."

서로를 붙들고 조심조심 골목을 벗어나니 메인 통로보다는 좁지만 트럭 한 대는 지날 수 있는 너비의 도로가 나왔다. 그 도로에는 소매보다 도매가 중심인 업체들이 있었는데, 골목에서 나오자마자 왼쪽으로 있는 가게가 '대상축산'이었다. 마장동 시장엔 이런 도로와 골목이 거미줄처럼 퍼져 있어서 김유정은 자기도 아직 안 가본 곳이 많다고 했다.

지방과 피로 범벅되고 물때가 얼룩진 데다, 온도 차로 김까지 서려 거의 불투명해진 유리 너머로 겨우 들여다보이는 대상축산 내부엔 여러 사람이 있었다. 입구에는 미처 안으로 들이지 못한 소 내장들이 노란 플라스틱 박스에 담긴 채 잔뜩 쌓여 있었다. 명절 직전이 가장 바쁜 기간이라는 말이 실감 났다.

"어마어마하네."

"이번 주가 마지막 피크예요. 얼른 들어가요. 춥다, 추워."

김유정이 출입문을 옆으로 밀어 열었다. 따뜻한 공기가 훅 하고 밀려와 두 사람을 감쌌다. 동시에 비릿한 피와 기름 그리고 내장에서 나온 오물의 고약한 냄새가 후각을 자극했다. 작업대 위며 바닥에도 부위별로 해체된 내장이 그득했다. 색색의 반짝거리는 앞치마를 두르고 고무장화를 신은 직원 여섯 명이 양쪽으로 늘어서서 내장 세척과 손질에 한창이었다.

"유정이 왔냐? 빨리 문 닫아. 춥다."

"안녕하세요. 고생 많으십니다."

안에 있던 사람들은 다들 피곤함에 찌든 얼굴로 가볍게 고개만 끄덕이거나 눈으로 흘깃하고는 다시 작업에 몰두했다. 중앙에 통로를 두고 양쪽으로 벽을 보고 선 작업자들이 한쪽에선 검고 넓은 양탄자처럼 생긴 양과 여러 장의 이파리가 묶인 것처럼 생긴 천엽을 세척하거나 곱창을 손질했으며, 반대쪽에선 예리한 칼을 든 사람들이 내장에서 지방을 발라내고 있었다. 얼핏 아수라장처럼 보였지만 나름대로 체계적인 분업이 이루어지는 것 같기도 했다.

"안 그래도 바쁜데 누구 때문에 더 고생하고 있지."

덩치 큰 남자가 작업장 맨 안쪽에서 곱창을 손질하고 최대한 보기 좋게 사려서 끈으로 묶고는, 자기 작품을 깨끗한 얼음물이 담긴 통에 담그면서 이를 드러내고 으르렁거렸다. 그가 누구 얘기를 하는지는 뻔했다. 김유정이 부응옥란의 귀에 대고 속삭였다.

"저 사람은 민수 삼촌인데 소평 씨랑 별로 안 친해요."

문소평이 자기보다 오래 근무한 한국인 직원을 실력으로 추월했다더니 민수 삼촌이라는 사람이 당사자인 모양이었다. 하지만 꼭 그게 아니라도 일이 쏟아지는 상황에 무단결근하는 사람이 있으면 짜증이 날 만했다. 부응옥란은 이런 상황을 잘 알았다. 농번기에 꼭 술병이 나서 일을 못 나오는 아재들이 있어서 분을 삭인 적이 한두 번이 아니었다. 자기네 일을 할 때는 열심히 도와줬건만 막상 자기가 품앗이할 차례가 되면 아프다고 드러누웠다.

"안녕하세요, 부응옥란이라고 해요. 일손이 부족하다길래 도와주러 왔어요."

부응옥란이 인사를 건네자 그제야 모두가 손을 멈추고 고개를 돌렸다. 민수 삼촌이 잠깐 떠올랐던 반가운 표정을 지우고 미간을 찌푸렸다.

"못 보던 얼굴인데 마장동 말고 다른 데서 왔냐? 독산동? 아니면 부천?"

"김제에서 왔는데? 내장 일은 안 해봤어."

반말엔 반말로. 부응옥란의 방식이었다. 하지만 그녀의 외모 탓인지 다들 그저 높임말이 서툰가 보다 하고는 다시 하던 일을 이어갔다. 민수 삼촌만 김유정을 째려봤다.

"가뜩이나 정신없는데 초보자를 가르치기까지 하라고? 차라리 사장님을 설득해서 그만 좀 놀러 다니시고 일하시라고 해라."

"아빠가 여기저기 협회 사람들이랑 거래처 사람들 만나고 다니는 덕분에 우리 가게가 이렇게 돌아가는 거 아시면서 괜히 그러셔. 놀러 다니는 게 아니라 민수 삼촌 월급 벌러 다니시는 거라고요."

미묘하게 시혜적인 태도가 엿보이는 김유정이 더 문제가 될 수 있는 발언을 하기 전에 부응옥란은 작업대의 빈자리로 가서 칼을 집어 들었다. 크고 묵직하며 서늘한 날이 빛을 반사했다. 끝부분을 그라인더로 긁어서 무언가 표식을 해둔 플라스틱 손잡이는 기름기로 미끄러웠다.

"이래 봬도 평생 칼 다뤄왔거든? 그쪽도 뭐, 낫 같은 건 안 써봤을 텐데?"

그러자 민수 삼촌이 풉, 하고 비웃었다.

"미나리 베고 대파나 자르던 칼하고 고기 써는 칼은 다르지. 풀 뜯어 먹는 토끼하고 소 잡아먹는 호랑이하고 같나. 손 다치지 말고 그 칼 내려놔."

오기가 생긴 부응옥란은 옆에 선 사람이 천엽 뒷면의 지방을 도려내는 과정을 잠깐 관찰하다가 작업대 위의 천엽 하나를 앞으로 끌어당겼다. 장화나 앞치마는커녕 롱패딩 차림에 장갑도 안 낀 맨손으로 작업대에 붙어선 모습이 불안했다. 몇 차례 슥슥 칼을 놀리던 부응옥란이 성에 안 차는 얼굴로 칼을 내려놓았다. 지방 손질 상태가 영 깔끔하지 못했다. 괜히 검은 롱패딩에 하얀 기름만 묻어 반질거렸다.

"초보자 수준이 그렇지."

민수 삼촌이 낄낄거리자 부응옥란이 그를 흘겨보며 손가락에 머리칼을 감았다.

"이거 그쪽 칼인가 봐? 다른 칼이었으면 좀 나았을 텐데."

"흥! 꼭 실력 없는 것들이 장비 탓을…."

부응옥란의 변명에 코웃음 치던 민수 삼촌이 문득 말을 멈추고 눈을 크게 떴다.

"그게 내 칼인 건 어떻게 알았지?"

"여기 여섯 명 중에 왼손잡이가 한 사람뿐이니까."

"… 그걸 알았다고?"

"날이 반대로 벼려진 걸 모를 수가 있나?"

별것 아니란 듯이 태연히 어깨짓하는 부응옥란을 보며 민수 삼촌이 마른침을 삼켰다. 아무래도 본인이 쓰는 방향으로 칼을 갈고 줄질하긴 해도 그 차이란 몹시 미세해서 알아차리기가 말처럼 쉽지 않았다. 민수 삼촌은 누구라도 독심술사가 될 수 있을 정도로 속마음이 겉으로 고스란히 드러나는 타입이었다. 에이, 그냥 찍었겠지. 그의 한쪽 눈 밑이, 꿈틀거리는 얼굴이 그렇게 말하고 있었다. 부응옥란의 폭넓은 관찰력과 전광석화 같은 통찰력을 처음 접하는 사람이라면 의심하는 게 당연했다. 그래도 내심 놀라는 것 또한 어쩔 수 없었다. 손잡이에 두 줄로 긁은 표시가 두 칼의 주인이 같다는 걸 증명했지만 부응옥란 입장에서는 일일이 말하지 않는 편이 효과가 더 좋았다.

"이 언니 제가 부탁해서 특별히 멀리까지 오셨어요. 뭐든지 잘하시니까 분명히 도움이 될 거예요. 괜한 텃세 부리지 말고 잘 지내요."

김유정이 제법 사장 딸 분위기를 풍기며 말했지만 별 반응은 없었다. 그가 김유정을 무시한다기보다는 그저 피곤하고 귀찮아서 대꾸하지 않는 느낌이었다.

두 사람은 안쪽으로 이동했다. 작업장 뒤쪽으로 미닫이 유리문으로 분리된 사무 공간이 있었다. 문 위엔 하얀 실타래에 묶인 북어가, 마주한 벽엔 십자가가 걸려 있어서 둘 사이에 서 있기가 어쩐지 거북했다. 오른쪽 구석엔 각종 서류와 장부 들이 어지러이 펼쳐진 컴퓨터 책상이 있고 왼쪽엔 유리 상판의 사각 테이블을 고동색 가죽 소파가 둘러싸고 있었다. 테이블 위 재떨이에 구겨진 가느다란 담배꽁초 서너 개와 소파에 기댄 골프 클럽 가방에서 아저씨 냄새가 물씬 풍겼다.

"그래도 제가 있을 땐… 안 태우세요."

요즘 세상에도 실내에서 흡연하는 사람이 있나, 하는 부응옥란의 표정에 김유정이 더듬더듬 변명했다. 그러시겠지. 딸은 엄청나게 아끼는 것 같으니.

컴퓨터 책상은 마치 컴컴한 동굴 속의 작은 꽃밭처럼 생뚱맞은 존재감이 있었다. 모니터 주변엔 귀여운 캐릭터 인형들이 놓였고, 키보드도 파스텔 색상으로 알록달록했다. 내장의 부위와 무게를 적는 필기구에도, 거래명세서와 세금 계산서 등이 출력되는 프린터에도 도무지 어울리지 않는 예쁨이 묻어 있었다. 덕분에 사용자가 김유정이란 사실을 어렵지 않게 파악할 수 있었다.

"네가 경리 일을 보는 거야?"

"오, 역시! 맞아요. 반년쯤 됐어요. 엥흐찐 언니가 떠난 이후로요. 뭐, 사실 서류 작업이 복잡하진 않아서 매일 출근하진 않고 가끔 몰아서 정리해요."

업무량이 많지 않은 데다 마침 집에서 노는 딸이 있어서 경리가 사라져도 대수롭지 않게 여겼다는 건가. 부응옥란은 별 뜻 없이 고개를 끄덕이며 사무실 뒤쪽으로 시선을 돌렸다. 철제 캐비닛들 사이로 작은 문 하나가 보였다.

"화장실인가?"

"아뇨. 아까 우리가 지나온 골목으로 통하는 문이에요. 치란, 화장실 가고 싶으세요? 밖으로 나가서 계단 올라가면 2층에 있긴 한데 웬만하면 건너편 식당 화장실을 추천합니다. 상태가 처참해요."

김유정이 머릿속에 떠오른 화장실의 모습을 지우려는 듯 눈을 꼭 감고 크게 도리질하는 모습에 부응옥란이 쓴웃음을 지었다. 김종환 사장이 2층에 있는 방을 내게 권하지 않았나. 화장실도 쓰기 어려운 수준인데 그랬단 거군.

김유정을 따라 다시 작업 공간으로 이동한 부응옥란이 밖을 내다보려 했지만 김이 잔뜩 서린 유리가 시야를 막았다. 답답해하던 순간, 누군가 문을 열고 들어왔다. 부응옥란이 멈칫하고는 김유정의 귀에 속삭였다.

"저 잘생긴 총각은 누구야?"

빨간 비닐 앞치마를 두른 서른 살 정도의 남자였는데, 깊고 동그란 눈이 주도하는 예쁘장한 이목구비가 말끔한 밤톨머리 아래에서 반짝였다. 키가 큰 편은 아니었으나 다부진 체격이 듬직했다. 날씨에 비해 얇아 보이는 연회색 스웨트셔츠에 검정 라이트다운 패딩 조끼 차림이었는데도 왠지 추위를 느끼지 않을 것 같았다. 방한의 완성도 얼굴이었나.

"누구? 아, 국대 삼촌요?"

"국대야? 얼굴이 국가대표급이긴 하네. 인정."

"에이, 그 정도는 아니다."

지극히 평범한 남자더러 현빈을 닮았느니 어쩌니 할 땐 언제고. 취향에 객관성이라곤 찾아볼 수가 없네. 부응옥란이 혀를 차며 김유정을 향해 눈을 흘겼다.

국대 삼촌은 지방을 모은 대형 마대 입구의 끈을 당겨 묶고, S자 모양 쇠갈고리를 이용해 마대를 삼발이 지지대에서 빼냈다. 그러고 나서 언뜻 보기에도 100킬로 가까이 됨직한 마대를 오리털 이불처럼 가뿐하게 끌고 나갔다. 그 와중에 눈이 마주친 김유정에게 인사를 건네는 여유까지 보였다.

"아!"

김유정이 깜빡할 뻔했다는 듯 국대 삼촌을 쫓았다. 찬 공기가 작업장 안으로 몰아쳤기에 부응옥란이 밖으로 따라나서서 문을 닫았다. 가게 앞에 세워진 노란색 오토바이는 바퀴가 셋이었는데 픽업트럭처럼 널찍한 짐칸이 붙어 있었고, 운전석에는 지붕이 달린 형태였다. 국대 삼촌은 혼자서 마대를 허벅지에 걸치고 허리 힘으로 들어 짐칸에 싣는 중이었다. 이미 커다란 기름 마대가 세 자루나 실려 있어서 그 위로 올리느라 열일하는 팔뚝 근육이 옷소매를 터트릴 것 같았다.

"삼촌."

"네, 유정 씨."

가까이에서 보니 괜시리 흐뭇해지는 확신의 꽃미남이었다. 목소리도 나쁘지 않았다. 그런데 양쪽 귀가 눌려 뭉개진 일명 만두귀였다. 레슬링이나 유도 쪽 국대인가 싶었다.

"말씀 편하게 하시라니깐."

"소평이는 아직이에요? 하, 그 자식, 어디서 뭐 하는지 유정 씨한테라도 연락은 해야지. 이렇게 걱정하시는데…."

"아… 벌써 알고 계시네요."

"여기 소문이 얼마나 빠른지 알잖아요. 누가 누구랑 바람났다느니, 어느 가게에 싸움이 났다느니 떠드는 게 노동의 피로를 푸는 방법이라고들 하고요."

국대 삼촌은 김유정과 대화를 나누며 옆에 있는 부응옥란을 의아한 눈빛으로 흘끔거렸다. 처음 보는 베트남 아줌마가 빤히 쳐다보면서 웃음을 실실 흘리니 경계하는 게 당연했다. 이제 김유정이 그의 시선을 알아차리고 치란을 소개할 타이밍이었다. 하지만 김유정에겐 그럴 만한 눈치가 없었다.

“잘됐네요. 그렇지 않아도 소평 씨 건으로 부탁이
있거든요.”

“저한테요? 뭔데요?”

김유정은 비밀 얘기라도 할 것처럼 주변을 의식하
며 두리번거렸다. 그러다 부응옥란하고도 눈이 마주쳤
는데 인사를 시키라는 신호는 알아채지 못한 것 같았다.

“시장에 하우스 있죠. 어딘지 아세요?”

김유정이 닫혀 있는 가게 문 쪽을 보면서 은밀하게
속삭였다. 안에선 다들 자기 일에 바빠서 아무런 관심도
없는 게 확실했기에 쓸데없는 행동이었다.

“하우스요? 도박장?”

“넹.”

“갑자기 그건 왜요?”

“아빠가 그러는데 소평 씨가 도박장에 다닌다는 얘
기가 있대요. 혹시나 무슨 안 좋은 일에 연루된 건 아닌가
확인해보려고요.”

부응옥란이 눈을 치켜떴다.

김종환이 얘기할 때는 절대 그런 남자가 아니라고
단칼에 잘라내더니 그래도 미심쩍긴 한 모양이었다. 단
순 가출이 아니라 다른 이유가 있는 거라고 확신하는 이
유가 이거였어? 도박 빚 때문에 누구한테 붙잡혀 있는

거야? 돈은 얼마든지 있으니까 사람만 찾으면 빼내는 건 문제없을 테니 크게 걱정하진 않는 느낌이었고? 그럼 처음부터 그렇다고 말을 할 것이지. 잘하면 오늘 안에 해결하고 바로 집에 돌아갈 수 있겠네.

하! 지! 만!

남자 새끼 도박 빚을 왜 네가 갚아? 만난 지 얼마 되지도 않았으면서 결혼 어쩌고 할 때부터 내가 알아봤다. 어휴, 속은 애가 무슨 잘못이 있겠냐. 맘먹고 접근하면 속수무책으로 당하는 거지. 자기가 똑똑한 줄 아는 사람일수록 더 쉽게 속곤 하지. 아직은 남남이니까 너무 늦기 전에 정신 차려라.

"내가 널 돕는 게 결과적으로 도와주는 일이 맞는지 모르겠다."

"그게 무슨 말씀이세요, 치란?"

"도박 그거 마약이랑 똑같아. 한번 중독되면 돌이키기가 굉장히 어렵대. 혼자 인생 망치면 그나마 다행이고, 가족이든 주변인이든 모조리 늪으로 끌고 들어가버리거든."

"아니에요. 소평 씨가 거기에 간 건⋯."

"근데 이쪽은 누구신지?"

둘 사이에 국대 삼촌이 끼어들자 잔뜩 찌푸렸던 부

응옥란의 얼굴이 도로 펴졌다.

"안녕하세요, 미남 삼촌. 아니, 국대 삼촌이랬나? 부응옥란이에요. 유정이가 도움을 청해서 잠깐 지내러 왔어요."

"아, 대목이라 엄청 바쁘죠. 도와주러 오셨다니 고마운 분이네요."

"이렇게 믿음직한 분이 있는 줄 알았으면 굳이 내가 안 와도 됐을걸."

부응옥란이 김유정의 옆구리를 쿡 찔렀다. 그러자 국대 삼촌이 고개를 갸우뚱했다.

"예? 저는 제 일만으로도 바빠서 이 집 일을 도울 시간이 없…."

"그래서 도박장이 어디라고요?"

김유정이 얘기가 딴 곳으로 흐르는 걸 바로잡았다. 국대 삼촌이 오토바이에 앉으며 답했다.

"대충은 아는데 나도 가보진 않아서 아버지한테 확실히 물어볼게요. 기름만 내려놓고 금방 올게요. 굴다리 앞에서 봐요."

노란 오토바이가 위잉, 하고 미래에서 들리는 듯한 모터 소리를 내며 멀어져 갔다. 전기차나 전기오토바이는 아직도 보고 듣는 게 적응이 안 되었다. 탈것이 저렇게 작은 소리만 내면서 움직이는 게 뭔가 어색했다. 부응옥란이 국대 삼촌의 뒤에 대고 손을 흔들며 말했다.

"요즘 귀한 상냥한 남자네. 저런 사람을 만나야 대접받으면서 연애도 하고 결혼을 할 때 하더라도 고생 안 하고 사는 거야."

이미 부응옥란의 머릿속에서 문소평은 한참 어린 여자 친구에게 빚을 떠넘기는 도박 중독자로 굳어지고 있었다. 유정아, 이 철부지야. 주변에 저렇게 멋진 남자를 두고 왜 그런 놈에게 빠진 거냐.

"소평 씨도 엄청 친절하고 다정해요."

그래, 조금만 기다려라. 내가 네 남자 친구의 위치뿐만 아니라 본모습까지 찾아서 네 앞에 낱낱이 펼쳐 보여 줄게.

"국대 씨는 이름이 뭐야?"

"정재훈이요. 유도 청소년 국가대표였대요. 유튜브 찾아보면 옛날 동영상도 있어요."

"진짜 국대였구나. 몇 살이야?"

"소평 씨보다 네 살 많댔으니까 서른셋일 거예요. 왜요?"

"아이고, 굉장히 동안이구나. 네가 스물셋이지? 열 살 차이가 너무 크긴 하네."

김유정이 미간을 찌푸리며 눈을 흘겼다.

"뜬금없이 무슨 소리예요? 저는 이미 애인이 있는데 왜 국대 삼촌이랑 연결하려고 해요? 이상한 언니야."

"아니야. 아무리 괜찮은 남자라도 열 살 차이는 좀 그래."

"치란!"

"알았어, 알았어. 국대 씨가 얘기한 굴다리가 아까 우리 지나온 거기 맞지? 가자. 빙판길 골목 말고 안전하게 넓은 길로."

짜증을 부리는 김유정을 뒤로하고 부응옥란이 걸음을 옮겼다. 어디 네 애인 문소평이 누구에게 돈을 그렇게 많이 잃었는지 알아보자.

굴다리 입구에 도착하니 칼을 파는 노점이 보였다. 터널 벽면과 좌판에 용도별로 다양한 칼과 줄, 그리고 네모난 숫돌 등이 진열되어 있었다. 노점의 주인은 칼을 판매하는 것보다는 상인들이 무뎌진 칼을 맡기면 날카롭게 갈아주는 일이 주요 업무였다. 그는 원반형의 숫돌이 모터에 연결된 그라인더와 오랜 세월만큼 많이 닳아 굴곡진 숫돌 앞에 앉아 있었다. 앉은자리 옆의 양철통엔 쇳가루가 섞여 검어진 물이 담겨 있었다. 그는 칼을 고운 숫돌에 문질러 마무리하고 손가락 끝을 잘라낸 면장갑 밖으로 드러난 엄지로 칼날을 튕기듯 만지다가 뒷머리에 대고 스윽 쓸었다.

부응옥란이 의아해하며 김유정 쪽으로 고개를 기울이고 속삭였다.

"저게 뭐 하는 거야? 머리칼이 잘릴 정도로 날이 살았나 확인하는 건가?"

"푸하하! 그럴 리가요. 흐르는 물에 종이 띄우고 장검 세워서 자르는 것도 아니고…. 그랬다간 저 아저씨 뒷머리가 남아나질 않겠죠."

"그럼?"

"날이 부드럽게 미끄러지는지 손의 감각과 소리를 확인하는 거래요. 저도 궁금해서 아빠한테 물어봤어요. 아, 아빠도 빈손으로 칼갈이부터 시작해서 잘 알거든요."

"빈손으로? 대단하네. 지금은 건물주잖아."

"맞아요. 아빠는 정말 성실과 근면의 화신이나 다름없…."

김유정이 문득 말을 멈추고 고개를 갸웃했다.

"아빠가 건물주라고 제가 말한 적 있었나요?"

"너희 가게가 사업 규모에 비해 약간 후미진 장소에 있고 구조를 편의에 맞게 바꾼 흔적이 보이길래 자기 건물이겠구나 했지. 아마 너희 아빠는 세를 내지 않고 장사하려고 건물부터 살 계획을 세웠을 거야. 돈을 더 모을 때까지 기다려서 나은 위치로 가느냐, 약간 뒤쪽이지만 조금이라도 빨리 건물주가 되느냐 선택의 갈림길에 섰겠지. 너희 사업이 상대적으로 입지가 덜 중요한 도매 중심이니까 좋은 선택이었다고 생각해.”

김유정이 감탄하며 손뼉을 쳤다.

“와아, 어쩜 그렇게 과거부터 다 본 것처럼 말씀하세요!”

“지금 보이는 것만으로도 과거에 무슨 일이 있었는지는 알 수 있어. 시간 여행 같은 초능력이 필요한 것도 아니고 그저 약간의 정성만 기울이면 돼. 때론 눈앞의 거짓 정보에 속지 않고 감춰진 진실을 추구하는 노력도 필요하지만.”

“어? 지금 뭔가 멋진 말을 한 것 같은데! 그거 누구 명언이에요?”

모르는 사이에 가까이 와 있던 정재훈이 해맑게 물었다. 무릎 가까이 닿는 흰색 고무장화는 그대로였지만, 앞치마를 벗고 파란색 짧은 패딩을 입고 있어서 부응옥란은 순간 그를 못 알아봤다. 어렸을 때 운동선수였다는 얘기를 들어서인지 “끝날 때까지는 끝난 게 아니다” 따위의 명언이나 속담을 수집하는 단순한 미남일 거란 생각이 들어서 피식 웃음이 났다. 그리고 예상은 곧바로 증명되었다. 근데 어딘가 살짝 어설프달까?

　"향기로운 꽃에 꿀벌이 꼬인다고 하죠. 도박하는 사람들이 모일 위치로 제일 좋은 곳이 어디게요? 바로 바로! 바로 바로 저 앞에 농협 365코너 근처입니다. 그 맞은편 서울돼지 2층에 있대요. 시장에 몇 군데 있는데 거기가 제일 큰 참새 방앗간이라고 하더라고요."

　인용한 속담도, 참새 방앗간이라는 비유도 틀리진 않았지만 뭔가 딱 들어맞는다는 느낌은 아니었다. 그렇다고 지적할 정도는 또 아니어서 부응옥란과 김유정은 애매한 얼굴로 눈을 맞추었다.

　부응옥란도 시장통에 있던 365코너를 기억했다. 조금 전에 지나가면서 그곳을 보고 '은행들이 직원을 감축해 지점을 줄이며 자동화 기기들만 남기는 추세라더니 상점들 틈에 자동화 지점만 두었구나' 하고 생각했었다. 바로 근처에 검은돈이 오가는 곳이 있는 줄은 몰랐지만.

　"서울돼지 2층요? 고맙습니다, 삼촌. 그럼 가볼게요."

　김유정이 까딱 고개를 숙여 인사하고 돌아서는데 정재훈이 다급하게 손을 저었다.

　"어어, 둘이 가려고요? 그건 좀 그런데요?"

"넹? 뭐가요?"

"아무리 그래도 여자분들만 보내긴 약간 걱정되는 장소잖아요. 다들 시장 사람들이긴 하겠지만 유정 씨는 여기 온 지 오래되진 않았으니까 아는 얼굴이 없을 수도 있어요. 어떤 사람들이 있을지 무슨 상황이 발생할지 모르니까 저랑 함께 가요. 백지장도 맞들면 낫잖아요."

그의 제안에 부응옥란이 반색했다.

"국대 씨가 같이 가주면 우리야 좋지! 이렇게 연약한 여성 둘이 그런 데 가려니까 솔직히 불안했는데 너무 다행이다."

"옙, 저만 믿으세요."

정재훈이 주먹을 불끈 쥐고 앞장서 걸어갔다. 김유정은 부응옥란의 등을 쿡 찌르며 작은 소리로 투덜거렸다.

"자꾸 저랑 엮으려고 하지 말라니까요. 아니면 치란이 국대 삼촌한테 관심 있는 거예요?"

"더는 너랑 엮을 생각 없으니까 걱정하지 마. 나는 연애할 생각 전혀 없고. 그냥… 든든한 호신용품이라고 생각해. 나쁠 거 없잖아."

그러곤 정재훈을 따라 걸음을 서둘렀다.

굴다리를 지나 약간 오르막인 길에 있는 농협 365 코너를 지나자마자 맞은편에 '서울돼지'라고 쓰인 빨간 간판이 보였다. 쇼케이스 대부분을 차지한 품목은 역시 삼겹살이었다. 적당한 두께로 슬라이스한 후 진공포장해서 가격표를 붙인 소매용 상품들은 위쪽 칸에 진열되어 있었고, 아래 칸엔 한 판이 통으로 숙성 중인 것들이 보였다. 직원 한 명은 삼겹살을 고르는 중년 여성을 상대하고 있었고, 다른 직원은 안쪽 작업대에서 돈까스용 안심을 손질하는 중이었다.

서울돼지와 바로 옆 점포인 보성녹돈의 밝은 조명 사이에 주의를 기울이지 않으면 못 보고 지나칠 법한 어둑한 공간이 있었다. 그러니까 밤톨머리 꽃미남이 그 자리에 서서 기다리지 않았다면 말이다.

시선을 끌려고 온갖 노력을 기울이는 점포들 사이에 존재한다고 믿기 힘들 정도로 밋밋하고 좁은 계단을 올라가니 여기저기 잡동사니가 널브러진 복도가 나왔다. 왜 그런지 모르겠지만 여러 건물의 내부는 바깥에서 보는 것보다 훨씬 더 넓었는데 그곳 역시 마찬가지였다. 기역 자로 꺾인 복도를 따라 걷는 동안 갈색 나무 무늬 시트지가 부착된 문을 세 개 지났다.

정재훈이 네 번째 문 앞에 멈췄다.

"여깁니다."

그가 문을 열고 안으로 들어가자 두 사람이 뒤따랐

다. 담배 연기가 자욱한 방에 대략 열 명 정도의 사람들이 앉아 있었다. 그들은 두 팀으로 나뉘어 바닥에 펼친 담요에 둘러앉아 포커와 고스톱을 쳤다. 두어 명은 한쪽에서 술을 마셨고, 누군가는 드러누워서 코를 골았다. 도박장이라기보다는 자정이 지난 장례식장 분위기였다.

"어이, 국대가 여기 웬일이냐? 카드 치려고?"

"안녕하세요, 사장님."

정재훈에게 알은척하는 늙수그레한 남성은 김유정도 아는 산악회 회장이었다. 방 안에는 낯이 익은 얼굴과 처음 보는 얼굴이 반반 섞여 있었다.

"칼갈이 딸까지 왔네? 여기 온다고 아빠한테 허락은 받고 왔냐? 너네는 나이 좀 더 먹고 오지 그러냐. 허허허! 으잉? 뭐야? 야, 외국 애는 데려오지 마라. 여기 저런 애들 오는 데 아니다."

그나마 농담을 섞으며 두 사람을 입장시킬까 말까 고민하는 척하던 산악회 회장이 부응옥란을 보는 순간 이맛살을 팍 찌푸리고 언성을 높였다. 김유정과 정재훈이 부응옥란의 편을 들려고 숨을 들이마시는 순간, 부응옥란이 둘의 팔을 잡았다. 그리고 둘을 끌고 문을 닫고 나와서 건물 밖으로 나섰다.

"저런 애들이라니! 무슨 도박하는 뒷방에서까지 외

국인을 차별하나. 치란, 왜 그냥 나와요? 한마디 쏘아붙이고 왔어야 하는데….”

정재훈도 분이 안 풀리는 듯 손바닥 안에서 주먹을 굴렸다. 부응옥란이 한쪽 입꼬리로 웃으며 둘을 토닥였다.

“어차피 여기는 아니야.”

“넹?”

“아까 그 할배 하는 말 보니까 네 애인도 여기 다닌 건 아니겠던데 뭐 하러 실랑이하니? 내 시간과 내 기운 아껴야지.”

“고모한테 듣기로는 치란이 쌈닭이라고 명성이 자자하다던데 소문과는 다르네요.”

“나라고 뭐 맨날 드잡이하겠니? 이 정도 얘기 듣는 거야 하루에도 셀 수 없이 많은 걸. 아무 때나 싸우면 힘 빠져서 정작 꼭 필요할 때 제대로 맞서질 못해. 그냥 지나칠 때도 있고, 나에 대해 아는 상대가 아니면 못 알아듣는 척할 때도 많아. 나래랑 함께 있을 때는 얘기가 다르지만.”

한바탕 눈이 또 오려는지 하늘이 어두워지고 있었다. 공기 중의 빛이 줄어들면서 오히려 진열된 고기들은 붉은색이 진해졌다. 선정적이고 비윤리적인 붉은 조명이 행인들에게 손짓했다.

“국대 씨, 이런 데가 시장 안에 몇 군데 있다고 했죠?

수고한 김에 문소평 씨가 다닐 만한 곳이 어딘지 알아봐
줄 수 있을까요?"

정재훈은 잠깐 심각한 얼굴로 눈을 굴리다가 표정
이 밝아지며 손가락을 튕겼다. 통뼈답게 소리도 컸다.

"진료는 의사에게 약은 약사에게! 중국인에 대해서
는 주비에게 물어보면 돼요."

"주비?"

"예. 동화상가에서 일하는 사람 있어요. 마장동 중
국인들 사이에서 오야붕, 아니 따거로 통한대요. 그게 불
량하거나 밤의 세계 쪽은 아니고 다들 의지하고 따르는
큰 어르신 느낌으로요."

"소평 씨한테 들은 적 있어요. 동화상가 육우 내장
많이 하는 집에서 일하는 아저씨죠?"

김유정도 주비가 어떤 인물인지 문소평에게 들어서
알고 있었다. 그는 마장동에서 일한 지 20년 가까이 되었
는데, 초반에 한 번 직장을 옮긴 이후로 같은 가게에서 계
속 근무하는 중이었다. 다른 가게 사장이 그를 탐내서 월
급 인상과 근무 조건으로 꼬드기다가 원래 사장하고 큰
싸움이 벌어진 적도 있다고 했다. 사장은 그를 놓치지 않
기 위해 시장 옆에 아파트를 얻어주고, 영주권을 취득하
는 과정에도 물심양면으로 적극 도왔다고 했다. 마장동

에 온 중국인들이 잘 정착하고 말썽에 휩쓸리지 않게 보살펴주는 사람이라고 문소평도 그를 높이 평가했다.

정재훈은 동행이 당연하다는 듯 이번에도 앞장서서 걸었다. 김유정과 부응옥란도 살얼음이 언 길을 조심스레 밟으며 그를 따랐다.

"삼촌, 바쁘지 않아요? 저희끼리 가도 되는뎅."

"잠깐은 괜찮아요. 마침 시간이 떠서 할 일도 없는데 잘됐어요. 이따가 한 바퀴 돌면서 기름 자루 걷으면 되거든요."

"국대 씨는 기름 수거하는 일을 하는 거야?"

"아버지 가게에서 돕고 있어요. 박봉입니다."

정재훈이 엄지를 세운 주먹을 거꾸로 뒤집었다. 손가락은 짧고 마디는 굵었다.

"한데 모아서 폐기하는 건가?"

"아뇨. 개똥도 약에 쓴다고 음식 쓰레기처럼 보이는 지방도 재활용됩니다."

"재활용?"

"맞아. 저도 궁금했어요. 비누 만든다는 얘기도 있고 화장품 원료로 쓰인다는 말도 있던데 맞아요?"

김유정의 질문에 정재훈이 웃음을 터트렸다.

"그거는 박정희 때 얘기고요. 요즘 사람들이 피부

관리에 얼마나 신경 쓰는데 소기름 돼지기름으로 화장품 만들면 큰일 나죠. 뭐냐면 재생 에너지요. 가공해서 바이오디젤 생산해요. 저희가 직접 하는 건 아니고, 저희는 모아서 가공 공장에 보내는 역할이에요. 고기에 많이 붙어 있으면 욕먹으니까 떼어서 버리는 게 지방이지만 이렇게 새로운 에너지원으로 재활용이 된답니다.”

“어유, 국대 씨 좋은 일 하네.”

“그런 정도는 아닙니다.”

부응옥란의 칭찬에 정재훈은 얼굴을 붉히며 밤톨머리를 긁었다. 체격에 맞지 않게 부끄럼을 타는 모습에 빙그레 웃음이 나왔다. 부응옥란은 그에게 엄지를 치켜세우고는 김유정에게 물었다.

“근데 아까 그 사람이 너를 칼갈이 딸이라고 부른 거야?”

“아….”

김유정이 한숨 섞인 웃음을 지었다.

“그거 아빠가 제일 싫어하는 소린데. 아까 말씀드렸다시피 아빠가 마장동에 처음 왔을 때 아무것도 가진 게 없어서 칼갈이부터 시작했거든요. 그 옛날 구두닦이처럼 가게마다 돌아다니면서 칼을 받아다가 갈아서 가져다줬대요. 당연히 가게 자리도 없었으니 길에서 숫돌이랑 물통 하나만 놓고요. 40년도 더 지난 얘기지만 그때부터 아빠를 알던 어르신 중에는 아직도 아빠를 칼갈이라고 부르는 분들이 계세요. 아빠한테 먹살 잡힐 걸 아니까 앞에서는 조심하면서도 뒤에서는 그러더라고요."

"쯧, 못난 사람들! 아래로 봤던 사람이 성공하면 배가 아파서라도 어떻게든 무시하려 들지. 애초에 사람 사이에 위아래가 어디 있다고."

"옳소! 직업에는 귀천이 없다! 칼갈이가 뭐 어때서 멸시하는지 모르겠습니다. 지금도 시장에 칼을 갈아주시는 분이 셋이나 있는데 말이죠. 뭐, 우리 집도 쓰레기 청소부라고 깔보는 시선이 있어요. 환경미화원이 얼마나 중요한 분들인데. 그런 사람들이 하는 말은 한 귀로 흘려들으세요, 유정 씨."

"저는 괜찮아용. 아빠한테는 칼갈이라는 단어가 분노 버튼이지만."

정재훈이 속담을 다섯 개쯤 말했을 때 세 사람은 남문 근처의 동화상가 앞에 도착했다.

축산물 시장은 워낙 넓게 펼쳐져 있어서 북문이나 남문 또는 굴다리 등 일종의 랜드마크로 구분 짓기도 하고, 세부적으로는 건물이나 단지 이름을 붙여서 조합 상가나 제2 시장 등으로 나누어 부르기도 했다. 하지만 그것도 너무 많아서 시장 상인들끼리도 왕래가 없는 곳은 잘 모르는 경우가 많았다.

동화상가는 그중에서도 큰 단지에 속해서 시장 사람들이 대부분 알고 있는 곳이었다. 도로를 따라 세워진 가건물 형태의 단지 안에 백여 개의 점포가 바둑판처럼 들어찼다. 가로로 긴 직사각형 모양이어서 출입문이 여러 개였는데, 정재훈은 주비가 일하는 가게의 위치를 정확히 아는 듯했다. 그는 꼭꼭 닫혀 있는 문들을 계속 지나치다가 염화칼슘이 뿌려진 야트막한 경사로 앞에 걸음을 멈추고 둘을 기다렸다.

"넘어지지 않게 조심하세요."

부응옥란이 엄지를 세워 보였다. 역시 친절한 남자였어. 내 눈은 틀림없지.

동화상가는 축구장 정도의 넓은 공간에 수많은 점포가 모여 있어서 한층 더 분주해 보였다. 내부엔 관광객이나 장을 보러 온 손님이 거의 없었기에 명절 분위기는 아니었지만, 덕분에 다들 피와 오물을 아무렇게나 튀겨 가며 정신없이 작업에 몰두하는 모습이 오히려 대목에 더 어울리는 것 같기도 했다. 마치 창사 이래 가장 큰 호황을 맞이해 몰려드는 주문량을 맞추려고 전력을 다해 가동 중인 공장 같았다. 상품을 조립하고 생산하는 공장과 달리 이곳의 주 작업은 해체와 제거이긴 했지만.

"주비 형!"

손을 멈추고 고개를 돌리는 주비는 정재훈이 형이라고 부르기에 무리다 싶을 정도로 검은색보다 흰색이더 많이 보이는 짧은 머리의 깡마른 남자였다. 추운 날씨에 다들 꽁꽁 싸매고 일하는데, 그는 얼음물이 가득한 통에 맨손을 담가서 안에 든 곱창들을 선별하는 중이었다. 눈으로만 보는 게 아니라 손으로 직접 만지면서 품질을 확인하는 것이었다.

주비는 작업대 곁에 세워진 지방 마대를 흘깃했다. 아직 절반도 차지 않았다.

"아직. 이따 와. 마대도 한 묶음 가져와."

"기름 걷으러 온 게 아니라 뭐 좀 여쭤보려고요."

검은 매직으로 거래처의 이름을 적은 커다란 비닐봉지에 곱창 묶음을 담으려던 주비가 다시 허리를 폈다. 그러곤 입을 다문 채로 정재훈을 지켜봤다. 여쭤보라는 뜻일 테다. 그는 가능한 한 말을 아끼는 타입 같았다.

"담배 한 대 피워요."

정재훈이 엄지만 세운 주먹을 어깨 위에서 뒤쪽으로 찔렀다. 주비가 한쪽 눈을 찡그렸다. 그 의미는 아마 바쁜데 또는 추운데, 혹은 귀찮은데 그것도 아니면 셋 다였을 것이다.

"아이, 가요."

정재훈이 주비의 팔을 붙들고 건물 밖으로 이끌었다.

둘은 동화상가를 옆으로 돌아 주차장으로 향했고, 부응옥란과 김유정도 뒤를 따랐다. 방문객이 아니라 상인들만 쓰는 곳이어서 여러 상호가 적힌 1톤 탑차들이 대부분이었는데 사이사이에 값비싼 고급 승용차들도 보였다.

주비가 패딩 조끼 주머니에서 담배를 꺼내 입에 물었다. 정재훈이 한 손으로 가리고 라이터를 켜서 주비의 담배에 불을 붙였다. 주비는 담배 연기를 깊이 들이마셨다가 뱉으며 김유정과 부응옥란 그리고 정재훈을 차례로 쳐다봤다. 그러곤 양손은 패딩 조끼 주머니에 넣고 담배를 문 채로 부응옥란에게 턱짓하며 물었다.

"일자리?"

"아니."

부응옥란이 답했다.

"그럼?"

"도박장."

"뭐?"

"모여서 도박하는 곳."

단문에 계속 단답으로 받아치니 오히려 답답해진 쪽은 주비였을 테지만 그는 내색하지 않고 굳게 다문 입으로 담배를 통해 공기를 빨아들였다. 담배 끝이 빨간빛을 발하며 낙첨한 로또 용지 구기는 소리를 냈다. 신경전은 실패였다. 어색한 침묵 끝에 정재훈이 김유정의 눈치를 살피며 입을 열었다.

"형도 소평이 얘기 들으셨죠? 주말 사이에 연락이 끊겨서 오늘도 안 나왔대요. 그래서 혹시 소식 아는 사람 있을까 하고 찾아보는 중이거든요."

"소평이 도박 안 해."

주비가 담배를 손에 들고 재를 털며 답했다. 말이 짧은 만큼 확신이 느껴졌다. 듣고만 있던 김유정도 표정이 밝아졌다.

"소평 씨가 도박할 사람이 아닌 건 제가 누구보다 잘 알죠. 그래도 도박장에 드나드는 걸 봤다는 얘길 들어서요. 뭐라도 힌트가 될 만한 걸 찾고 싶은 절박한 마음에… 저쪽 2층에 가봤더니 거기는…."

김유정이 말끝을 흐리자 주비가 코웃음을 쳤다.

"거기는 한국인 사장들만."

세 사람도 그의 코웃음에 동의하는 의미의 조소 섞인 눈빛을 교환했다. 주비의 담배는 점점 짧아졌다. 면담

시간이 얼마 안 남았다.

"그러니까요. 초록은 동색이라더니."

음? 정재훈의 맞장구에 부응옥란이 고개를 갸웃했다. 아까부터 자꾸 미묘하게 어긋나는 인용을 한다 싶었는데, 이번엔 정말 완전히 틀리지 않았나? 저 속담에 내가 모르는 뜻이 있진 않을 텐데.

"그래서 주비 형한테 여쭤보러 온 거예요. 소평이가 다녔다는 도박장이 어딘지 짐작 가시는 데가 있을까 해서요."

주비가 담배 연기와 입김이 섞인 하얀 구름을 내뿜으며 눈을 굴렸다. 짙은 안개에 가려 더욱 그의 표정을 읽을 수가 없었다. 마장동 시장의 중국인이 다들 윗사람으로 모시는 따거라고들 했다. 그게 훌륭한 어르신이라는 의미인지, 갱단 두목 같은 어둠의 리더라는 뜻인지는 확실치 않았다. 그의 시선이 김유정에게 머물렀다.

"소평이 어딨는지 진짜 몰라?"

"네? 그, 그게 무슨…? 어… 어르신은 알고 계세요?"

김유정이 말을 더듬었다.

"내가 어떻게 알아."

주비가 무심하게 툭 뱉고는 담배를 떨어트렸다. 빨

간 불씨는 장화 신은 발로 밟을 필요도 없이 젖은 바닥에서 칫 소리를 내며 꺼졌다. 김유정은 마음이 급해졌다.

"부탁드릴게요. 아주 작은 단서라도 필요해요. 소평 씨 꼭 제자리에 돌려놓고 싶어요. 전 이상한 얘기들 안 믿거든요."

주비가 하늘을 올려다보았다. 나무에 쌓였던 눈이 차가운 겨울바람에 흩날렸다.

"이상한 얘기들이라…."

주비가 하얀 입김을 마치 담배 연기처럼 길게 내쉬었다.

"짱개들은 꼭지 돌면 곧장 칼부림한다는 얘기 말인가? 어차피 불법 체류자들이라 사람을 죽여도 도망가면 찾기 어려우니까 무슨 짓을 저지를지 모른다는 얘기? 까딱하면 납치되어서 장기 털린다는 얘기? 뒤통수 박살 나지 않으려면 조선족이든 한족이든 중국에서 온 놈은 절대 믿지 말라는 얘기? 소평이가 사장 딸을 홀려서 한몫 단단히 챙겨서 튀었다는 소리들을 한다지? 도둑맞은 돈을 되찾으려는 건가?"

주비가 갑자기 딴사람이라도 된 것처럼 말을 쏟아냈다. 시장에선 이미 별별 얘기가 다 돈 모양이었다. 부응옥란은 김유정의 표정을 살폈다. 돈 얘기가 사실일까?

"도둑맞은 돈 따위 없어요. 서는 소평 씨를 찾고 싶을 뿐이에요. 사랑하니까요!"

김유정의 얼굴이 벌게졌다. 눈물을 글썽일 정도로 겁을 먹고 창피한 와중에도 주비의 눈을 똑바로 마주 봤다. 주비가 피식 웃음을 흘렸다.

"소평이도."

"네?"

"그놈도 너한테 진심이더라."

"아….."

김유정이 찬 공기에 빨개진 손으로 입을 틀어막았다. 가득 고인 눈물이 금방이라도 쏟아질 것 같았다. 도대체 왜인지 몰라도 진심이란 건 당사자가 아니라 다른 사람의 입을 통해서 들었을 때 더욱 강하게 마음을 뒤흔든다. 문소평을 마음에 안 들어하던 부응옥란마저 슬그머니 입꼬리가 올라가는 것을 느끼고는 헛기침을 하며 표정을 바로잡았다.

도로 말이 짧아진 주비는 자신도 문소평의 행방에 대해서는 들은 바가 없다고 고개를 저었다. 그가 어디 있는지를 아는 사람이 있다면 그건 김유정일 거라 짐작했다고 했다. 그리고 큰 기대는 하지 말라며 중국인들이 모여서 도박하는 장소를 알려주었다. 지금은 다들 일하느

133

라 바빠서 아무도 없을 테니 저녁에 가보라고 덧붙였다. 부응옥란은 물론 김유정도 그가 말하는 장소가 어디인지 잘 모르는 눈치였지만 정재훈은 고개를 끄덕이며 감사 인사를 했다.

주비가 돌아간 뒤 동화상가 앞 도로가 가득 찰 정도로 거대한 트럭에서 소머리가 둘씩 담긴 노란 플라스틱 박스들이 내려왔다. 일꾼들은 잘린 소들의 목 부위에서 김이 폴폴 나는 머리를 각자의 손수레에 옮겨 실었다. 그들은 소머리를 들어 올릴 때 소의 눈알과 눈꺼풀 사이에 손가락을 찔러 넣었는데, 정재훈이 가장 쉽고 안전한 방법이라고 설명을 해주었지만 끔찍해 보이는 건 어쩔 수 없었다.

트럭이 지나가 길이 열리고 정재훈이 핸드폰을 꺼내 시간을 확인했다.

"일단 해산하고 7시쯤 다시 모일까요?"

"좋아요. 이따가도 좀 부탁해요."

부응옥란이 냉큼 그의 제안을 수락했다.

"오케이. 가게로 돌아가실 건가요? 저도 그쪽으로 가요. 가시죠."

정재훈이 앞장서고 두 사람이 뒤를 따랐다.

"시장에서 중국인들 평판이 좋지 않나 봐?"

극도로 말을 아끼는 주비가 울화가 치민 듯 쏟아내던 말이 생각나 부응옥란이 넌지시 물었다.

"네… 아무래도…. 근데 마장동뿐만 아니라 어디든 중국인을 나쁘게 말하는 사람들이 많은 것 같아요. 대체 왜들 그러는지…. 제가 유학 중에 즐겨 읽던 작가 중에 커트 보니것이라는 사람이 있는데요. 중국인이 싫다고 주장하는 사람한테 한꺼번에 그렇게 많은 사람들을 증오하는 건 죄악에 가깝지 않냐고 했대요. 맞는 말 아닌가요?"

"그렇죠. 여기서 중국 사람 몇 명 만나고 얘기 들어 봤자 장님이 코끼리 만지는 수준에 불과한데 편견이 심해요."

정재훈이 처음으로 적절한 속담을 인용하고는 말을 이었다.

"여기서만 전해지는 얘기가 있긴 해요. 시장에 원래는 필리핀 같은 동남아 사람들이 더 많았어요. 그러다가 10년 전쯤인가부터 다른 나라 사람들이 거의 없어지고 중국인들이 주류인 상황이 되었거든요. 그때가 출입국 사무소에서 단속도 많이 하고 그런 시기였는데, 중국인들이 일자리를 빼앗으려고 다른 나라 사람들을 다 신고한다는 얘기가 있었어요. 확인되지는 않았지만요. 요즘

에도 가끔 단속이 떠서 중국인 노동자가 잡혀갈 때가 있
는데 자기들끼리 다퉈서 앙심을 품고 신고한 거라고 수
군대요.”

“근거는?”

“없죠, 뭐.”

“칼부림 얘기는 또 뭐예요?”

“영화 탓이 크죠. 그거 있잖아요. ‘내 누군지 아니?’
게다가 그 사건 때문에 이미지가 더 굳어졌고요.”

정재훈의 얘기를 들으며 따라가던 부응옥란이 발을
멈췄다.

“그 사건?”

그러자 정재훈도 멈춰 서서 이야기를 이어갔다.

“그게 작년, 아니 재작년인가? 진짜로 칼에 찔려서
죽은 사람이 있거든요. 중국인 부부였는데 알고 보니 결
혼은 안 하고 그냥 동거 중이었지만 여자가 집에서 시체
로 발견됐어요. 피가 홍건한 방에 남자가 돈을 챙겨서 도
망간 정황이 다 남아 있었고요. 그 남자는 결국 못 잡았는
데 중국으로 넘어갔다고 하더라고요. 그래서 불법 체류
자들은 사람을 죽여도 중국으로 튀면 못 잡는다는 말이
도는 거예요. 둘 다 저도 오래 알고 지내던 사람들인데 대
체 무슨 일이 있었던 건지, 참.”

"불법 체류자 아니고 미등록 이주민."

부응옥란이 표현을 바로잡자 머쓱해진 정재훈이 다시 발을 놀리며 김유정에게 고개를 돌렸다.

"그러고 보니 그 피해자는 유정 씨네 가게에서 일했는데. 유정 씨는 한국 오기 전이어서 모르시죠?"

"저도 아빠한테 듣긴 했어요. 이름이 연화였나….."

"맞아요. 이연화. 일 잘하고 착했어요."

근거 없는 소문과 사건 하나로 굳어져버린 편견은 부응옥란에게 지나칠 만큼 익숙한 흐름이었다. 멀리 타국에 와서 고생하는 동포들이 겪는 부조리에 주비의 원한과 분노가 쌓이고 쌓였으리라. 그래서 그렇게 갑자기 속사포 래퍼로 변신한 거였군.

세 사람은 굴다리를 지났다. 여전히 시선을 확 잡아끄는 미스 트롯 유하나의 대형 사진 앞에서 손님들이 진열장을 들여다보며 하나 이모와 대화를 나눴다. 그림자진 구석에 앉은 리본 아줌마는 꾸벅꾸벅 졸면서 마치 끙끙 앓는 신음처럼 나지막이 콧노래를 흥얼거리고 있었다. 그 옆으로 난 좁은 통로가 김유정 아빠의 가게인 대상축산으로 이어지는 골목이었다. 부응옥란은 비슷비슷한 풍경 속에 확실히 기억하는 장소가 나오니 괜시리 반가운 마음마저 들었다.

가게에 돌아간 부응옥란은 고무장갑을 끼고 여기저기를 기웃거렸다. 직원들 곁에서 일을 배우며 문소평에 대한 정보를 얻으려는 생각이었다. 비록 낮선 작업 환경에 별 도움은 못 되었고, 직원들은 그다지 호의적이지 않았으며, 돌아온 것은 김유정의 만류와 민수 삼촌의 핀잔뿐이었지만.

한밤의 승부

"이쪽이에요."

정재훈은 리본 아줌마가 앉은 맞은편 골목으로 향했다. 마찬가지로 좁고 어두운 골목이라 빙판을 조심하며 걸어야 했다. T자형 갈림길에서 왼쪽으로 꺾였다가 다시 오른쪽으로 꺾이는 길을 한 줄로 걷는 동안 셋 다 한 번씩 미끄러져서 넘어질 뻔하고는 부응옥란은 정재훈을, 김유정은 부응옥란을 붙잡고 걸음을 옮겼다.

제대로 가는 게 맞나 의심이 들 때쯤 마침내 막다른 곳에 있는 허름한 건물 앞에 도착했다.

"여기 4층이래요."

"아까 그 양반이 엄청 대충대충 설명하는 것 같았는데 잘도 찾아왔네요."

"여기가 도박장으로 쓰이는 줄은 몰랐지만 이 건물

은 알거든요.”

정재훈이 그 건물에 대해 어떻게 알았는지는 3층과 4층 사이의 계단참에서 들을 수 있었다. 그는 계단참의 큰 창문 밖을 가리켰다. 희미한 가로등의 노란빛을 가린 형태로 보이는 옆 건물이었다.

“이 창문을 통해서 옆 건물 옥상으로 바로 건너갈 수 있어요. 예전에 불법 체류자… 아, 그 미등록 이주 노동자 단속이 떴을 때 여기로 도망간다는 얘기를 들었어요. 저 건물 외부 계단으로 내려가서 좀만 더 가면 청계천이 나와요. 그렇게 단속을 피했대요.”

“스펙터클하네.”

문밖까지 왁자지껄 요란한 소리가 들리던 도박장은 세 사람이 문을 여는 순간 찬물을 끼얹은 듯 조용해졌다. 추운 날씨에 환기도 못 하는 방 안엔 담배 연기가 자욱했다. 두 개의 테이블에 나눠 앉아 포커와 마작을 즐기던 사람들은 80년대 홍콩 영화의 스틸 장면처럼 움직임이 없었다. 너희가 여길 왜 왔냐는 눈빛들이었다.

부응옥란이 손을 들어 가볍게 흔들며 인사했다.

“따자하오!”

여전히 경계의 눈초리들이 침묵으로 세 사람을 밀어냈다.

"즐거운 시간 방해해서 미안합니다. 뚜이부치."

부응옥란은 아는 중국어를 총동원했다. 이제 남은 건 셰셰 정도려나.

"저는 김제 사는 부응옥란입니다. 우리가 이곳에 온 이유는 여기 김유정 양이 애인인 문소평 씨를 찾고 있어서입니다. 국대 씨는 그냥 따라온 거니까 신경 쓰지 마시고요. 다들 문소평 씨 아시지요? 이곳에 자주 왔다는데 사실인가요? 혹시 그의 소식을 들으신 분이 계실까요? 유정이가 걱정이 많습니다."

자연스러운 표정을 짓고 손동작을 섞으며 대화를 시도했지만, 부응옥란도 경직된 분위기 속에선 긴장하지 않을 수 없어서인지 음성 번역기에 대고 말하는 듯 말투가 어색했다. 그 와중에도 부응옥란은 방 안에 있던 사람들의 미세한 움직임을 놓치지 않았다. 소개와 질문이 끝났는데도 누구 하나 대답하진 않았지만 모두의 시선이 향하는 대상은 분명했다. 중앙의 포커 테이블에 앉은 콧수염을 한 덩치였다. 검은 스웨터 차림에 손가락만큼이나 굵은 금 목걸이가 빛났다. 누구도 선뜻 나서지 못하고 그의 대응을 기다렸다. 아마도 그가 일인자일 것이었다. 적어도 이 방에서는.

"주비 따거는 문소평 씨가 도박할 사람이 아니라고

직접 여기 가서 확인해보라고 했거든요.”

판을 확인한 부응옥란이 카드를 꺼냈다. 손목에도 묵직한 황금 팔찌가 감겨 있는 저 덩치가 여기서는 일인자 행세를 하지만 주비의 이름 앞에서는 상황이 다르겠지. 계산이 맞았다. 눈치만 살피던 사람들이 새삼 부응옥란에게 주목했고, 덩치는 손에 들고 있던 카드를 내려놓았다.

“재미있네. 따거가 가보라 했다?”

덩치에 맞지 않게 목소리는 아쟁처럼 가늘고 톤이 높은 편이었다. 코미디에서나 봤을 법한 반전인데도 그의 눈초리가 워낙 사나워서 새어 나오려던 웃음이 쏙 들어가버렸다.

“아니면 우리가 어떻게 알고 왔겠어요? 여기 이런 곳이 있는지는 국대 씨도 몰랐다던데.”

덩치가 얼굴을 찡그리며 겨드랑이를 긁었다.

“이런 곳, 도박장, 그렇게 부르지 마시오. 그저 우리끼리 심심풀이로 카드놀이하는 것뿐이요. 방해하고 무시하는 사람 없이 말이요.”

그러곤 마작 테이블을 돌아보며 말을 이어갔다.

“니들 이제 가서 일해야 하지 않니?”

“곧 끝나니까 이번 판만 끝나고 가겠슴다.”

마작 테이블에 앉은 넷 중 회색 털모자를 쓴 남자가 자기 패에 시선을 고정한 채 대답했다. 덩치는 고개를 돌린 자세 그대로 아무 말 없이 털모자를 쳐다봤다. 어떤 살벌한 욕설보다 날카로운 침묵이었다. 서늘한 기운을 느낀 털모자가 고개를 들어 덩치와 눈이 마주치고는 자기의 실수를 깨달았다. 그는 벌떡 일어나 의자 등받이에 걸쳐두었던 패딩에 허겁지겁 팔을 끼웠다.

"갑니다. 지금 갑니다. 다들 일어나라, 빨리!"

마작 테이블에 있던 사람들과 몇이 함께 일어나 서둘러 밖으로 나가고, 방 안에는 덩치의 양옆으로 곱슬머리와 젓가락처럼 삐쩍 마른 남자 둘만 남았다. 보스와 왼팔 오른팔, 뭐 이런 느낌인가? 위협적인 분위기를 연출하려는 속셈이었겠지만 부응옥란은 오히려 방의 공기에 충분히 적응해서 농담이 나왔다.

"굳이 이렇게 세 명씩 쪽수를 맞출 필요는 없는데…. 이제 뭐 이름표 뜯기 게임이라도 해요? 이기면 질문에 대답해주나요?"

덩치가 코웃음을 쳤다.

"따거가 보낸 사람을 문전박대할 수는 없으니 일단 앉으시오. 추운데 커피나 한 잔씩 마시고 가시오. 다만 여기서 있었던 일은 여기에 묻소. 밖으로 흘러나가지 않는단 말이요.”

덩치가 눈치를 주자 오른쪽에 있던 곱슬머리가 창가 탁자로 가서 커피 믹스 봉지 세 개를 한 번에 뜯어 종이컵에 나눠 부었다. 주비의 이름을 들은 이상 쫓아내긴 껄끄럽지만, 질문에 답을 하진 않으시겠다? 부응옥란이 입을 삐죽이며 머리를 굴렸다. 덩치의 왼쪽에 앉은 말라깽이가 포커 카드를 능숙한 동작으로 좌르륵 섞었다.

흡사 마술사 같기도 하고 카지노 딜러 같기도 한 그 모습을 지켜보던 부응옥란이 두 손을 짝 소리 내며 마주치고는 뜻밖의 제안을 했다.

“포커로 승부 봐요.”

“허?”

“일대일. 내가 이기면 대답을 해주는 걸로.”

“그쪽이 지면?”

부응옥란이 손가락을 풀며 고개를 갸웃했다. 내가 진다고? 그런 경우는 미처 생각해보지 못했다는 표정을 지었다. 옆에서 보던 김유정의 눈빛이 놀람에서 기대로 변해 반짝였다. 대체 못 하는 게 뭐냐고 묻는 듯한 눈빛이었다.

“글쎄요. 뭘 원해요?”

“재미있네. 뭐든 들어주겠다는 거요?”

덩치는 왼쪽 이마를 향해 눈을 치켜뜨며 전혀 재미가 없다는 표정으로 "재미있네"라고 말하는 재미있는 버릇이 있었다.

"불법적인 일만 아니면 들어주도록 해볼게요."

"흐음, 좋소. 뭘 요구할지는 내 천천히 생각해보겠소. 승부는 내가 아니라 여기 동생이랑 하는 거요."

덩치가 카드 한 장을 손가락 사이로 굴리는 말라깽이를 가리켰다.

"각오 단단히 하는 게 좋을 거요. 이 자식이 그동안 나한테 딴 돈을 다 합하면 벤쓰 한 대는 사고도 남으니까."

"도박장 아니고 심심풀이로 시간 때우는 곳이라더니?"

부응옥란이 말라깽이를 마주 보는 자리에 털썩 앉아 그의 동작을 따라 하며 손가락을 풀었다. 말라깽이는 코웃음을 치며 카드를 테이블에 내려놨다.

"심심풀이답게 테이블 머니 10만 원. 먼저 오링 나는 사람이 지는 걸로 하지요."

"좋아요. 유정아, 10만 원만 빌려줘."

김유정이 지갑에서 지폐 두 장을 꺼내 부응옥란에게 건네며 눈을 맞췄다.

"치란, 자신 있는 거죠?"

"농사일 없는 겨울이면 마을회관에서 아줌마들이 랑 뭐 하는지 알아? 돈내기가 아니라 그냥 성냥개비 따 먹기이고 고스톱이 주종목이긴 한데… 걱정하지 마. 이 게 판의 흐름과 상대의 심리를 읽는 기술이 중요하거든. 뭐 해요? 패 돌려요. 다들 바쁜 사람들인데 빨리 끝내자 고요."

부응옥란의 바람대로 대결은 빨리 끝났다. 단 여섯 판 만에.

세 사람은 건물 밖 캄캄한 골목에 나섰다. 황당한 표 정으로 입을 다물지 못하는 정재훈 옆에서 김유정이 깔 깔 웃었다. 부응옥란은 하얀 입김을 길게 내쉬며 패딩에 달린 모자를 썼다.

가로등 바로 아래 하수구 구멍에서 회색 쥐 한 마리 가 머리를 내밀었다. 윤기라곤 전혀 없는 털이 군데군데 빠져 핑크빛 피부가 드러났으며, 비실대는 움직임이 곧 죽을 것처럼 보였다. 부응옥란이야 그렇다 쳐도 김유정 은 징그러운 쥐를 보면 질색할 법도 한데 의외로 크게 관 심을 두지 않았다. 시장에서 자주 봐서 그렇기도 하고 지 금은 더 중요한 일이 있기 때문이었다.

바로 부응옥란을 놀리는 것.

"아이고, 배야. 치란, 이게 어떻게 된 거예요? 판의 흐름과 상대의 심리를 읽는다더니?”

부응옥란이 쥐를 노려보며 콧김을 뿜었다.

“운이 나빴어. 에이스 세 장을 들고 지는 게 말이 되냐고!”

김유정은 계속 깔깔대며 핸드폰 영상을 재생했다. 조금 전 상황을 녹화한 것이었다.

“이것 좀 봐요. 이 자신만만한 표정.”

화면 속의 부응옥란이 마지막 히든카드를 확인하고는 한쪽 입꼬리를 올리며 “올인!”이라고 외쳤다. 김유정은 애써 외면하는 부응옥란의 얼굴 앞에 핸드폰을 들이밀며 영상을 스크롤해서 해당 장면을 또 재생했다. “올인!” 말라깽이가 콜을 하고, 부응옥란이 마무리 일격을 날리는 검투사 같은 자세로 카드를 뒤집었다. 말라깽이는 잠시 당황한 척하더니 뒤집혀 있던 카드 세 장을 한데 모으고 프흐흐 소리를 내며 웃었다. 부응옥란은 ‘저 말라깽이 놈은 웃으니까 더 못생겼네’ 하고 생각했다. 말라깽이가 카드를 펼쳤다. 뜬금없이 웬 다이아 플러시람. 다시 생각해도 열 받는 대목이었다.

“잠깐.”

부응옥란이 핸드폰을 향해 손을 뻗었다. 김유정은 그가 영상을 삭제하려는 줄 알고 손을 거두려 했다. 부응옥란은 검지를 빙글빙글 돌렸다.

"다시 봐봐."

말라깽이가 뒤집혀 있던 다이아몬드 세 장을 한 번에 펼치기 직전이었다. 괴상한 웃음소리와 못생긴 얼굴에 시선을 빼앗긴 순간이었다. 몇 차례 돌려 보니 확실했다. 원래 테이블에 있던 카드 세 장은 왼쪽 소매로 들어가고 오른쪽 소매에서 다른 세 장이 나왔다.

"이 자식 속임수 썼네요. 손모가지를…."

화면을 들여다보던 정재훈이 당장에라도 상대를 메다꽂을 듯이 어깨를 주무르며 돌아섰다. 부응옥란이 그를 막았다.

"국대 씨, 기다려요. 더 좋은 생각이 있어요."

세 사람은 모퉁이에 숨어서 기다렸다. 오래지 않아 말라깽이가 담배를 꼬나물고 계단을 내려오다 정재훈에게 뒷목을 붙들렸다. 놀라서 담배 연기를 잘못 삼키는 바람에 토할 듯이 콜록거리는 놈에게 문제의 영상을 보여주었다.

"정말 귀신같은 솜씨네요. 유정이 핸드폰이 최신 기종이라 엄청 선명하게 찍혔는데도 몇 번을 다시 봐야 확실히 알겠더라고."

"거 알았으니까 이거부터 놓으쇼. 10만 원 돌려주

면 될 거 아닙까?"

말라깽이는 정재훈에게 잡혀 까치발을 딛고 종이 인형처럼 나풀거리면서도 기세가 등등했다.

"10만 원? 장난해요?"

"그러믄 뭐… 20?"

말라깽이가 흥정을 시도했다. 부응옥란은 답에 앞서 고개를 들었다. 낡은 건물의 4층 창문에 창백한 형광등 불빛이 안개처럼 고여 있었다.

"아저씨한테 벤츠 한 대 값을 잃었다는 사람이 저 위에 있는데, 손장난에 당했다는 걸 아나 몰라. 가서 얘기를 해줘야 하나. 그러면 이러겠지. 재미있네."

부응옥란이 눈을 왼쪽으로 치켜뜨며 덩치의 흉내를 냈다. 그러곤 말라깽이의 어깨를 토닥이며 덧붙였다.

"뭐, 설마 영화에서처럼 막 손가락을 자르고 그러진 않을 거야."

말라깽이의 시선이 4층 창문과 부응옥란 사이를 빠르게 오갔다.

"아, 알았슴다. 뭐, 뭐! 소평이 얘기? 아는 대로 다 말하겠슴다."

부응옥란이 씨익 웃어 신호하자 정재훈이 팔에 힘을 풀어 말라깽이의 발바닥이 땅에 닿는 것을 허락했다.

결론부터 말하자면 말라깽이도 문소평의 행방을 알진 못했다. 자기가 아는 한에는 아무도 모르는 것 같다고 했다. 혹시나 기대했다가 역시나 실망하긴 했지만 중요한 정보도 얻었다.

김유정과 주비가 믿었던 대로 문소평은 도박에 흥미가 전혀 없었다. 카드고 마작이고 판에 끼는 모습을 단 한 번도 보지 못했다고 했다. 그럼에도 4층 도박장에 자주 방문했는데 그 이유는 바로 이위진 때문이었다. 동향 출신이라는 이위진이 하루가 멀다 하고 도박판에 끼어들었고 문소평은 그를 찾으러 온 것이었다. 단지 같은 지역 출신이라는 이유만으로 방도 내주고 친동생처럼 아낀다더니, 도박에 빠진 말썽꾼인데도 버리지 않고 정신 차리게 하려고 노력했던 모양이다.

말라깽이의 말에 따르면 이위진은 정말 답 없는 놈팽이였다. 마작은커녕 포커의 규칙조차 헷갈릴 정도로 초보자인 주제에 돈이 생기는 족족 달려왔다. 말라깽이는 속임수를 쓸 필요도 없이 핸드폰으로 동영상을 보면서 상대해도 그의 주머니를 털 수 있었다며 낄낄거렸다. 이위진이 입장하면 부드럽고 맛있는 먹잇감을 둘러싼 맹수들처럼 서로 먼저 물어뜯으려 입맛을 다셨다고 했다.

매번 잃기만 하면서도 실력은 통 늘지 않았는데, 그

게 억울해서인지 지갑에 먼지만 남은 후에도 돌아가지 않고 다른 사람들의 플레이를 구경하며 수다를 떨었다. 문소평에게 붙들려 집으로 끌려갈 때까지.

말라깽이가 이위진의 싹수가 노랗다고 판단한 이유 중에는 주머니가 털린 뒤의 행동도 포함되었다. 그는 커피 믹스를 홀짝거리며 사람들에게 다양한 화제로 별별 쓸데없는 질문들을 던졌는데, 마장동에 어떻게 적응하고 일을 잘할 수 있는지에 관한 내용은 전혀 없었다. 아무리 중국인들만 은밀하게 모이는 장소라곤 해도 밖에서 한국인들 또는 다른 나라에서 온 사람들과 어울릴 생각은 털끝만큼도 보이지 않았고, 오직 중국에서 온 사람들에게만 관심을 두고 여러 가지를 물었다.

"자꾸 여자랑 동거하는 거에 대해 물었슴다. 그게 쉽냐, 그런 남녀를 많이 알고 있냐 하면서. 그러다가 연화 얘기가 나오니까 흥미가 동했는지 이것저것 자세히 얘기해달라 했슴다."

연화라면 김유정의 가게에서 일하다가 살해당했다는 이연화를 가리키는 것일 테다. 용의자인 동거남은 중국으로 도피했다고 했다. 이위진은 그와 비슷한 상황을 꾸미려는 위험한 계획을 품은 놈이었을지도 몰랐다.

"근데 우리는 그거 다 연극이라고 생각함다."

말라깽이가 운을 띄우고는 김유정을 흘깃했다.

"연극이요?"

부응옥란이 묻자 말라깽이가 곤란한 건지 비웃는 건지 모를 표정으로 대답했다.

"다들 그놈하고 소평이가 특별한 사이라고 의심하고 있슴다. 고향 사람이라고 챙기는 것도 정도가 있지 좀 지나치다 이 말임다."

이건 또 무슨 소린가. 부응옥란은 머리가 혼란스러웠다.

"특별한 사이라면…?"

"둘이 애인 사이다 이겁다. 근데 사람들이 의심하니까 아닌 척하려고 여자랑 동거하고 싶다는 소리를 하는 겁다. 연화가 살았던 집이 어딘지, 같이 살던 남자와는 어떻게 지냈는지, 남자 고향은 어딘지, 남자 평판은 어땠는지, 쓸데없는 것만 물었슴다. 묻고 또 묻고, 다른 사람한테 또 묻고…. 진짜로 여자랑 살고 싶으면 적당한 여자를 소개해달라고 해야 하는 거 아님까?"

말라깽이의 폭탄 발언에 정재훈이 김유정의 눈치를 살폈다. 부응옥란도 마찬가지였다. 연락이 두절된 애인을 찾겠다고 뛰어다니는 사람에게 이게 무슨 청천벽력 같은 소리란 말인가. 그 남자에게 사실은 다른 애인이 있었다고? 게다가 상대가 여자도 아니라 남자라고?

"이위진 그놈, 엊그제부터 여기 안 왔슴다. 나는 그런 중독자 새끼가 하루아침에 도박을 끊었을 리는 없다고 생각함다. 그런데 소평이도 그날부터 연락이 안 된다고 들었슴다. 참으로 공교롭지 않슴까? 두 사람이 한날한시에 떠난다?"

"말도 안 돼요."

김유정의 입술이 파르르 떨린 건 차가운 공기 때문만은 아니었다.

"소평 씨 애인은 저예요. 그 사람은 그냥 동생이고요."

"그건 뭐 알아서 하십쇼. 하여간 제가 아는 건 여기까집다."

말라깽이가 여전히 자기의 뒷덜미를 붙들고 있는 정재훈에게 눈을 굴렸다. 부응옥란은 정재훈에게 고개를 끄덕여 보이고는 한마디 덧붙였다.

"또 궁금한 게 생기면 찾아올게요."

말라깽이는 인상을 구기며 가래침을 탁 뱉고는 서둘러 골목 저편 어둠 속으로 스며들었다. 왠지 바로 쫓아가 모퉁이를 돌아도 그의 모습은 보이지 않을 것 같은 기분이었다.

　문소평에게 연인으로 의심받는 다른 사람이 있었고, 두 사람이 동시에 자취를 감췄다. 사장 딸이라 가까이 지내던 김유정이 결혼 얘기를 꺼냈기 때문일까? 동성 연인과의 관계가 사람들 입에 오르내리는 게 부담이 되었을까? 부응옥란은 겹겹이 쌓인 비밀과 거짓말이 눈을 가리고 있는 기분이었다. 말라깽이도 문소평도 그리고 김유정도 모든 사실을 있는 그대로 밝히고 있지 않는 느낌이었다. 왜일까.

　정재훈이 또 뭔가 기억도 안 나는 이상한 속담을 던지며 인사했고, 첫날의 조사는 거기서 마무리하기로 했다. 무엇보다 김유정이 마음의 충격을 크게 받은 것 같아서 부응옥란은 피곤하다는 핑계로 귀가를 유도했다. 김유정은 아파트로 돌아가는 길에 대상축산에 들르자고 했다. 부응옥란이 머릿속에 대충 그린 지도에 따르면 약간 돌아서 가는 경로였는데, 혹시나 문소평이 그사이에 돌아오진 않았을까 하는 마음이었겠지만 가게엔 지친 일꾼들과 여전히 잔뜩 쌓인 내장들뿐이었다. 부응옥란은 한숨을 쉬는 김유정을 토닥여 집으로 향했다.

운수 좋은 날

자정이 한참 넘은 시각, 집으로 향하는 계단을 오르며 남
자는 콧노래를 흥얼거렸다. 24시간 영업하는 식당에서
마라탕을 포장해 온 비닐봉지가 한 손에서 앞뒤로 흔들
렸다.

그날은 정말 운이 좋았다.

본인의 실수로 필요한 물량을 한참 초과하는 매입
이 발생해서 손해에 대한 책임 추궁을 당할 위기였다가
거래처에서 급히 추가 주문이 들어온 걸 맞춘 덕분에 오
히려 사장님께 크게 칭찬을 받았다. 오후 늦게는 함께 일
하는 동료와 어떤 사안에 대해 내가 맞다, 네가 맞다 말다
툼이 있었는데 확신 없이 오기로 응했던 10만 원 내기에
서 돈을 땄다. 공돈을 핑계로 매일 다니던 도박장에 들렀
다. 마작 테이블에 자리가 없어서 별수 없이 포커를 쳐야

하나 생각하던 차에 한 놈이 집에서 걸려 온 전화를 받고 짜증을 부리며 엉덩이를 뗐다. 쯧쯧, 남자는 속으로 혀를 끌끌 차며 저놈은 여자한테 잡혀 사는 불쌍한 신세라 생각했다. 타이밍 좋게 생긴 자리를 차지한 남자는 마작의 신이 어깨에 앉은 기분이었다. 판이 거듭될수록 쌓여가는 현금에 도저히 집에 갈 수가 없었다.

그러다 보니 귀가 시간이 평소보다 많이 늦어졌다. 여자의 화를 달래줄 요량으로 마라탕을 포장해 왔는데 이걸로도 부족하면 현금을 좀 던져줄 의향도 있었다. 그러면 잔소리가 잦아들겠거니 하면서 말이다. 그래도 여자와 진짜 결혼한 것도 아닌데 마누라 행세를 하는 것은 곤란했다. 하긴 무비자로 체류 중인 외국인 남녀가 한국에서 혼인 신고를 할 방법도 없긴 하지만.

남자는 기세 좋게 초인종을 누르려다 살짝 소심해져서 도어록 비밀번호를 눌렀다. 주방 겸 거실 불은 꺼져 있었다. 살짝 열린 안방 문틈으로 형광등 불빛과 TV 소리가 새어 나왔다. 역시 여자는 아직 안 자고 기다리고 있었다. 마라탕을 사 오길 잘했다고 생각한 남자의 입가에 미소가 번졌다. 집에 오는 길에 불 켜진 마라탕 가게 간판이 딱 눈에 들어오다니 여러모로 운수 좋은 날이었다.

거실을 가로지르며 여자의 이름을 불렀는데 대답이

돌이오지 않았다. 잠이 들었나 싶어 남자가 조용히 문을 열었다. 바닥에 누운 여자의 모습에 남자는 마라탕이 담긴 비닐봉지를 바닥에 떨어트렸다. TV 화면 속 스튜디오에 앉은 출연자들이 와하하하 웃음을 터트렸다.

남자는 정신없이 여자의 이름을 외치며 여자의 갈비뼈 틈에 박혀 있던 식칼을 뽑았다. 손바닥으로 상처를 눌러 출혈을 막으려 했지만 아무 소용 없었다. 그곳은 흉수가 이미 팔, 다리, 배를 가리지 않고 칼날을 휘두른 다음 마지막으로 칼을 꽂아 넣은 자리였다. 여자가 누워 있는 요는 흥건히 젖었고 방바닥까지 흘러나온 피 때문에 남자의 무릎이 자꾸 미끄러졌다. 남자의 두 손 역시 피범벅이었다. 손을 바지에 마구 문질러 닦은 후 주머니에서 핸드폰을 꺼냈다. 번호가 120인지, 119인지도 헷갈릴 정도로 머릿속이 새하얬다.

"으음…."

여자의 고통스러운 신음이 남자의 손을 붙들었다. 남자가 여자를 불렀지만 여자는 대답 대신 남자의 이름을 잇새로 힘겹게 내뱉었다.

"그래, 나 여기 있다. 조금만 참아. 지금 구급차 부른다."

젖은 손가락으로 급하게 핸드폰 화면을 누르자니

망할 놈의 암호 숫자판이 자꾸 부르르 흔들리며 안 풀렸
다. 분통이 터져서 핸드폰을 내던져버리고 싶었지만 그
럴 수도 없었다.

여자의 손이 남자의 다리에 툭 떨어졌다. 여자의 손
은 칼을 든 범인에 맞서 저항한 흔적으로 너덜너덜했다.

"…지마."

"뭐라고?"

"신고… 하지 마."

"그게 무슨 소리야? 지금 너를….."

남자의 입이 멈췄다. 벌어진 채 고정된 입술 사이로
말도 숨도 드나들지 않았다.

"가."

여자의 마지막 힘을 쥐어짠 한 마디 말에 남자는 그
의도와 마음을 온전히 이해했다. 쪼그라든 폐가 급하게
숨을 들이켰다.

두 사람은 중국 교포로 한국에 체류할 수 있는 비자
가 없는 상태였다. 둘 다 마장동에서 경제 활동을 한 지
10년 가까이 되었고 그중 절반 이상을 동거하며 이른바
사실혼 관계가 되었지만, 상황은 달라지지 않았다. '사실
체류'나 '사실 허가' 같은 개념은 없었으므로.

한국 땅에 발을 딛고 있는 것만으로도 불법인데 목

숨이 경각에 달린 사람 곁에서 구급대와 경찰을 맞이한
다면 어떻게 될까? 칼자루며 이불이며, 여자의 몸이며
온 사방에 남자의 핏빛 지문이 찍혀 있었다. 남자에게 상
황을 제대로 진술할 기회가 주어질까? 남자의 말을 믿어
줄 한국인이 있긴 할까?

당장 도움을 요청하지 않는다면 여자는 살아남지
못할 것이 확실했다. 어서 구급차를 불러야 했다. 하지만
남자는 여자의 눈을 바라보며 마음을 다잡았다. 냉정하
게 생각하자. 여자는 생존 가능성이 극히 낮았다. 여자도
이미 자기 상황을 알고 있었다. 나는 늦었으니 너라도 안
전한 곳으로 떠나라고. 괜히 살인자의 누명을 쓸 위험을
감수하지 말라고.

여자의 숨소리가 들리지 않았다. TV에서 우스꽝스
러운 목소리로 낄낄거리는 놈들을 두들겨 패고 싶었다.
여자의 눈꺼풀이 스르르 감겼다. 남자의 떨리는 손이 뺨
을 어루만지는데도 여자는 아무런 반응이 없었다. 지문
이 남는 걱정 따위는 진작에 뇌리에서 떠났다. 남자의 굳
게 다문 입안에서 이가 바드득 갈렸다. 이 사람의 마지막
마음을 가슴에 새기자. 눈물은 사치다.

남자는 우선 손을 깨끗이 씻고 옷을 갈아입은 후, 집
에 있던 금붙이와 현금을 최대한 챙겨 가방에 담았다. 핸

드폰 전원은 껐다. 나가서 아무 데나 늦게 발견될 만한 장소에 버릴 계획이었다. 인천 차이나타운의 어느 장소에 관한 얘기를 들은 적이 있었다. 그곳에선 인맥도 은원도 아닌 오직 돈만이 의미를 가진다고 했다. 정해진 금액만 제대로 낸다면 허튼 흥정이나 꼼수 없이 약속한 바가 확실하게 수행될 거라고 했다.

TV는 끄지 않았다. 요란스럽던 예능 프로그램의 다음 주 예고편이 나오고 있었다. 배낭을 메고 모자를 눌러 쓴 남자가 방을 나서기 전에 뒤를 돌아보았다. 차마 발이 떨어지지 않는지 한참을 서 있다가 배낭을 내려놓고 옷장으로 향했다. 지난달 여자의 생일에 함께 백화점에 가서 사줬던 원피스가 걸려 있었다. 바보처럼 아끼느라 아직 한 번도 입지 못했다. 남자는 엉망으로 찢긴 여자의 옷을 벗기고 원피스로 갈아입혔다. 행복하게 웃던 그날처럼 예뻤다. 남자는 뛰다시피 방을 나서며 배낭을 집어 들었다.

남자는 그대로 밤의 어둠 속으로 사라졌다.

화물 승강기

민수 삼촌은 부응옥란이 첫날부터 불결한 환경과 과도한 업무량에 기겁하고 도망칠 거라며 걱정을 가장한 비웃음을 날렸다. 하지만 이와 달리 부응옥란은 새벽부터 가뿐하게 일어나 출근 준비를 서둘렀다. 평소 농사일로 다져진 체력이었다. 은퇴하면 귀농하겠다는 소리를 하는 사람은 농사일이 얼마나 고된지를 모르고 하는 말일 터였다. 오히려 김유정이 마음고생에 잠을 잘 못 이루고 며칠째 여기저기 돌아다니느라 피곤했는지 쉽게 눈을 뜨지 못했다. 뭉그적거리는 김유정을 침대에 남겨두고 부응옥란은 혼자 시장으로 향했다.

이른 시간에 출근한 부응옥란을 본 민수 삼촌은 의외라는 시선을 던졌지만 그것도 잠시, 다시 잔뜩 쌓인 일에 집중했다. 직원들이 작업한 내장을 비닐봉지에 담아

무게를 달고 선도 유지를 위해 얼음을 약간 넣어 뒤섞은 후 봉지 입구를 노끈으로 묶었다.

"이렇게 추운데도 얼음을 넣어야 해요?"

부응옥란의 질문에 민수 삼촌은 쳐다보지도 않은 채 계속 포장 작업에 몰두하며 퉁명스럽게 대답했다.

"내장은 조금만 신경 안 써도 쉽게 상해서 고약한 냄새가 나니까."

"아하."

부응옥란이 고개를 끄덕였다. 민수 삼촌과는 어쩐지 무의식중에 거리를 두게 되는 느낌이었는데 그럴 필요는 없어 보였다. 친절하진 않지만 할 일은 하고 필요한 내용은 알려주는 사람이었다. 문소평과 친하지 않다는 이유로 김유정이 박한 평가를 내렸던 게 아닐까 하는 의심도 들었다.

옆면에 굵은 매직으로 거래처 이름이 적힌 비닐봉지 대여섯 개의 준비를 마친 민수 삼촌은 그제야 허리를 두드리며 한숨을 돌렸다. 가게 안을 둘러보던 그의 시선이 멀뚱하게 서 있던 부응옥란에게 닿았다.

"아줌마, 북문 어딘지 알아?"

"알지. 굴다리 지나 삼거리에서 왼쪽."

북문 방향을 정확하게 가리키며 경로를 설명하는

부응옥란의 대답에 민수 삼촌은 소리를 내지는 않았지만 감탄하는 입 모양을 숨길 수 없었다. 어제 처음 온 사람이 찾기에는 지리적으로 복잡한 곳인데 부응옥란에게 이 정도는 어려운 일이 아니란 것이 꽤나 신기할 따름이었다. 핀잔과 함께 북문 위치를 알려주려던 생각이었는데 통과했으니 바로 다음 말을 이어갔다.

"북문 주차장에 가면 종로 사장이 기다리고 있을 거야. 은색 스타렉스. 핸드카로 이것 좀 갖다 실어."

핸드카란 바퀴 두 개짜리 손수레를 가리켰다. 짐 실은 손수레를 끌고 북문 주차장까지 두세 번 왕복하려면 시간이 꽤 걸릴 터였다.

"가게 앞에 있는 스쿠터 써도 되는 거지?"

부응옥란이 묻자 민수 삼촌이 또 놀라는 표정을 지었다. 이 삼촌, 오늘 자주 놀라네.

"아줌마, 오토바이 탈 줄 알아?"

"그럼!"

자신만만하게 답했지만 민수 삼촌은 미덥지 않은 모양이었다.

"시장길 엄청 좁고 복잡해. 괜히 사고 치지 말고…."

부응옥란이 콧김을 뿜으며 두 손을 허리에 올렸다.

"이거 왜 이래? 나 하노이에서 온 여자야."

제아무리 길이 좁고 오가는 사람들로 복잡해도 부응옥란에게는 문제가 되지 않았다. 오히려 오랜만에 스쿠터를 타니 콧노래가 나올 정도로 신이 났다. 김제에 돌아가면 스쿠터 한 대 장만하는 걸 고려해봐야겠다 싶기까지 했다. 넓지 않은 길에 줄지어 오가는 상인들과 손님들, 차량과 오토바이, 가게 앞에 내놓은 택배 상자들과 각종 홍보물 등 다양한 장애물 사이로 물 흐르듯 매끄럽게 다니다 보니 금세 일을 마칠 수 있었다. 어려움이라곤 전혀 없었다. 계속 왔다 갔다 하며 차에 짐을 싣는 동안 운전석에서 담배를 피우며 흘끔거리기만 하던 거래처 사장이 꼴 보기 싫었을 뿐.

"치란?"

아침에 부응옥란을 혼자 보낸 게 못내 마음에 걸려서 서둘러 시장에 나오던 김유정이 믿을 수 없는 장면을 봤다는 듯 눈을 비볐다. 낯선 장소와 사람들 사이에서 곤란해하고 있지나 않을까 걱정했던 마음이 무색하게 스쿠터를 타고 시장을 누비고 있는 부응옥란의 모습에 헛웃음만 나왔다.

"뭐야? 벌써 시장 사람 다 됐네요?"

"이 정도 갖고 뭘. 자, 여기 헬멧 쓰고 뒤에 타."

두 사람이 가게에 도착하니 민수 삼촌과 직원들은

네모반듯한 오렌지색 플라스틱 바구니에 비닐을 깔고 내장을 포장 중이었다. 포장한 바구니들은 가게 입구에 세워둔 바퀴 두 개짜리 손수레에 차곡차곡 쌓였다.

"너무 많이 쌓지 마라. 아줌마가 끌 수 있을 정도만."

민수 삼촌은 '아줌마'라고 말하면서 부응옥란을 턱으로 가리켰다. 계속 운반 업무만 맡길 셈인가. 칼 쓰는 일 대신 힘 쓰는 일을 하라 이건가. 아니면 여자라서 힘든 일은 못 한다고 빼는지 시험하는 건가. 민수 삼촌의 의도를 곱씹던 부응옥란이 양손을 깍지 끼고 어깨를 풀었다.

"어디로 옮기는데?"

"냉동. 유정이가 함께 좀 가라."

윽! 결국 공포의 화물 승강기를 타게 됐네. 부응옥란이 눈을 질끈 감았다.

화물 승강기는 건물 옆쪽 골목에 있었다. 가뜩이나 곳곳에 빙판이 도사린 좁은 골목인데 오토바이들까지 세워져 있어서 손수레를 끄는 단순한 일도 만만치 않았다. 사무실에서 봤던 쪽문을 지나 조금 더 이동하자 빨간 숫자가 표시된 계기판이 벽에 붙어 있었다. 으레 승강기라면 은색으로 반짝이는 문을 생각하기 마련이지만, 위로 열리는 금속 문은 찌든 기름때와 녹 때문에 금속 특유의 시각적 특성이 전혀 보이지 않았다.

내부는 더 심각했다. 승강기는 박스형이 아니라 골격에 천장과 바닥만 겨우 이어 붙인, 마치 건설 현장에서 임시로 사용할 법한 기계 장치 같았다. 뻥 뚫린 옆으로 허술하게 마감된 콘크리트 벽면이 훤히 보였는데 담배꽁초를 비롯한 각종 쓰레기가 널브러져 있었다. 틈새로 큼지막한 쥐가 나와서 바로 옆의 구멍으로 들어갔다. 놈의 꿈틀거리는 꼬리가 마치 뱀처럼 보였다.

숫자 버튼을 아무리 눌러도 불이 들어오지 않아서 제대로 작동이 되는 건지 확신할 수가 없었다. 바로 옆에 굵은 케이블로 연결된 유선 리모컨이 내려와 있어서 더욱 그랬다. 기다란 멀티탭처럼 생긴 노란색 리모컨은 수동 자동 변환 스위치와 화살표 그림이 그려진 버튼 두 개가 달려 있었다.

고장 시 신고 안내 스티커의 연락처는 매직으로 칠해져 있고 옆에 새로 번호가 적혀 있었다. 017로 시작하는 번호였다. 부응옥란은 이대로 승강기가 멈춘다면 제대로 살아서 나갈 수나 있을지 의심스러웠다. 첫 출근 아침에 여기에 왔다가 바로 퇴사했다던 젊은이가 일면 이해되기도 했다.

천장에 달린 실내등은 딸깍거리는 소리까지 내며 깜빡거리다가 결국 하나만 남기고 꺼져버렸다. 설상가

상으로 천장에서 정체를 알 수 없는 액체가 뚝뚝 떨어지기 시작했다. 전등에 물이 들어가서 꺼졌나 보다, 하고 생각하는 순간 문제의 액체가 본격적으로 주룩 흘러내렸다. 바닥에 떨어진 액체는 기분 나쁘게 어둡고 진득한 점성이 있었고 고약한 냄새까지 났다.

"아이, 뭐야? 하수구에서 흘러 들어왔나?"

김유정이 질색하며 뒷걸음쳤다.

"이건…."

바닥에 고인 액체를 살피던 부응옥란이 황급히 열림 버튼을 눌렀다. 다행히 3층 버튼이 제대로 눌리지 않은 덕분에 승강기는 1층에 머물러 있어서 바로 문이 열렸다. 찬 바람과 함께 아침 햇빛이 승강기 안으로 쏟아졌다.

"…피야. 위층에도 작업장이 있어?"

"아뇨. 2층엔 잡동사니 창고와 화장실 따위만 있고 3층은 냉동창고예요."

부응옥란은 손수레를 밀고 승강기 밖으로 나섰다.

"냉동해둔 게 녹아서 핏물이 흘렀을 리는 없고…."

"아무래도 그렇죠. 얼었으면 얼었지, 뭔가 녹을 날씨는 아니니깐."

두 사람의 목소리는 입에서 나오자마자 새하얗게 식었다. 승강기 상태를 확실히 점검하기 전에는 타고 올라가기가 두려웠다.

"계단은 어디야?"

보통은 승강기 옆에 계단이 있기 마련이지만 낡은 건물은 도무지 일반적이지가 않았다. 3층 건물이라 애초에 승강기가 없었는데 공간을 활용하기 위해 냉동창고를 나중에 만들고 적당한 곳에 화물용 승강기를 설치한 탓에 계단과 동떨어진 자리였다. 계단은 가게 입구 옆쪽에 있었다.

기름때가 찌들어 미끈거리는 계단을 오르는 동안 부응옥란은 아무리 급해도 2층 화장실은 절대 사용하지 않겠다고 결심했다. 그나마 2층은 남자 직원들이 화장실이라도 쓰는 덕분에 사정이 나은 편이었다. 3층으로 올라가는 계단은 온갖 잡동사니가 쌓여 있어서 난간을 붙잡고 발 디딜 곳을 찾으며 한 칸씩 올라야 했다. 두 사람은 건물 외벽을 따라 난 좁은 복도를 지나 승강기 쪽으로 이동했다.

자물쇠로 잠긴 냉동창고 문은 승강기 앞에 있었는데 핏물이 흐른 자국은 없었다. 벽에 박힌 나사못에 열쇠 하나가 걸려 있었다. 부응옥란이 턱짓하자 김유정이 말했다.

"사실 여기 드나드는 사람이야 뻔해서 편의상 열쇠

를 여기에 둬요.”

“그럼 잠그는 게 뭐 의미가 있나?”

“따지고 보면 그렇긴 하죠. 그래도 안 잠그는 것보단 낫다는 생각?”

부응옥란은 고개를 저으며 승강기 앞 바닥을 손으로 더듬었다. 그러곤 틈새로 손가락을 넣어 승강기 문을 위로 끌어올렸다. 자물쇠를 풀고 냉동창고 문을 열려던 김유정이 깜짝 놀라 소리쳤다.

“위험하게 왜 그래요? 떨어지면 큰일 나요!”

김유정의 호들갑에도 부응옥란은 태연하게 한 손으로 문을 떠받친 채 다른 손을 패딩 주머니에 넣어 핸드폰을 꺼냈다. 그러더니 화면 왼쪽 하단에 있는 버튼을 눌러 플래시를 켜고 균형을 잃지 않도록 자세를 유지하면서 천천히 고개를 내밀어 승강기 통로를 내려다보았다.

1층에 있는 승강기 위에 무언가….

승강기 위에 있는 덩어리의 정체를 확인한 부응옥란은 눈을 질끈 감고 고개를 돌렸다. 뒤로 물러서며 손을 놓아 승강기 문이 닫히게 하고 김유정에게 말했다.

“경찰. 신고해.”

승강기 위의 시체는 송 씨라고 불리는 건물 관리인

이었다. 그는 근처 건물 몇 개의 문단속이나 주변 청소, 주차 관리 따위의 업무를 했다. 자기 말로는 괜찮은 회사엘 다녔다는데 정년퇴직 후 프랜차이즈 곱창집을 차렸다가 쫄딱 망했단다. 민수 삼촌 얘기로는 한가해 보이면 일자리를 잃을까 봐 항상 바쁜 척하고, 사소한 일도 자기가 했다며 생색내는 스타일이라 했다.

"거 또 쓸데없이 문단속한답시고 올라갔나 보네."

바로 근처에 열쇠를 걸어두고 자물쇠를 채우는 게 큰 의미가 없다 보니 직원들이 냉동창고 문을 잠그는 걸 잊는 경우가 가끔 있었다. 그러면 송 씨가 다음 날 아침에 가게에 와서 간밤에 자기가 문을 잠갔다며 박카스라도 한 병 마시며 티를 냈다고 했다.

"1층에 있는 상태로 문이 열리는 경우가 왕왕 있는데 잘 아는 사람이 그렇게… 쯧쯧. 너네도 항상 조심해!"

민수 삼촌의 생각은 승강기는 1층에 있는데 오작동으로 3층 문이 열렸고, 송 씨가 허공에 발을 디뎌 추락사했다는 것이었다. 다들 동의하는 듯 고개를 끄덕였다.

경찰의 생각도 크게 다르지 않아 보였다. 죽은 송 씨의 몸에서 여전히 술 냄새가 강하게 풍기는 것도 실족사에 힘을 실어주었다.

"유정아, 너는 괜찮아? 많이 놀랐지?"

소식을 듣고 달려온 김종환은 딸부터 챙겼다. 새하얀 몽클레르 패딩에 반짝이는 연갈색 구두를 신은 차림은 누가 봐도 시장에서 일할 계획이 없는 사람이었다.

"저는 괜찮아요. 치란이 더 놀랐을 거예요."

"사장님 되십니까? 건물 내외부 보안 카메라 영상을 확인하고 싶은데요."

경찰의 질문에 김종환은 난감한 표정을 지었다.

"그게… 교체 작업 중이라 녹화가 안 됩니다."

"하필 지금요?"

공교로운 타이밍이란 생각에 경찰의 눈빛이 날카로워졌다.

"아니, 송 씨가 요즘 냉동창고 문이 안 잠겨 있는 일이 많다고 해서 혹시나 하는 마음에 확인해보니까 물건도 좀 없어진 거 같고…. 안 그러냐?"

김종환이 동의를 구하자 민수 삼촌이 고개를 끄덕였다.

"어떤 놈이 도둑질했는지 잡으려고 녹화된 영상을 봤는데, 이게 카메라가 하도 오래된 거라 뭐 보이질 않더라고요. 요즘 거는 뭐 화소도 높고 어두울 때도 잘 찍힌다더만. 송 씨가 잘 아는 데가 있으니까 좋은 걸로 교체해준다고 자기한테 맡기라고 해서요. 나야 귀찮은 일 덜고 잘

됐다 싶어서 부탁한다 했지요. 그게 지난 주말이었는데 아직 새로 설치는 안 됐어요."

"기존 카메라로 찍힌 영상이라도 저희가 가져다 분석하겠습니다."

김종환이 난처한 얼굴로 이마를 긁었다.

"그거 금방 새로 올 줄 알고 컴퓨터 본체를 송 씨한테 줬어요. 그 양반이 시장에서 종이 상자도 모으고 못 쓰게 된 기계도 고물로 팔고 했거든. 수고비 조로 준 건데 일이 이렇게 꼬여버렸네."

"일단 알겠습니다. 실족이 원인인 건 확실해 보이니까 너무 걱정 마시고요."

곤란해하는 김종환의 상황 설명에 경찰이 그를 안심시켰다. 몇 주 전에도 이주 노동자 한 명이 팔을 크게 다치는 등 유사 사고가 종종 발생했고, 정황상 사건에 냄새는 전혀 풍기지 않았다.

"그런데…."

김종환이 머뭇거리다 경찰에게 가까이 다가갔다.

"예, 뭐 하실 말씀이라도 있으세요?"

"그… 중대재해법인가 뭔가 그거에 걸리는 건 아니겠죠? 엄밀히 따지면 송 씨가 제 직원도 아니고 그냥 돈 조금 주면서 건물 관리 맡긴 건데."

"50인 미만 사업장은 아직 중대재해법 적용 대상이 아닙니다."

"아이고, 다행이네. 고맙습니다."

경찰의 대답에 김종환이 가슴을 쓸어내리며 주머니에서 전자 담배를 꺼냈다.

부응옥란은 마음이 영 불편했다. 사고로 다치는 사람이 이주 노동자만은 아닐 텐데, 원인을 다른 곳에서 찾으며 상황을 개선하기는커녕 무시하고 방치하다가 관리자 본인이 사고를 당하는 결말은 그리 드물지 않았다. 다만 이 경우에는 송 씨도 을의 입장이었던 게 더욱 가슴 아팠다. 게다가 갑인 사장은 자기가 법적인 처벌을 받지 않아 다행이라고 말하고 있었다.

"여기 무슨 일 있어요?"

현장에 모인 사람들 틈에서 막 도착한 누군가 물었다.

"칼갈이네서 사람이 죽었댜. 그 관리인 있잖여."

구경하던 노인이 대답했다. 그 사람 딴에는 작게 말한다고 한 것 같았지만 전자 담배로 니코틴을 빨아들이던 김종환의 귀에 그 소리가 들어갔다.

"영감탱이 지금 뭐라고 했어?"

김종환이 자기보다 훨씬 나이가 들어 보이는 노인에게 눈을 부라리며 삿대질했다.

"뭐, 내가 뭘… 뭐라고 혀?"

당황한 노인은 말을 더듬으면서도 불쾌한 기색을 감추지 않았다. 동방예의지국에서 한참 어린 사람에게 막말을 들었으니 그럴 만도 했다. 하지만 김종환은 삿대질하던 손을 더 앞으로 뻗어 노인의 멱살을 움켜쥐었다.

"뭐라고 씨부렸냐고! 주둥이 다시 한번 놀려봐. 뭐? 칼갈이?"

"아니…."

"말해보라니까?"

멱살을 잡힌 노인은 김종환이 팔을 흔드는 대로 위태롭게 앞뒤로 비틀거렸다. 칼갈이가 분노 버튼이라더니 사실이었다. 노인이 한마디만 잘못했다가는 바로 주먹을 날릴 태세였다. 지금은 남부럽지 않게 성공했는데도 가진 것 없이 초라했던 시절을 언급하는 게 그렇게 싫을까. 국대 삼촌이 봤으면 개구리가 올챙이 시절 생각 못한다고 했겠네.

"말해보라고, 이 새끼야!"

사람들이 달려들어 말릴수록 김종환은 더 흥분해서 크게 소리 질렀다. 말 그대로 눈이 뒤집힌 듯 경찰들이 여러 명이나 주변에 있는데도 전혀 개의치 않는 것 같았다. 얼굴이 시뻘게질 정도로 목에 핏대를 세우며 욕설을 퍼붓는 모습은 옆에 있는 것만으로도 몹시 위협적이었다. 노인은 고개를 절레절레 흔들며 자리를 떴다. 노인이 눈앞에서 사라지고 나서도 김종환은 분이 안 풀리는지 씩씩거리다가 자기 팔을 붙들고 있던 민수 삼촌의 뒤통수를 손바닥으로 후려쳤다. 봉변을 당한 민수 삼촌은 황당해하면서도 속으로 삭일 뿐 사장에게 맞서지는 못했다. 한두 번 겪은 일이 아닌 모양이었다.

"난 약속 있어서 간다."

김종환이 침을 뱉듯이 말을 던지고 약간 떨어진 곳에 주차했던 벤츠에 탈 때, 부응옥란은 열린 문틈으로 조수석에 빨간 옷을 입은 누군가가 앉아 있는 걸 봤다. 이 난리통에도 밖으로 나와보지 않고 차 안에서 기다렸다는 건 김종환과 함께 있는 사실이 알려지길 원치 않았기 때문일 것이다. 약속이란 게 데이트였나. 대목엔 돈은 못 벌고 고생만 한다더니, 고생만 한다는 건 직원 한정 얘기였네.

김유정은 부응옥란이 얼굴을 찌푸리는 이유가 승강기에서의 일 때문이라고 생각한 듯했다.

"잠깐 청계천이라도 다녀올까요? 찬 바람 맞으면 아무 생각도 안 날 걸요."

"아니, 난 괜찮…. 그럴까?"

예상도 못 한 장소와 시간에 시체를 맞닥뜨린 게 충

격적이긴 했지만 이런 일로 멘탈이 나갈 부응옥란이 아니었다. 오히려 김유정의 얼굴이 말이 아니어서 함께 산책에 나서기로 했다.

"국대 씨는 아직 연락 없어?"

아침에 일어나자마자 부응옥란은 정재훈에게 연락해서 문소평의 집 주소를 알아봐달라고 부탁해두었다. 주비든 누구든 아는 사람이 있을 것이었다.

"예."

"그나저나 너는 진짜 어떻게 애인 집도 모르냐? 애인이 연락이 안 되는데 집을 먼저 알아봤어야지."

"누구한테 물어야 할지도 모르겠고….”

김유정이 말끝을 흐렸다. 유학 생활을 접고 돌아와서 아빠 가게에 나오긴 했어도 시장에 적응하긴 어려웠으리라. 시장 사람들이 자신을 패배자로 보는 것 같다고 생각할 수도 있는 상황이었다. 그동안 부응옥란이 곁에서 지켜본 바로는 가게 직원들 외에 김유정이 인사하고 말을 섞는 사람이라곤 국대 삼촌 정재훈과 골목 입구의 노점상 리본 아줌마가 전부였다. 그러면서 나를 만나겠다고 김제까지는 잘도 달려왔네. 용기가 참 가상하다.

걷다 보니 이제 눈에 익은 유하나의 대형 사진이 두 사람에게 손을 내밀었다. 늘 사진 곁에서 조카 못지않게 화려한 외모를 자랑하던 하나 이모는 보이지 않고 직원들만 손님을 접대하고 있었다. 그리고 바로 옆 빨간 고무다라이를 늘어놓은 노점에 앉아 있는 노파가 리본 아줌마였다.

"리본 아줌마, 안녕하세요."

"어, 어."

리본 아줌마는 전날과 마찬가지로 별다른 말 없이 고개만 끄덕여 인사를 받았다. 커다란 모자를 쓴 것처럼 보였던 머리는 가까이서 보니 수건을 두르고 스카프로 감싼 거였다. 주변에서 파마 약 냄새가 풍겼다.

그때 맞은편 건물 계단에서 똑같이 머리에 수건과 스카프를 두른 중년 여성 두 명이 대화를 나누며 내려왔다.

"언니, 나 일할 사람 좀 소개시켜주라. 우리 직원 하나 또 잡혀갔잖아."

"외국 애?"

"어."

"언제?"

"어제. 어떤 놈이 신고했나 봐. 우리 가게에 와서 개를 딱 짚어서 잡아가더라니까."

"그런가 보네. 근데 뭐 외국 애들 갑자기 없어지는 거야 어제오늘 일은 아니지."

멀어지는 두 사람의 대화 내용에 부응옥란이 눈을 반짝였다. 머리카락을 손가락에 감으며 시선은 노랑 파랑 빨강 무늬가 꽈배기 패턴으로 빙글빙글 돌아가는 원통형 간판에 꽂힌 채였다.

"모차르트 미장원? 마침 머리 볶을 때 됐는데…."

"치란, 머리하시게요? 저 가는 데 예약해드릴게요."

"어딘데? 연예인들도 다니는 청담동 그런 데야? 파마만 하려는 게 아니니까 잠자코 따라와. 너까지 아줌마 파마 하라고는 안 할게. 자고로 미용실이 정보의 메카야."

두 사람이 모차르트 미장원에 들어서니 사람들의 시선이 일제히 몰렸다. 저마다 머리에 리본 아줌마처럼 수건과 스카프를 두른 채 응접 테이블에 모여 앉아 커피를 마시는 초로의 아줌마들이 넷, 거울 앞 의자에 보자기를 두르고 앉은 백발 할머니가 하나, 시퍼런 아이섀도에 새빨간 립스틱을 바른 채 백발 손님의 머리를 만지는 미용사까지 총 여섯 명이었다. 명절을 앞두고 다들 머리를 단장하는 분위기였다.

벽면엔 스타일 참고용 사진들이 걸려 있었는데, "최신 유행!"이라고 적힌 스티커가 무색하게 누가 봐도 완전 복고풍이었다. '풍'이 아니라 그냥 오래되어 색이 바랜 진짜 빈티지 포스터라는 게 맞는 표현이겠다. 혹시나 했지만 모차르트의 초상화는 보이지 않았다.

"머리하시게?"

아무래도 모차르트 이모라고 불리지 싶은 미용사가 묻고는 딱 소리 나게 껌을 씹었다.

"예, 이분처럼 확실하게 볶아주세요."

부응옥란이 거울 앞에 앉은 백발 할머니를 가리키며 대답하자 미용사가 김유정에게 턱짓했다.

"그쪽도?"

미장원 안에 있는 사람들은 김유정을 잘 모르는 분위기였다. 시장이 워낙 크고 사람도 많은 데다 나이 차이도 상당했기 때문이리라.

"아, 아뇨. 저는…."

"아유, 이렇게 어린 애가 뽀글 머리의 매력을 알기나 하겠어요? 제멋에 살게 내버려두자고요."

부응옥란이 너스레를 떨며 의자에 앉으니 미용사가 그녀의 목에 타월을 감은 뒤 넓은 보자기 같은 천을 둘렀다. 그러곤 부응옥란의 머리를 슬쩍슬쩍 손끝으로 건드리며 물었다.

"머리 언제 감으셨어?"

"오늘 아침에요."

"그럼 샴푸 안 하고 바로 말게."

"네."

미용사는 부응옥란의 머리 전체에 파마 약을 빗질해 바르고 숙련된 손놀림으로 롯드를 말았다. 김유정에게는 생전 처음 보는 수준으로 얇은 롤이었다. 시장 곳곳에 즐비하던 최신 유행의 비결을 오늘에야 안 것이었다. 김유정은 아줌마들과 나란히 앉아 멀뚱멀뚱 파마 과정을 구경했다. 아줌마들의 수다에 끼어들어 무슨 정보라도 얻어내고 싶었지만, 그럴 수 있는 성격이 아니어서 혼자 답답해하고 있었다. 무작정 뭘 물어본다 한들 제대로 된 답을 해줄 것 같지도 않았다. 좋은 방법이 없을까 고민하던 김유정은 미용사가 부응옥란의 머리에 비닐 캡을 씌울 때 뭔가 생각난 듯 밖으로 나갔다.

커피 믹스를 다 마시고 빈 종이컵을 테이블에 내려둔 채 소곤소곤 대화를 나누는 아줌마들 곁에서 부응옥란이 끼어들 틈을 노리는 중에 김유정이 돌아왔다. 손에는 하얀색 가당연유 통이 들려 있었다.

"이모들, 이 언니가 커피를 기가 막히게 맛있게 타거든요. 한번 맛보실래요? 정말 깜짝 놀라실걸요."

부응옥란이 피식 웃음을 지었다. 제법 기특한 생각을 했네. 그러고는 괜히 미간을 찌푸리며 손을 내저었다.

"야, 그거 아무한테나 보여주는 거 아니야. 나중에

우리 사업 아이템인데 함부로 공개하면 어떡해? 비밀 유지 좀 하자.”

“앗, 그런가요? 죄송해요. 이모들 그냥 못 들은 걸로 해주세요.”

김유정이 짐짓 놀란 척하며 연유 통을 코트 주머니에 감췄다.

“그게 뭔데 숨겨?”

“얼마나 맛있길래 그러나? 어디 한번 맛 좀 보자. 우리가 뭐 한번 마셔본다고 그걸 어떻게 만드는지 알겠나? 비밀 새나갈 걱정은 하지 마라.”

두 사람의 작전대로 아줌마들이 관심을 보였다. 부응옥란이 과장되게 한숨을 쉬었다.

“하아, 내가 정말 너 땜에…. 이모들, 이거 소문내면 안 돼요.”

“퍼뜩 함 타봐라. 딴 데 가서 얘기 안 하꼬마.”

“월남 사람 같은디 한국말도 잘하고 재주가 많은가벼?”

부응옥란은 종이컵 여덟 개를 펼쳐놓고 뒤돌아서 제조 과정을 가리는 시늉을 하며 연유 커피를 만들었다. 아줌마들은 커피 자판기에 손을 넣고 기다리는 사람들처럼 손을 내밀고 대기하다 서둘러 후룹 후룹 맛을 봤다.

"오메, 참말로 맛이 있네!"

"그르게. 이렇게 맛난 커피가 다 있다이."

김유정의 예상대로 아줌마들의 찬사가 이어졌다. 부응옥란의 달달한 연유 커피는 정말 맛이 훌륭했다.

"시장에서 장사하려고?"

미용사가 물었다.

"나중에요. 지금은 대상축산에 취직했어요."

부응옥란이 대답했다.

"대상축산?"

"대상이 어디지?"

"그 왜 있잖여. 저짝에 칼갈이네."

"아아."

아줌마들이 한마디씩 하더니 부응옥란과 김유정이 듣든지 말든지 자기들끼리 대화를 이어갔다. 물꼬만 터 주면 정보는 콸콸 쏟아지게 되어 있었다.

"칼갈이는 아직도 하나 이모랑 만나는가?"

"갸뿐이것어? 시장에만 애인이 두어 명 더 있을걸?"

"참말로 능력도 좋다."

"돈이 좋지."

역시 아까 본 벤츠 조수석의 빨간 옷은 시장 사람이었나 보다. 하나 이모였으려나. 흘끔 보니 김유정은 자기 아빠 뒷담화에 얼굴이 붉어졌다.

"하나 이모 걔는 지도 돈 많잖여?"

"많지요. 고것이 옆에 리본 아줌마를 얼마나 무시하는지 아세요?"

"리본이도 돈은 많이 벌었는데."

"많이 벌믄 뭐 하노? 아들이랑 손자한테 다 뜯기고 평생 저 모양 저 꼴로 사는데."

"그것도 다 자기 팔자예요."

"맞다."

"아들이랑 손자가 돈을 다 뜯어 갔어요?"

조용히 듣고 있던 부응옥란이 물었다.

"말도 마. 아들 새끼 키워놔봐야 다 소용없다니까. 리본 아줌마가 왜 리본 아줌마라고 불리는지 알아? 남편 죽어서 장례를 치르는 동안에도 머리에 리본 달고 나와서 일하는 거 보고 리본 아줌마라는 별명이 붙은 거야. 그렇게 뼈 빠지게 아들 뒷바라지했는데, 결혼하고 엄마를 모시기는커녕 쏠랑 미국으로 가버렸어. 지 아들내미 골프 유학 핑계로. 그래서 리본 아줌마는 지금도 버는 족족 미국으로 다 보내잖아."

"왜 그렇게 한심하게 사는지 몰라. 그래서야 인생에 무슨 낙이 있나."

“그러니까.”

“그래도 자기 손자 골프 친다고 자부심이 또 대단해요. 솔직히 요즘엔 개나 소나 다 골프 치는데 무슨 그게 귀족 스포츠라고. 기름집 국대 있잖아요? 걔를 또 얼마나 무시하는데요. 쌈박질하는 유도 따위는 우아한 골프하고 수준이 다르다나요? 참나.”

혀를 차던 아줌마가 문득 부응옥란을 위아래로 훑어보며 입꼬리를 올렸다.

“거기도 몸 간수 잘해. 칼갈이가 애인 삼으려고 할지 모르니까.”

“에이, 설마요.”

부응옥란이 웃으며 김유정의 눈치를 살폈다. 김유정은 어쩔 줄 몰라 하고 있었다.

“새겨들어. 내가 전에 거기서 일하던 애한테 들은 얘기도 있어. 칼갈이 갸가 아주 그냥 난봉꾼이 따로 없댜.”

“그래도 대상축산 사장님이 이주 노동자들한테도 잘해주신다고 하던데요?”

듣다 못한 김유정이 아빠 편을 들었다. 하지만 아줌마들은 콧방귀를 뀌었다.

“잘해주기는….”

“오늘 사람 죽었다며? 그 승강기 진작에 고쳤어야

지. 자기는 쓸 일 없다고 그냥 놔두다 결국 그 사달이 난 거 아냐. 한 4년 전에 거기 냉동창고 고장 났을 때 승강기도 같이 손을 봤어야지.”

“잘 모르는 사람들은 그때 칼갈이가 냉동창고 고장 난 김에 외국인 직원들한테 고기 많이 나눠줬다고들 하는데 그거 다 헛소리예요. 팔 만한 건 다 팔았고 진짜 썩은 거나 마찬가지인 것만 선심 쓰는 척했어요. 먹은 애들 다들 탈 나서 병원 다녔잖아요. 그때 남은 거 아직도 안 버리고 냉동창고에 쌓여 있다던데요?”

“그것을 뭐 한다고 여태 안 버렸당가. 어떻게든 팔라고 그르나. 하여간 있는 놈들이 더 한다니께.”

“그렇게 지독하게 살아야 돈을 버나 봐요.”

“그거 다 합리화하려는 핑계여. 돈을 벌고 나서도 지독한 거 보면 그냥 인성이 그런 거여.”

틈틈이 아줌마들의 머리를 살피던 미용사가 한 사람씩 머리를 감기고 마무리를 하면서 대화는 끊겼다 이어졌다 했다. 그러다가 전혀 다른 주제로 튀어서 점점 부응옥란의 관심에서 멀어졌다. 그래도 상황 파악에 도움이 될 만한 정보를 많이 얻었다. 김유정은 모르고 있던 아빠의 실체에 적지 않게 충격을 받은 것 같았지만.

누나와 동생

부응옥란이 머리를 감는 동안 정재훈에게서 문자가 도착했다. 문소평의 집 주소와 함께 지금은 시간이 안 되니 저녁에 함께 가자는 내용이었다. 왜 이렇게 열심히 도와주는 걸까. 그냥 착한 거야, 아니면 뭔가 다른 의도가 있는 거야? 궁금증을 품으며 부응옥란이 김유정에게 물었다.

"여기서 멀어?"

주소지는 살곶이길 인근의 연립 주택이었다.

"멀지는 않아요. 걸어서 20분 정도 걸리려나."

"그냥 국대 씨 빼고 우리끼리 가자. 스쿠터 써도 되겠지?"

"넹."

부응옥란의 안정적인 드라이빙으로 두 사람은 오래지 않아 목적지에 도착했다. 헬멧을 썼다가 벗었는데도 부응옥란의 머리는 곱슬거리다 못해 단단한 포도송이 처럼 보였다. 자꾸 이상한 눈으로 쳐다보는 김유정에게 부응옥란이 핀잔을 주었다.

"너는 애인이 이렇게 가까운 데 사는 것도 몰랐냐?"

"그러게요. 예전에 소평 씨가 살곶이길에 관해 얘기 한 적이 있었는데, 자기가 사는 동네여서 그랬나 봐요."

"무슨 얘기였는데?"

"살곶이라는 지명의 유래에 대해서요. 그때는 한국 사람들도 잘 모를 텐데 별걸 다 안다 생각하고 그냥 넘겼 어요."

"살곶이가 뭔데? 소고기랑 관련 있는 이름이야?"

마장동 근처이니 아무래도 그쪽으로 연관 지어 생 각이 들었다. 하지만 김유정은 고개를 저었다.

"아뇨. 살코기가 아니라 화살의 살이에요. 조선 시 대 얘긴데 소평 씨는 어디서 이런 얘기를 들었는지 정 말…. 이성계라고 조선을 건국한 왕이 있거든요. 저도 역 사를 자세히는 모르지만 왕자의 난이라고 이방원이 왕 위를 노리고 반란을 일으켰을 때 일화래요. 선왕 이성계 가 왕자 이방원을 죽이려고 활을 쏘았는데 빗나간 화살 이 땅에 꽂힌 자리가 여기래요. 살이 꽂힌 자리라서 살곶 이가 되었대요. 아무리 그래도 자기 자식을 죽이려고 활을 쏘다니 너무한 거 아닌가요?”

“그러게.”

딸이 원하는 거라면 다 들어주는 아빠만 겪은 김유정은 어떻게 부자지간에 그런 일이 있을 수 있나 상상이 안 되는 듯했다. 하지만 자기 목숨과 바꾸어도 아깝지 않을 가족을 해치는 일이 심심찮게 발생하는 현실을 잘 알고 있는 부응옥란은 짤막하게 답하고 말을 줄였다.

문소평의 집은 낡은 연립 주택 3층이었다. 며칠째 집이 비었음을 증명하듯이 현관문 앞에 뿌려진 배달 음식점 전단지가 어수선했다. 현관문에는 낡은 도어록이 붙어 있었다.

부응옥란이 도어록 커버를 올리며 물었다.

“짐작 가는 번호 없어?”

김유정이 잠깐 고민하더니 자신 있게 숫자 네 개를 눌렀다. 삐리릭. 틀렸다.

“뭐였어?”

부응옥란의 질문에 김유정이 뾰로통한 입술로 답했다.

“제 생일이요.”

“아….”

부응옥란이 김유정의 어깨를 토닥였다. 너무 상심하지 마라. 그럴 수도 있지. 김유정이 고개를 갸웃하다가 다시 번호 네 개를 눌렀다. 삐리릭. 틀렸다. 김유정이 부응옥란의 눈치를 살피며 시무룩하게 말했다.

"제 전화번호도 아니네요."

"막 누르지 말고 잠깐만 기다려봐. 까딱하다 완전히 잠긴다."

부응옥란이 핸드폰 액정을 비추며 얼굴을 도어락 바로 옆에 들이대고 자세히 살폈다. 자주 눌린 숫자는 그렇지 않은 숫자에 비해 아무래도 버튼 표면의 빛이 다르기 마련이다. 그래서 비밀번호를 수시로 바꾸거나 다른 번호도 자주 만져주는 게 좋다. 실눈을 뜨고 이리저리 방향을 바꿔가며 번호판을 검사하던 부응옥란이 말했다.

"1, 7, 9, 0. 숫자는 이거 같은데 뭐 생각나는 거 없어?"

"으음…."

머릿속으로 숫자들의 순서를 바꾸느라 눈알을 함께 굴리는 김유정을 보니 부응옥란은 한 가지 걱정이 들었다. 만약에 비밀번호가 이위진의 생일이면 어쩌지. 그러면 그 둘이 연인이라는 소문이 실제로 증명되는 건가. 우리 유정이 불쌍해서 어떡해.

"7월 19일!"

김유정이 자신 있게 외치고는 번호를 눌렀다. 때로

리. 맞았다. 문이 열렸다.

"7월 19일이 무슨 날이야?"

현관으로 들어서며 부응옥란이 묻자 김유정은 함박 웃음을 지었다.

"우리가 사귀기로 한 날용. 그날부터 1일. 에헤헤."

그래, 다행이다. 부응옥란도 함께 웃었다.

방 두 개짜리 집은 남자 둘만 사는 것치고는 상당히 깨끗했다. 이 추위에 집을 오래 비우면 보일러가 얼어 터질 수도 있는데 외출로 설정해둔 덕분에 아주 냉골은 아니었다. 영영 떠날 생각은 아니라는 뜻일까. 가전제품을 비롯한 살림살이 대부분이 그대로 남아 있고 사람만 빠져나간 느낌이었다.

먼저 들어간 방의 침대 맡에 김유정의 사진이 있는 걸 보니 문소평의 방이었다.

"어때?"

애인의 침실에 처음 들어온 김유정은 부응옥란의 물음에 계속 두리번거리며 말했다.

"소평 씨다워요. 깔끔하고 정리정돈 잘 되어 있고."

"특별히 눈에 띄는 건 없어? 하긴 뭐 와본 적이 있어야 달라진 걸 알지."

김유정의 풀 죽은 얼굴에 부응옥란은 괜히 미안한

마음이 들었다.

"아무래도 계획적으로 떠난 느낌은 아니지? 딱히 짐을 챙기지도 않은 것 같고."

"네, 집에 들렀다 간 게 아닐 수도 있을 것 같아요."

행거에 가지런히 걸린 옷들이 이빨 빠진 모양새는 아니었다. 옷을 꺼낸 흔적을 감추려고 다시 정리를 한 게 아니라면 말이다. 김유정 말대로 밖에 있다가 그대로 떠난 걸까. 혹은 정말로 납치나 감금? 부응옥란은 서랍장을 열어보고 베란다의 빨래 건조대도 확인했다. 그리고 확신했다.

"납치는 아니야."

"정말요? 다행이당."

"속옷이 없잖아. 짐 챙겨서 나갔어. 확실해."

"아, 그러고 보니 그렇네요."

"일단 위험한 상황은 아닌 거 같다."

두 사람은 다른 방으로 이동했다. 이위진의 방이었다. 아니라고 생각하면서도 혹시나 하는 마음이 있었지만 각자 다른 방을 썼다니 도박장 사람들의 소문처럼 연인 사이였을 가능성은 적어 보였다.

이위진의 방은 정말로 잠깐 집 앞에 담배 피우러 나가기라도 한 것 같은 느낌이었다. 빨래 건조대며 옷장이며 며칠간 집을 떠난 사람의 방은 아니었다. 무엇보다 책상에 여권이 그대로 있었다. 다시 확인해보니 문소평의 여권도 있었다. 적어도 중국으로 돌아가진 않았다.

뭔가 더 단서가 될 만한 게 있을지 책상 서랍을 열어보니 두툼한 스프링 노트가 들어 있었다. 일기장이었다. 그가 처음 한국에 온 1년 전부터 시작된 일기의 날짜는 띄엄띄엄 이어져 불과 며칠 전까지 계속되었다. 온통 한자로 적혔기에 두 사람으로선 무슨 내용인지 도통 알 수 없어서 페이지를 휘리릭 넘겼다. 그때 사진 한 장이 책장 사이에서 바닥으로 툭 떨어졌다. 해맑은 표정의 어린이 둘이 찍힌 낡은 사진이었는데, 얼굴이 닮은 걸로 보아 남매인 듯했다.

"이 꼬마 눈매가 위진 씨 같아요."

"그래? 옆엔 누난가 보네."

"그러게요. 누나는 중국에 있나? 한국에 있었으면 누나랑 함께 살았겠죠?"

"그랬겠지. 일기 내용을 알면 도움이 될 텐데 하, 이거 뭐 한 글자도 못 읽겠네. 얘는 한국에 왔으면 일기도 한글로 써야지. 이게 뭐야, 이게."

부응옥란이 펼쳐진 일기장을 김유정에게 내밀었다. 하지만 김유정도 눈을 질끈 감았다.

"저도 한자는 전혀…."

"그 사람한테 부탁해야겠다."

"누구요?"

"주 따거."

김유정의 눈빛이 살짝 흔들렸다.

"아… 전 그 사람 왠지 무섭던데. 깡패들도 함부로
하지 못하잖아요."

"뭐가 무서워? 그런 사람이랑 친해두면 오히려 좋
지."

부응옥란이 아랫입술을 내밀며 어깨를 으쓱했다.

"치란은 생각하는 수준이 좀 달라요."

두 사람은 다시 스쿠터에 올라 시장으로 돌아갔다.
연휴 전 마지막 주 수요일, 막바지 대목 작업 차량과 선물
세트 상자들을 옮기는 택배 트럭, 명절을 준비하기 위해
장을 보러 온 사람들 등으로 시장 통로가 가득 차 마비되
다시피 했다. 여기저기서 흥정을 하거나 시비가 붙어 고
성이 오가기도 했다.

주비는 일터로 찾아온 부응옥란과 김유정을 보고
인상을 썼지만, 툴툴거리면서도 고무장갑을 벗고 밖으
로 따라나섰다. 무서운 사람이든 아니든 문소평을 찾는
데 도움을 주고 싶은 마음만은 분명했다. 단지 담배 타임

을 위해 나온 건 아닐 터였다.

"따거의 믿음대로 문소평은 도박에 전혀 흥미가 없었어요. 그리고 제 생각엔 이위진 역시 그 장소에 드나든 목적이 따로 있었던 게 아닐까 싶어요."

"다른 목적?"

"이 일기장을 보면 이위진이 사람들을 만나면서 뭔가 조사한 것 같아요."

부응옥란은 비록 한자로 적힌 내용을 이해하진 못했지만 일종의 관계도처럼 선으로 연결된 도형이나 반복되는 단어들이 쓰인 형태를 보고 어떤 종류의 기록인지 짐작할 수 있었다. 자기가 사건을 조사할 때 생각을 정리하려고 메모하는 페이지와 비슷했기 때문이다.

"일기장? 조사?"

주비는 여전히 떨떠름한 표정이었지만 조금은 흥미가 돋은 듯했다.

이위진의 일기장을 넘겨받은 주비는 페이지를 휙휙 넘기다가 손을 멈추고 미간을 찌푸렸다. 그는 담배에 불을 붙이고는 계단에 걸터앉아 일기장을 정독하기 시작했다. 한참 후 일기장을 덮은 주비가 한숨을 쉬는 듯 내뱉었다.

"이건 몰랐다."

셋은 약속이나 한 듯 동시에 침을 꼴깍 삼켰다. 주비가 담배 연기를 깊이 빨아들였다. 그가 들려준 일기장의 내용은 매우 충격적이었다.

1년 반 전에 중국인 이주 노동자들에 관한 편견을 강화했던 일이 있었다. 엊그제 정재훈에게 들었던 이야기였다. 대상축산에서 근무하던 이연화가 동거인에게 살해당하고 미등록 상태였던 용의자가 중국으로 도주했다고 알려진 사건.

이위진은 바로 이연화의 동생이었다.

이위진은 누나의 죽음에 감춰진 비밀이 있다고 생각했고, 진상을 밝혀내기 위해 한국에 와서 마장동에 취직했다. 누나와 동거인에 대해 잘 아는 사람들을 찾고 진상을 파악하려고 중국인들이 모이는 도박장을 매일같이 드나들었던 것이었다.

이위진의 일기장에 적힌 내용이 사실이라면 그는 얼마 전에 누나의 동거인이 범인이 아니라는 사실을 확인했다. 그의 알리바이를 증명할 사람을 찾아낸 것이다. 그 사람은 경찰이든 누구든 자기에게 묻지도 않았을 뿐더러 본인도 미등록 상태라서 나설 수 있는 입장이 아니었다고 했다.

그리고 새로운 용의자도 찾아냈다. 이연화가 누군

가에게 스토킹을 당한다는 이야기를 들은 사람이 있고, 사건 당일에도 이연화의 집에서 한 남자가 목격되었다. 그의 인상착의와 당시의 정황 등 여러 가지 측면에서 조사를 벌인 이위진은 일주일 전에 용의자를 특정하는 데 성공했다. 하지만 일기는 해당 용의자의 이름을 밝히기 전에 끊겼다.

상상하지도 못했던 내용과 이위진의 정체에 모두가 놀라서 서로의 눈만 바라보았다. 가장 놀란 사람은 김유정이었다. 김유정은 자기 발끝을 내려다보며 작은 목소리로 중얼거렸다.

"위진 씨가 이연화란 분의 동생이었다고요? 남몰래 누나의 죽음을 조사하고 있었다고요? 왜? 개인적으로 복수할 작정이었을까요? 그래서 우리 가게에 일하는 소평 씨에게 접근했던 걸까요? 소평 씨는 아무것도 모르고 그를 룸메이트로 받아들여서… 고향이 같은 건 사실이었을까요?"

부응옥란은 김유정의 등을 토닥이며 머릿속으로는 몇 가지 가설을 세워보았다. 핵심은 왜 이위진과 문소평이 함께 사라졌느냐는 부분이었다.

일단 첫 번째는 도박장 말라깽이의 주장대로 두 사람이 사랑의 도피를 선택했을 경우였다. 한집에 살게 된 둘이 가까워졌고, 주변의 시선을 피할 수 있는 장소를 찾아 떠났다. 그렇다면 김유정이 꺼낸 결혼 애기가 도화선이 되었을 테지만 꼭 두 사람이 멀리 도망치는 것 말고도 다른 해결책이 있을 것 같았다. 게다가 그렇게 떠났다면 살림살이를 모두 팽개치고 가진 않았을 터였다.

두 번째는 문소평이 이위진의 복수를 도와주고 있었을 경우였다. 그동안 함께 조사를 펼쳐온 두 사람이 마침내 진범을 특정하고 이연화의 복수를 했거나 복수가 진행 중일지도 몰랐다. 그렇다면 둘과 비슷한 시기에 행방을 감춘 사람이 또 있는지 알아볼 필요가 있었다.

"저기… 주 따거, 혹시 문소평과 이위진 두 사람 외에 요 며칠 새 갑자기 안 보이는 사람이 또 있을까요?"

"모른다."

부응옥란의 물음에 주비가 짧게 답했다. 하긴 마장동에서 이주 노동자가 말없이 사라지는 거야 흔한 일이라고 했으니. 김유정도 문소평과 특별한 사이가 아니었다면 그가 출근하든 말든 신경도 안 썼겠지. 어쨌든 두 번째 경우라면 시간이 중요하다. 두 사람을 빨리 찾아야 한다.

세 번째는…. 부응옥란이 김유정을 보며 짧은 한숨을 내쉬었다. 세 번째는 이위진이 찾아낸 진범이 문소평일 경우였다. 문소평의 방 상태가 급하게 꼭 필요한 짐만 챙긴 것처럼 보이기도 했지만 어쩌면 이위진이 뭔가 증거를 찾으려고 뒤적거린 것이었을 수도 있으니까. 이위진이 누나의 복수를 하고 도주한 걸까. 문소평이 아직 살아 있긴 할까.

"이위진이 주목한 용의자가 누군지 적혀 있진 않다고 하셨는데 주 따거가 보시기에 대략적인 힌트라도 있나요? 한국인인지 중국인인지 정도라도?"

"주변인."

"네?"

"이연화와 행동반경이 많이 겹치는 사람이다."

부응옥란이 눈을 질끈 감았다. 역시 대상축산에서 함께 일했던 문소평인가.

두 번째 시체

주비와 헤어져 대상축산으로 이동하면서 부응옥란은 김유정에게 자기가 세운 세 가지 가설을 얘기했다. 하지만 김유정은 첫 번째와 세 번째 가설은 절대 아니라고 펄쩍 뛰었고, 두 번째 가설도 별로 마음에 들지 않는 눈치였다.

"아무리 고향이 같은 동생이라고 해도 소평 씨가 위진 씨를 위해서 사적인 복수를 도왔을 리는 없어요. 우리 소평 씨가 마음이 얼마나 여리고 생각이 곧은데요. 위진 씨가 그런 계획을 세우고 있는 걸 알았다면 사적으로 복수하는 방법 말고 합법적으로 일을 해결하는 방향으로 설득했을 사람이에요."

그거야 네 생각이지. 지금까지 모인 정보로 판단하자면 문소평이 이위진과 함께 움직였을 가능성이 크잖니. 그렇게 생각이 곧은 사람이라면 고향 동생의 억울한 사연을 듣고 도와주기 위해서 발 벗고 나섰을지도 모르지. 한집에 살고 게다가 도박장에 그렇게까지 쫓아다녔으면서 이위진의 사연을 몰랐다면 바보고. 부응옥란은 문소평에 대해서는 김유정의 의견을 걸러 들어야겠다고 생각하며 눈을 흘겼다.

"어이, 아줌마! 할 일이 태산인데 자꾸 싸돌아다니기만 할 거야?"

가게에 돌아가니 민수 삼촌이 화부터 버럭 냈다. 그러곤 코를 쿵쿵거리다 부응옥란의 머리 모양을 보고 이를 드러내며 눈을 부라렸다.

"뭐야 이거? 다들 허리 부러지게 고생하는데 한가하게 빠마를 하고 오셨어? 진짜 어처구니가 없네."

"아이. 미안, 미안. 시체를 보니까 손이 떨려서 안정 좀 취하느라고. 그 상태로 괜히 칼 잡았다가 손가락 잘릴까 봐. 그러면 더 큰일이잖아. 어차피 일은 못 하고 병원비만 나가니까. 이제 진정되었으니까 열심히 일할게."

"참나! 말이나 못 하면…. 아줌마가 그놈의 시체를 발견하는 바람에 지금 얼마나 곤란한지 알아? 냉동할 게 이렇게 많은데 승강기도 못 쓰고 어쩔 거야? 날이 추워서 그나마 다행이지. 여름이었으면 이거 다 상해서 버려야 돼!"

"아니, 떨어져서 돌아가신 분을 발견한 게 잘못은 아니지 않나. 누가 발견해도 발견했을 텐데 그걸 왜 내 탓을 해?"

"저거 어떡할 거냐고!"

민수 삼촌은 플라스틱 냉동 판들을 가리키며 막무가내로 억지를 부렸다. 비닐에 싸인 내장이 담긴 네모난 노란색 플라스틱 바구니가 백 개 가까이 쌓여 있었다. 원래대로라면 손수레에 실어서 승강기로 3층 냉동창고에 갖다 두면 되지만 승강기를 못 쓰게 된 바람에 대책 없이 방치된 상황이었다. 일의 진행이 막혀버린 사태가 답답한 마음은 알겠지만, 비난의 화살이 자기를 향하니 부응옥란도 오기가 치밀었다.

"계단 있잖아. 내가 계단으로 옮길게!"

"말이 쉽지. 저걸 3층까지 어느 세월에 옮겨?"

"나한테 맡겨!"

부응옥란이 큰소리 빵빵 치며 가게를 나섰다. 하지만 김유정과 함께 계단 입구에서 위를 올려다보니 앞이 막막했다. 아침에 이미 봤듯이 온갖 잡동사니가 아무렇게나 쌓여 있어서 짐을 옮기기는커녕 빈손으로 올라가기도 만만치 않았다. 일단 계단부터 정리해서 통로를 확보해야 했다.

"힘써줄 도우미가 필요하겠네."

부응옥란이 롱패딩 주머니에서 핸드폰을 꺼냈다.

"부를 사람이 있어요?"

"근육 좀 써먹자."

부응옥란이 통화 버튼을 누르는 핸드폰 화면을 본 김유정이 물었다.

"그나저나 국대 삼촌 번호는 언제 땄어요?"

"이런 일이 있을 줄 알았지. 선견지명."

부응옥란이 진지한 얼굴로 정재훈의 말투를 흉내 냈다.

"국대 씨! 저예요, 부응옥란. 지금 바빠요? 괜찮죠? 그래, 그럼 빨리 와서 우리 좀 도와줘요. 아아, 딴 건 아니고 오늘 아침에 여기서 사람 죽었잖아요. 소문 들었죠? 그래서 사고 조사한다고 승강기를 못 쓰게 한대. 그러니 뭐 별수 있나. 냉동할 거 다 계단으로 날라야지. 근데 나랑 유정이랑 둘이 하려니까 엄두가 안 나서. 국대 씨가 힘 좀 써줘. 예, 그렇죠. 3층 냉동창고로 옮기는 거지. 어? 갑자기? 아까는 한가하다며요? 예? 여보세요? 여보…. 아, 뭐야!"

부응옥란이 의아해하는 표정으로 입을 내밀었다.

"왜 그래요?"

"몰라. 도와주러 온다더니 갑자기 급한 일이 생겼대."

"그럴 수도 있죠. 원래 시장 일이란 게 엄청 변동적이거든요."

"그런가…."

줄곧 발 벗고 나서서 열심히 도와주던 정재훈이 가장 필요한 순간에 발을 빼는 느낌이 들어 부응옥란은 내심 서운했다. 뭔가 다른 이유가 있는 건 아니겠지. 그나저나 민수 삼촌한테 비웃음당하게 생겼네. 부응옥란은 생각만 해도 자존심이 상해 인상을 구겼다.

"그냥 가려고요?"

돌아서는 부응옥란을 김유정이 붙잡았다.

"그래야지. 우리 둘이 뭘 어떡하겠어?"

"근데 있잖아요, 치란…."

김유정이 뭔가 할 말이 있는데 선뜻 말을 꺼내기가 망설여지는 듯 말끝을 흐렸다.

"뭔데? 뭐 생각난 거 있어? 사소한 거라도 말해봐."

김유정의 시선이 계단 위쪽을 향했다. 2층을 지나서 3층을 바라보는 것 같았다. 한참 말이 없더니 손가락으로 번갈아 가며 다리를 두드렸다.

"토요일 밤에요. 마지막으로 통화했을 때 소평 씨가

가게에서 할 일이 있다고 해서 여기서 만나기로 했다고 말씀드렸잖아요. 지금 갑자기 생각났는데 그때 냉동창고에 가야 한다고 했던 거 같아요. 그때는 퇴근한 사람한테 왜 일을 시켰나 하는 생각뿐이었는데 분명히 그렇게 말했어요.”

“그래?”

부응옥란은 무심히 대답하며 김유정을 따라 위쪽을 바라보았다.

“혹시 모르니까 가볼까요?”

“그러자.”

부응옥란은 자연스레 다른 사건으로 생각이 이어졌다. 문소평이 토요일 밤에 냉동창고에 다녀갔을까? 설마 송 씨의 추락사와 관련이 있는 건 아니겠지. 두 사람은 이왕 올라가는 김에 계단에 쌓인 잡동사니들을 한쪽으로 치우며 대충이라도 정리했다. 정 다른 방법을 못 찾으면 냉동할 내장을 계단으로 옮겨야 했으니까. 그렇게 2층을 지나 3층까지 차근차근 계단을 올라 복도를 지나서 냉동창고 앞에 도착했다. 승강기 입구는 노란 테이프로 막혔고 전원은 내려가 있었다.

김유정이 벽에 걸린 냉동창고 열쇠를 집어 들며 부응옥란을 쳐다봤다. 부응옥란은 고개를 끄덕이고 패딩

점퍼에 달린 모자를 썼다.

　냉동창고 문을 옆으로 밀자, 한겨울 추위보다 더 차가운 공기가 둘에게 경고라도 하듯 스르르 흘러나왔다. 세차게 돌아가는 팬의 요란한 소음이 메아리치는 넓은 공간은 꽁꽁 얼어붙은 내장으로 그득했다. 새로 들어와서 아직 오렌지색 플라스틱 바구니에 담긴 것, 충분히 냉동되어 바구니에서 빼내어 파란 비닐로 포장된 것 등이 부응옥란의 키보다도 높게 쌓여 있었다. 따로 표식은 없었지만 내장의 종류별로 구획이 나뉘어 있었고, 한쪽엔 골판지 박스에 녹색 영문 로고가 찍힌 수입산도 보였다. 그런가 하면 네모반듯한 모양이 아니라 마대 자루에 담아 입구를 묶어서 약간 위태롭게 쌓아둔 것도 있었다.

　"소평 씨가 정리한 쪽은 그나마 깔끔하게 정돈이 되었는데 나머지는 엉망진창이죠? 거기는 특히 조심하세요."

　둥근 비닐봉지가 얼기설기 쌓인 쪽을 살피는 부응옥란에게 김유정이 주의를 주었다.

　"지금이야 괜찮지만 여름엔 얼음이 많이 필요하거든요. 얼음값도 만만치 않아서 이렇게 얼려서 써요. 잘못 건드리면 무너져서 다쳐요."

　"저건?"

부응옥란이 자루들을 가리켰다.

"하얀 자루는 염통 냉동해서 열 개씩 담아둔 거고, 뒤쪽의 큰 자루는 저도 잘 모르겠어요. 아마 엄청 오래된 잡동사니 같아요. 단속 나오면 걸릴 텐데 정리가 안 돼요."

미용실에서 어르신들이 얘기하던 썩은 고기가 저건가. 그게 4, 5년 전이라고 했는데 저건 그보다도 오래됐겠지? 자루에서 냄새가 나진 않았지만 부응옥란은 괜히 콧등이 찌푸려졌다.

"다른 건 비싼 편인가?"

"가격은 천차만별이에요. 곱창이나 대창은 냉동도 가격이 괜찮고, 저 수입산 양깃머리는 꽤 비싸요. 내장탕이나 해장국에 들어가는 양이나 막내장은 부피에 비하면 가격이 낮긴 해도 냉장과 냉동 차이가 가장 적은 편이고요."

가게에서 경리 업무를 본다더니 가격에 대한 정보가 빠삭했다. 김유정이 자루가 쌓인 쪽으로 걸음을 옮기며 말을 이었다.

"여기 자루에 마구잡이로 담아둔 건 진짜 언제부터 쌓여 있었는지 모르겠어요. 아마 값어치가 없는 거라 방치하나 봐요. 차라리 국대 삼촌한테 치워달라고 하는 편이 나을지도요. 어디 뭐가 들었나."

얼마나 오래 보관되었는지 하얀 성에가 두껍게 달라붙은 자루들 사이에 그나마 깨끗해 보이는 자루가 하나 있었다. 부응옥란이 말릴 틈도 없이 김유정은 자루의 입구에 꽁꽁 감아 묶은 끈을 풀었다.

"보나 마나 간 아니면 허파겠… 꺄악!"

자루 입구를 벌려 안을 들여다보던 김유정이 소리 지르며 뒤로 나동그라졌다. 냉동창고의 찬 공기에 가뜩이나 얼어붙었던 부응옥란도 날카로운 비명에 머리칼이 쭈뼛 섰다. 입구가 풀린 자루가 기우뚱하더니 옆으로 넘어지며 안에 담겨 있던 내용물이 모습을 드러냈다. 자루에 담긴 건 소간이나 허파가 아니라 꽁꽁 얼어붙은 남자의 시체였다.

"누… 누구예요?"

김유정이 바들바들 떨었다. 물어도 답을 알 수가 있겠나 싶으면서도 부응옥란이 자루를 조금 더 벌려 시체를 확인했다. 생각과는 달리 부응옥란도 아는 사람이었다. 정수리는 둔기로 맞은 듯이 움푹 파였고 마른 얼굴은 하얀 성에가 잔뜩 덮었지만 김유정의 핸드폰에서 본 얼굴이었다. 김유정이 현빈 닮은 자기 애인을 자랑하며 억지로 보여주던 사진 중 하나에 함께 찍혔던 사람.

바로 이위진이었다.

실종 혹은 도주

"이게 무슨 소리야? 시체가 또 나왔다니? 설날 앞두고 뭔 빌어먹을 놈의 일진이 이렇게 사납냐! 저리들 좀 비켜봐! 뭐 좋은 구경 났어?"

즐거운 데이트 도중에 다시 시장으로 돌아온 김종환은 승용차 문을 열자마자 짜증부터 부렸다. 불쾌한 얼굴로 뒷자리에서 내리는 걸 보니 초저녁부터 한잔한 모양이었다. 구경꾼들은 대부분 아침에도 모여 있던 사람들로, 앞서 김종환의 멱살잡이를 목격했기 때문에 다들 입을 단속하며 주춤주춤 길을 텄다.

"어디, 3층 냉동창고?"

김종환은 간밤의 사망 사고로 승강기가 멈춘 상태라는 게 기억 속에서 그새 지워졌는지 휘적거리며 화물 승강기 방향으로 걸었다. 그를 민수 삼촌이 붙잡아서 계단 쪽으로 이끌었다.

"이쪽이야?"

"예, 사장님. 계단으로 올라가셔야 합니다."

"네가 발견했어?"

"아뇨. 그 유정이가 데려온 베트남 여자 있잖아요. 걔가 유정이랑 같이 냉동창고에 갔다가 봤대요. 냉동할 거 옮긴다더니 뜬금없이 왜 거기를 뒤지고 마대 자루를 열어봤는지 모르겠어요."

김종환의 미간에 깊은 주름이 생겼다.

"냉동창고를 뒤졌다고? 지가 왜?"

"그러니까요. 오늘 하루 종일 일은 안 하고 싸돌아다니기만 했어요."

"이런 씨…. 그걸 네가 잘 관리를 해야지. 넌 뭐 하는 새끼야?"

김종환이 민수 삼촌을 때릴 듯이 노려보다 걸음을 재촉했다. 민수 삼촌은 잔뜩 주눅이 들어 목을 움츠렸다. 빨갛게 언 뺨이 파르르 떨렸다.

두 사람이 3층에 도착해 보니 과학 수사대의 수사관들이 냉동창고 문을 활짝 열어둔 채 내부를 조사 중이었다. 하지만 내부가 상당히 넓고 워낙 많은 것들이 중구난방으로 쌓여 있었기 때문에 조사에 어려움을 겪고 있었다. 조사관 하나가 커다란 얼음덩이에 발등이 깨지는 부상을 당하기도 했다. 김유정이 부응옥란에게 주의를 주었던 바로 그 봉지 얼음 무더기가 무너진 탓이었다.

"이거 이렇게 문을 열어놓고 있으면 어떡해? 냉기 다 빠져서 안에 있는 거 녹으면 누가 책임져, 이거?"

"아, 사장님 오셨네."

아침에 승강기 시체 때문에 출동했던 형사가 김종환을 보고 알은척을 했다. 그러곤 핸드폰으로 찍은 사진을 보여주었다. 조금 전에 과학 수사대에서 수거한 이위진의 시체였다.

"이 사람도 사장님 직원은 아닌 거죠?"

김종환은 하얗게 성에가 붙은 시체의 얼굴을 알아보기 힘들다는 듯 실눈을 뜨며 화면 가까이 얼굴을 들이밀었다. 그렇게 한참을 들여다보다 고개를 저었다.

"누군지 모르겠는데 어쨌든 우리 직원은 아닙니다. 누군지 알아내셨습니까? 어떤 새끼가 우리 냉동창고에 이런 걸 갖다 놓았나 모르겠군요."

"최초 발견자 김유정 씨 말씀으로는….”

"유정이가 아니라 베트남 여자가 최초 발견자라고 하던데요."

김종환이 재빨리 형사의 말을 정정했다.

“아, 두 분이 함께 계셨다고 합니다.”

“암튼 제 딸이 귀찮은 일에 말려들지 않았으면 좋겠습니다. 외국에서 온 지 얼마 안 됐고 아직 어려서 세상 물정을 잘 모르거든요. 형사님도 자식 있으셔?”

“예, 뭐. 딸 하나요.”

“그러면 제 마음을 이해하시겠네. 그쵸?”

형사가 멈칫하더니 고개를 끄덕였다.

“예에, 그 베트남 분이 한국말이 서툴러서 따님이 통역을 해주셨어요.”

“그쵸? 우리 애가 참 착해.”

김종환의 얼굴에 화색이 돌았다. 부응옥란이 한국말에 서투르다는 게 얼마나 말이 안 되는 억지인지 둘 다 모르는 눈치였다. 김제의 강 소장이 그 소리를 들었다면 눈물 콧물을 줄줄 흘리며 웃었을 거다.

“냉동 사체는 이위진이라는 중국 출신 불법 체류자라고 하더군요. 정확한 건 부검해봐야 알겠지만 현장 감식 결과로는 사망한 지 사나흘 지났답니다.”

“그렇습니까? 이게 또 공교롭게 보안 카메라 교체 시기하고 겹치네요. 어? 혹시 오늘 죽은 송 씨하고 관련 있는 거 아닐까요? 그 양반이 보안 카메라 교체를 권한 게 설마 자기 범행을 숨기려고…?”

“글쎄요. 그럴 수도 있겠네요. 그 가능성도 검토해 보겠습니다. 그런데 얘기를 들어보니까 사장님 직원 중에 문소평이라는 사람이 이위진하고 아는 사이였다고 하던데요. 두 사람이 함께 살았었다고요.”

김종환이 형사의 핸드폰 화면을 다시 보며 고개를 끄덕였다.

“아하! 그러고 보니 한두 번 정도 본 적 있는 거 같기도 하네요. 걔가 죽었다고요? 젊은 친구가 거 참 안됐네요. 가만있자. 죽은 지 사나흘 지났다고요? 소평이가 딱 그때부터 출근을 안 하는데?”

“문소평 씨 말씀이시죠? 사장님 직원?”

“예, 그놈은 저희 직원이 맞습니다. 불법 아니고 비자 있어요. 근데 이번 주 들어서 연락도 안 되고 가게를 안 나오네요. 불법이든 아니든 외국 애들 지네 맘대로 잠수 타는 거야 일상다반사라 대수롭지 않게 생각했거든요. 사람을 죽이고 도망갔을 줄은 생각도 못 했네.”

형사의 눈썹이 꿈틀하고 반응했다.

“문소평 씨가 범인이라고 생각하십니까?”

“아니, 뭐, 정황이 딱딱 들어맞으니까 그런가 보다 하는 거죠. 사람이 죽은 날 종적을 감추는 이유가 저는 딱 하나밖에 생각이 안 나는데요? 중국 애들은 진짜 언제 무슨 짓을 할지 알 수가 없다니까요. 우리 일반 상식으로 이해하기가 어려운 부분이 많아요. 사장이 아무리 잘 해줘도 맨날 불만투성이고 한국 사람이랑 똑같은 대우를 요구해요. 그럴 거면 그냥 지네 나라 갈 것이지, 그지깽깽이 시절 생각 못 하고 아주 그냥 배들이 불러가지고선…. 형사님도 문제 있는 놈들 많이 보셔서 잘 아시죠?”

형사의 질문에 김종환은 한발 빼는 시늉을 하면서도 문소평과 중국인에 대한 악담을 늘어놓았다. 그러다 수사관들이 냉동 자루들을 하나씩 열어보는 모습에 눈살을 찌푸렸다.

“그나저나 저거 계속하셔야 합니까? 솔직히 저 자루들 엄청 오래된 겁니다. 다 열어볼 필요도 없어요.”

김종환은 형사에게 가까이 다가서더니 조용히 목소리를 낮추었다.

“저 마대들은 바로 치우겠습니다. 구청에는 말씀하지 말아주세요. 부탁합니다. 제가 예전부터 다 빼라고 그렇게 얘기했는데 직원들이 도통 말을 안 듣네요.”

그러곤 작업하는 수사관들에게 불평했다.

“잠깐! 거기는 건드리지 마세요. 투명 비닐이라 겉에서도 다 보이잖아요. 거기 수입 박스는 오래된 거 없을걸요. 예, 예, 한 파스에 들여온 거라 다 똑같아요. 아, 이

213

거 실내 온도가 영상으로 올라가버렸네. 큰일 났네.”

　　김종환을 곁눈으로 보고 있던 형사의 입꼬리가 슬쩍 비틀렸다. 보관 기한이 지난 내장을 냉동창고에 계속 쌓아둔 사실이 적발되면 과태료 처분을 받을까 봐 걱정인 낌새가 빤했다. 어쨌든 그의 말대로 자루들은 겉보기에도 수년은 냉동창고에 처박혀 있었던 게 분명했다. 안에 든 허파와 간 따위의 내장도 시커멓게 썩은 상태였다. 저 많은 걸 전부 확인하는 건 형사 역시 의미가 없다 싶었다. 자칫 잘못 건드렸다가 무너져서 또 누가 다치기라도 할까 봐 걱정도 되었고, 성질 더러워 보이는 사장이 냉동고기 녹았다고 손해 배상을 청구하기라도 하면 그건 또 그것대로 곤란했다.

　　“이 냉동창고는 당분간 출입을 막아두겠습니다. 추가 조사가 필요할 수도 있으니까 현장 보존은 해야죠. 오늘은 일단 철수하겠습니다.”

　　“아이고, 감사합니다.”

　　김종환이 형사의 손을 덥석 잡고 흔들면서 냉동창고에서 먼 방향으로 이끌었다. 형사는 수사관들에게 손짓해서 철수를 지시하고는 김종환과 함께 복도를 걸었다. 날도 추운데 하루에 두 번이나 현장에 나와서 다니자니 뼛속에 바람이 드는 느낌이었다. 어서 히터가 있는 공간으로 돌아가고 싶기만 한 형사는 사건이 발 달린 듯 저절로 좀 해결되었으면 좋겠다고 생각했다.

"문소평 씨의 행방에 대해서 어디 짐작 가는 곳은 없으십니까?"

"글쎄요. 제가 뭐 그런 애들이랑 업무 외적으로 가까이 지내지를 않다 보니까 집이 어딘지도 모릅니다."

"거주지는 저희 수사관들이 이미 조사했습니다. 집을 비운 지 며칠 되는 것 같다고 하더라고요. 아마 출근 안 한 날부터 집에도 돌아가지 않은 것 같습니다. 어디 멀리 갔을까요?"

앞에서 계단을 내려가던 김종환이 발을 멈추었다. 찌든 기름으로 미끄러운 바닥에 구두가 부드럽게 돌아갔다. 그가 뒤에 있던 형사를 올려다보며 물었다.

"소평이 새끼가 생각보다 가까이서 지내고 있을 가능성도 있다고 보십니까? 사람을 죽여서 냉동창고에 보관해두고 지켜봤을까요? 범인은 반드시 현장에 돌아온다더니, 설마 관리인 송 씨가 떨어져 죽은 것도 그 자식이 그런 건 아닌지 모르겠군요. 와아, 정말 중국 놈들은…."

김종환이 고개를 절레절레 저으며 눈빛으로 형사의 동의를 구했다. 형사는 보일 듯 말 듯 쓴웃음을 지었다. 그는 김종환이 용의자를 지목하는 방식이 재밌다고 느끼는 중이었다. 이제껏 경험한 많은 사람들은 어떤 사건을 접하면 주어진 정보량과 관계없이 본인의 판단과 직감대로 범인을 골랐다. 그리고 대부분이 첫 예상이 틀릴 가능성을 알게 되어도 다른 감춰진 음모가 있을 거라며 자기 의견을 고수했다. 그런데 김종환은 냉동 사체를 죽인 범인으로 관리인 송 씨를 의심했다가, 문소평 이름이 거론되자 대뜸 그쪽으로 방향을 틀었다. 한 명은 이미 죽었고 다른 한 명은 행방불명. 김종환이 범인을 모는 방식은 참으로 쉽고 단순했다. 형사는 생각했다. 사건 수사가 그렇게 편하기만 하면 오죽 좋겠냐고.

부응옥란은 대상축산 사무실에서 김유정과 나란히 앉아 손을 잡고 어깨를 토닥이고 있었다. 온풍기와 전기 히터를 모두 켰는데도 김유정은 창백한 얼굴로 오들오들 떨었다. 그럴 만도 했다. 하루에 시체를 둘이나 마주쳤으니. 어지간해서는 동요하는 법이 없는 강심장 부응옥란도 놀랐는데 어린 아가씨가 충격을 받는 게 당연했다. 게다가 둘 다 아는 사람이었으니까.

"소평 씨는… 소평 씨는 잘 있겠죠?"

그저 문소평 걱정뿐이군. 부응옥란이 속으로 답답한 가슴을 두드렸다.

"지금은 네 마음부터 살펴. 걱정은 나중에 해도 돼."

부응옥란의 평소 소신이었다. 걱정은 일찍 시작할수록 오랫동안 하게 될 뿐 딱히 도움이 되는 경우가 거의 없다.

그리고 지금은 문소평이 잘 있는지가 아니라 어디에 있는지가 관건이었다. 이위진을 살해하고 냉동창고에 유기한 유력한 용의자로 떠올랐으니 그의 행방을 찾아야 했다. 문소평 씨, 당신은 어디에 있습니까? 부응옥란은 3층의 냉동창고만큼이나 머릿속에 복잡하게 쌓인 정보들을 정리할 필요를 느꼈다.

처음 서울에 올라올 때만 해도 며칠 잠수 타는 중인 김유정의 애인을 찾아내는 단순한 일이라고 생각했다. 유치한 사랑싸움일 수도 있는 일에 굳이 따라나선 건 그 애인이 이주 노동자라는 얘기에 혹시나 하는 마음이 들었기 때문일 뿐 솔직히 큰 사건은 아닐 줄 알았다. 그래서 짐도 단출하게 챙겼다.

실마리가 도박장에서 이위진이라는 지나치게 가까운 동생으로 이어질 때까지만 해도 그저 김유정에게 안타까운 마음만 들었고, 문소평이라는 녀석을 얼른 찾아내서 귀싸대기를 한 대 때려준 다음 김제로 돌아갈 생각이었다. 도박 빚이 쌓여서 숨어 있든, 동성의 연인과 사랑의 도주를 선택했든 마음 약한 김유정을 상처 입힌 잘못은 따져 묻고 싶었다. 마장동에 켜켜이 쌓인 차별의 역사는 별개의 문제라고 생각했다.

그러나 간밤에 관리인이 추락사해 불길한 기운을 조성하고, 문소평과 함께 종적을 감춘 이위진이 수년 전 죽은 이연화의 동생이라는 사실이 밝혀지면서 당초 예상보다 심각한 사건일 수 있다는 생각이 드는 중이었다. 그 와중에 이위진의 시체까지 나왔다. 현장에 출동한 형사도, 김종환 사장도, 민수 삼촌까지 모두 문소평이 이위진을 죽이고 도망쳤다고 의심했다. 그간 벌어진 다른 사건들도 그와의 연결 고리를 찾으려 했다. 솔직히 합리적인 추론이었다.

문소평은 실종된 게 아니라 도주 중일 가능성이 컸다. 부응옥란은 울상을 짓는 김유정을 보며 고민에 빠졌다. 이런 상황에서 내가 유정이와 함께 그의 행방을 계속 쫓는 게 과연 옳은 일일까. 괜히 위험한 상황에 맞닥뜨리게 되는 거 아닌지 몰라. 이제 남은 수사는 경찰에 넘기고 나는 손을 떼는 게 맞지 않을까…. 그나저나 사건 현장 근처에서 이럴 게 아니라 우선은 김유정을 집에 데려가서 안정시킬 필요가 있어 보였다.

김종환은 딸의 심정을 살피기는커녕 마구 후벼 파

기만 했다.

"유정아, 그러게 내가 그 자식하고 너무 가깝게 지내지 말라고 입이 닳도록 얘기했잖아. 중국 놈들은 겉과 속이 완전히 다르다니까. 내가 무수히 겪어봐서 잘 알아요. 그나마 지금이라도 이렇게 알게 됐으니까 얼마나 다행이냐. 혹시라도 연락 오면 나한테 얘기하거나 경찰에 신고해. 알았지? 절대 혼자 만나면 안 된다. 큰일 나."

김유정은 그런 아빠를 야속한 눈빛으로 흘깃할 뿐 말대꾸는커녕 눈을 제대로 마주치지도 못했다. 부응옥란은 김유정의 심정을 어렴풋이 알 듯했다. 외국인 직원과 교제한 것만으로도 대외적인 평판을 어마어마하게 중시하는 아빠 얼굴에 먹칠했다는 부채감이 있었을 텐데, 살인 용의자로 거론되기까지 하니 저 정도 잔소리로 끝내는 게 다행이라 여기고 있을 것이었다. 하지만 한편으로는 절대 문소평이 범인일 리가 없다고 믿을 테니 서운한 마음도 클 터였다.

부응옥란은 당장이라도 눈물을 뚝뚝 떨어트릴 것 같은 김유정을 데리고 가게를 나섰다. 차별 없는 영하의 찬 바람을 맞으면 기분 전환이 되리라.

"어? 유정 씨!"

짐칸에 기름 자루가 가득 실린 전기오토바이를 타

고 지나가던 정재훈이 두 사람을 발견하고 브레이크를 잡았다. 기름이 가득 차 빵빵한 자루들은 황토색에 파란 세로줄 무늬가 두 개 그어진 형태였다. 김유정은 무의식적으로 시선을 피했다. 부응옥란은 그 이유를 알고도 남았다. 이위진의 시체가 담겨 있던 것과 똑같은 자루였다.

"유정 씨, 괜찮아요? 충격이 크시죠. 소평이 그 자식 진짜 그렇게 안 봤는데 믿는 도끼에 발등 찍힌다더니 그런 짓을 할 줄은 상상도 못 했네요. 아무리 그래도 어떻게 사람을 죽이냐."

부응옥란이 인상을 쓰며 고개를 좌우로 빠르게 저었지만, 정재훈은 그 모습을 분명히 보고서도 멈추지 않고 입을 놀렸다. 하아, 눈치 없는 건 불치병인가.

"누가 사람을 죽여요!"

김유정이 버럭 소리를 지르며 폭발했다.

"확실하게 밝혀진 건 하나도 없는데 국대 삼촌은 나름 소평 씨를 아신다는 분이 말씀을 그렇게 하시면 안 되죠. 그 말 책임질 수 있어요? 믿는 도끼는 무슨 믿는 도끼. 소평 씨를 믿기는 했어요?"

정재훈은 자기 딴에는 위로하려는 의도였는데 예상과 달리 말로 사정없이 두들겨 맞으니 어안이 벙벙한 듯 말을 더듬었다.

"아, 아니, 사람들도 다들 그러고… 경찰에서도 소
평이를 유력 용의자로 지목했다고 하고…. 솔직히 누가
봐도 정황상…."

"사람들 누가 그딴 소리 해요? 남 일이라고 그렇게
아니면 말고 식으로 아무 소리나 막 하고… 데리고 와봐
요! 얼굴 좀 보게, 어?"

김유정은 얼굴이 벌게져서 가게 안의 김종환과 직
원들도 들으라는 듯 목청을 높였다. 정재훈은 그렇게 기
어이 한 소리를 더 듣고서야 입을 다물었다. 하지만 그의
표정에 김유정을 향한 연민이 가득한 걸로 미루어 보아
문소평이 범인이라는 믿음에는 변함이 없는 게 분명했
다. 부응옥란은 저 근육 바보가 또 엉뚱한 속담이나 사자
성어로 유정이 속을 더 긁기 전에 자리를 피하는 게 좋겠
다고 생각했다.

"유정아, 집에 가자."

부응옥란은 피곤하다는 핑계로 김유정과 함께 서둘
러 집으로 돌아갔다. 뜨거운 물로 샤워하라고 유정을 욕
실로 떠밀고 저녁도 차려 억지로 먹였다. 김유정은 혼자
였다면 휴식을 취하는 대신 술을 퍼마시거나 추운 거리
를 정처 없이 방황하는 식으로 자신을 혹사했겠지만, 부
응옥란이 계속 엄살을 부리니 어쩔 수 없이 함께 쉴 수밖

에 없었다. 두 사람은 나란히 누워 멀뚱멀뚱 천장을 바라보며 이런저런 얘기들을 나눴다. 요즘 인기 좋은 연예인, 아까 먹은 음식의 레시피, 기후 위기로 인해 갈수록 심해지는 강추위와 폭염, 지금 시간에 주문 가능한 야식 메뉴 등 부응옥란이 꺼내는 실없는 주제 덕분에 김유정은 머릿속에 가장 크게 자리 잡은 대상을 피할 수 있었다. 잠깐 어색한 침묵이 이어질라치면 부응옥란이 김제의 나래와 강 소장에게 전화를 걸기도 했다. 영영 회피할 수는 없겠지만 피할 수 있는 동안 피하면서 마음을 돌보는 것은 김유정에게 잠시나마 도움이 되었다.

누구라도 그리하듯이

부응옥란과 김유정은 밤새 뒤척이다 다음 날 아침 조금 늦게 시장에 나갔다.

두 사람은 노점에서 토스트를 하나씩 사 먹고 가게로 향했다. 토스트 냄새를 맡기 전까지만 해도 둘은 식욕이 전혀 없었지만, 대용량 식빵을 마가린에 굽는 냄새와 설탕 듬뿍 뿌린 달걀프라이를 끼운 확신의 레시피 앞에서는 도저히 저항할 수 없었다. 부응옥란은 어젯밤 나래가 통화하면서 언제 오냐고 칭얼거리던 게 마음 쓰였다. 김제로 돌아가면 토스트를 만들어줘야지. 서울에 올 때까지만 해도 엄마랑 떨어진다고 신나하더니 며칠 못 가네. 확실히 애는 애야.

"아무리 생각해도 소름 끼치도록 똑같아요."

맛있는 걸 먹으면서도 내내 침통한 얼굴이던 김유

정이 말했다.

"뭐가?"

"이번 사건과 이연화 씨 사건이요. 여기에 없는 사람을 범인으로 단정하고 사건을 종결지으려 하잖아요. 무슨 사정이 있어서 이곳을 떠났는지 알아볼 생각도 없죠. 위진 씨는 이연화의 동거인이 중국으로 돌아간 건 그가 살인을 저질러서가 아니라고 믿었어요. 자기 누나를 죽였다고 확실시되던 용의자인데도 말이에요. 미등록 이주 노동자들이 공권력을 대할 때의 거부감이나 공포심을 이해했던 거겠죠."

"그래. 자신을 제대로 변호할 기회가 없을 거라는 두려움이 들고, 살인 사건과 연관이 없더라도 어차피 불법 체류자라는 딱지가 붙어 추방당할 테니 차라리 선제적으로 돌아가는 게 안전하다고 판단했을 수 있지."

"맞아요. 다른 사람은 몰라도 솔직히 국대 삼촌이 그러는 건 너무 서운해요. 설마 치란도 무조건 소평 씨가 범인이라고 생각하는 건 아니죠? 힘없는 이주 노동자가 억울한 누명을 쓰는 걸 수없이 보셨잖아요."

부응옥란은 속으로 뜨끔하여 말을 더듬었다.

"아, 그, 그럼! 나는 항상 충분한 정보가 모여서 합리적인 추리가 가능하다고 확신하기 전에는 섣불리 결론을 내리지 않는다고.”

말은 그렇게 했지만 아무리 생각해도 현재 상황은 문소평이 이위진을 살해하고 유기한 후에 도주했다고 보는 게 합리적이었다. 부응옥란이 김유정의 시선을 피해 눈을 굴렸다. 뭔가 빠트린 게 있을까. 뭔가…. 눈으로 보고도 중요하지 않다고 생각해서 그냥 넘겨버린 것.

“그러고 보니 이위진의 시체가 담겼던 자루만 줄무늬 색깔이 다르던데 나머지는 오래된 거라 그래?”

“줄무늬 색깔이요?”

“응. 그것만 파란 줄이었어. 다른 건 모두 빨간 줄이었는데.”

“아, 그거 보통은 폐지방 수거용으로 쓰는 자룬데, 파란 자루가 미세하게 커요. 빨간 것보다 10킬로 이상 더 들어간대요. 다른 업체들은 다 빨간 거 쓰는데 국대 삼촌네만 파란 거 써요. 힘자랑하는 건지 뭔지 웃기죠.”

“파란 자루가 국대 씨네만 쓰는 거라고?”

“음… 국대 삼촌네한테 지방을 넘기는 가게들은 그 자루를 쓰는 셈이죠. 국대 삼촌이 지방이 가득 찬 자루를 걷어 갈 때 새걸 주니까요.”

부응옥란이 쯧, 하고 혀를 찼다. 뭔가 단서가 될 만한 걸 찾았다는 느낌이었는데 결국 아무나 파란 자루를 손에 넣을 수 있다는 얘기였다. 냉동창고 역시 문 앞에 열쇠가 걸려 있었기 때문에 그 사실을 알고 있는 사람이라면 누구나 진입이 가능했다. 하지만 뭔가 꺼림직했다.

애초에 정재훈은 왜 그리 열심히 우리를 도왔을까. 주비를 함께 찾아가 설득하고, 도박장에도 동행하고, 문소평의 집을 찾아낸 것도 국대 씨였다. 대목 막바지 작업이 한창이라 일도 많을 텐데, 시간이 비어서 괜찮다며 일을 최대한 미루는 느낌이었다. 곁에서 조사 과정을 지켜보려 했나? 부응옥란은 처음엔 문소평과 정재훈이 꽤 친했기 때문인가 생각했는데, 알고 보니 그닥 가까운 사이도 아닌 것 같았다. 이위진의 시체가 발견되자마자 문소평을 범인으로 확신할 건 또 뭐야. 수상하다. 혹시 그가 우리를 여기로 유도했는지도 모르겠다.

그러는 동안 두 사람은 가게 앞에 도착했다.

"국대 씨를 좀 신경 써서 지켜볼 필요가 있겠어."

"네, 치란. 근데 그 전에 다른 데도 신경을 좀 써야 할 것 같아요."

"응?"

김유정이 소리 없이 입술을 달싹이며 옆쪽을 손가락질했다. 손가락이 가리키는 방향으로 고개를 돌렸더니 분노에 찬 눈동자 두 개가 이쪽을 노려보고 있었다. 민수 삼촌이었다.

"어제 하루 종일 놀더니 오늘도 그렇게 수다만 떨고 있어? 일 도와주러 왔대매?"

민수 삼촌이 기다란 갈고리를 노란 내장 박스에 걸어 가게 안으로 끌고 들어가며 쏘아붙였다. 부응옥란이 장갑도 끼지 않은 맨손으로 박스를 밀며 대꾸했다. 차갑고 딱딱했다.

"에헤이, 놀다뇨? 일하러 갔다가 사건이 터져서 그랬던 거잖아요."

"흥."

민수 삼촌은 돌아보지도 않고 콧방귀를 뀌었다.

"뭐부터 하면 돼요? 어디 다녀올 데 없나요?"

부응옥란이 적극적으로 따라가며 물었다. 그러자 민수 삼촌이 화들짝 놀라며 돌아봤다.

"아니야! 아무 데도 가지 마! 어디 가서 또 시체 찾아내려고…. 여기서 꼼짝 말고 일해."

"무슨 말을 또 그렇게 해요. 우리가 시체를 만든 것도 아니고. 근데… 시체가 어딘가 또 있을 거 같아요? 마장동이 그렇게 무서운 곳이었나."

"말이 그렇단 거지. 아줌마 한국말 잘하는 줄 알았더니 아무래도 우리나라 사람이 아니라서 그런가 농담을 못 알아듣네. 아무튼 쓸데없이 말썽 일으키지 말고 빨리 들어와서 천엽이나 닦아. 천엽이 뭔지는 알지?"

민수 삼촌이 슬쩍 떠보는 질문을 던졌다.

"에이, 그럼요."

서둘러 롱패딩을 벗어 사무실에 던져두고, 앞치마와 고무장갑을 착용한 부응옥란이 한쪽에 쌓여 있던 천엽을 하나 들어서 물이 가득 담긴 고무통에 담갔다. 곁눈질하던 민수 삼촌은 제법이라는 듯 입을 삐죽이며 고개를 끄덕였다. 식당에서 먹어본 적 있는 사람이라도 손질 전 모습을 보고는 부위별로 나뉜 내장 종류를 구별하기가 쉽지 않은데 한눈에 알아본 것이 의외라는 표정이었다. 소의 위 네 개 중 하나인 천엽은 손바닥보다 넓은 회색 이파리 같은 것이 수십 장 붙어 있다. 그걸 차가운 물에 담그고 돌기가 가득한 이파리를 한 장씩 넘겨가며 사이사이에 낀 이물질을 제거해야 한다. 말이야 간단하지 처음엔 대부분 머뭇대고 버벅거리는데, 부응옥란은 지저분하고 고약한 냄새가 나는 세척 작업에도 거침없이 능숙해 보였다.

"그럼 전 밀린 계산서 정리 좀 할게요."

부응옥란이 민수 삼촌에게 지지 않는 모습에 만족한 김유정은 사무실로 향했다.

민수 삼촌은 예리힌 칼을 야스리에 슥슥 문지르고
는 내장 덩어리에서 곱창을 오려내기 시작했다. 우내장
전체에서 가장 값어치가 나가는 부위인 곱창은 엉터리
로 작업해서 품질을 훼손하면 안 되기 때문에 민수 삼촌
과 문소평만 손을 댈 수 있었다. 민수 삼촌은 곱창 손질
요령을 사장 김종환에게 직접 배웠고 문소평은 어깨너
머로 터득했다. 그랬는데도 언젠가부터 문소평이 훨씬
빠르고 보기에도 좋게 작업하는 수준이 되자, 민수 삼촌
은 두 사람이 손질한 곱창들이 함께 담긴 내장통을 보며
말 못 할 열등감을 느끼곤 했다. 그래도 민수 삼촌은 스스
로 항상 누군가를 따라잡으려 했지 상대를 끌어내리려
한 적은 한 번도 없었다고 자부했다.

"이제 기름 제거해요?"

부응옥란이 물었다.

"아니, 아줌마, 우선 거기 있는 천엽부터 전부 다 세
척을 마치고…."

짜증을 부리던 민수 삼촌이 말끝을 흐렸다. 그의 손
가락이 가리킨 곳에는 깨끗하게 세척된 천엽들만 쌓여
있었다. 뻗은 팔이 부끄러워진 민수 삼촌을 보며 부응옥
란이 씩 웃었다.

"그래, 한번 해봐. 엊그제처럼 왼손잡이 핑계 대지

말고 이 칼 써. 소평이 거니까.”

민수 삼촌이 칼을 하나 고르더니 무심하게 야스리에 문질러 날을 세워서 쌓인 천엽 앞에 툭 던졌다. 그러곤 한마디 덧붙였다.

“손 조심하고.”

부응옥란은 첫날에 비하면 훨씬 능숙하게 칼을 움직여 지방을 제거했다. 그동안 지나다니면서 눈으로 관찰한 덕분에 실제로 칼을 잡고 나니 순식간에 요령을 터득할 수 있었다. 틈틈이 곁눈질하던 민수 삼촌은 고개를 끄덕이다 한결 부드러운 말투로 참견했다.

“왼손을 조금 더 멀리 잡아. 칼질하는 아래쪽을 받치려고 하지 말고. 그러다 까딱하면 다쳐.”

“그럴게요. 걱정해줘서 고마워요.”

“아줌마 걱정이 아니라 다치면 일이 밀리니까….”

“알겠어요.”

부응옥란이 웃어 보였지만 민수 삼촌은 무심한 듯 고개를 돌리며 헛기침하고는 다시 일에 집중했다.

그렇게 한참 일을 하다 보니 어느새 부응옥란 옆에 세워진 자루에 지방이 가득 찼다. 민수 삼촌 쪽에도, 다른 직원들 쪽에도 가득 찬 자루들이 보였다. 그때 문이 열리더니 정재훈이 들어왔다. 그는 입구까지 차오른 기름 자루들을 둘러보며 말했다.

"캬아! 높이 나는 새가 멀리 본다. 제가 북문 쪽에 있다가 어? 대상에 자루가 다 찼구나, 하고 딱 시간 맞춰서 왔잖아요. 어때요, 저의 이 천리안? 대단하죠?"

"흰소리하지 말고 얼른 자루나 빼 가."

민수 삼촌이 자기 농담을 받아주지 않자 정재훈은 다른 상대를 찾다가 부응옥란을 발견하고는 반갑게 인사했다.

"안녕하세요! 소평이는 아직이에요?"

부응옥란은 자기가 마장동에 일하러 온 게 아니라 문소평을 찾기 위해 왔다는 사실을 정재훈이 눈치챘다는 느낌을 받았다. 그렇지 않고서야 다짜고짜 그의 소식을 물을 이유가 없었다. 혹시 조사가 얼마나 진척되었는지 궁금해하는 다른 이유가 있는 건 아닐까. 이런저런 생각에 빠진 부응옥란이 말없이 고개만 끄덕이자, 정재훈은 기름 자루 입구를 끈으로 조여 묶고는 약간 무안한 얼굴로 말했다.

"뭐. 무소식이 희소식이니까요. 어딘가 잘 있겠죠."

그리고 부응옥란 몸집의 두 배는 됨직한 기름 자루 옆쪽을 갈고리로 쿡 찍어서 가볍게 끌고 나가며 문득 생각난 듯 말했다.

"아, 맞다. 그러고 보니까 송 씨 아저씨 핸드폰을 아직 못 찾았다던데…."

부응옥란은 칼질을 멈추고 고개를 돌렸다. 승강기에 떨어져 죽은 사람의 핸드폰이 없다? 누군가 가져갔다? 그렇다면 그의 죽음은 사고가 아니라 사건이란 얘기가 된다. 문소평의 행방을 쫓는 단서로 생각했던 이위진이 시체로 발견되는 바람에 관리인의 추락사는 한편으로 제쳐두고 있었는데, 혹시나 이 모든 게 연결되어 있을지도 몰랐다.

"민수 형님은 송 씨 아저씨랑 잘은 모르셨죠?"

정재훈이 물었다.

"그냥 오다가다 인사나 했지. 알잖아? 나는 일 못하는 사람하곤 말도 안 섞는 거."

민수 삼촌이 퉁명스럽게 대꾸했다.

"알죠. 저도 그냥 오토바이 타고 지나다니다 인사하는 정도였는데, 소평이는 꽤 친하게 지낸 거 같더라고요. 보면 박카스도 한 병씩 주고 가끔은 담배도 사드리는 거 같고."

가만히 듣고 있던 부응옥란의 눈썹이 꿈틀했다. 정재훈이 빙빙 돌려가며 하고 싶은 말이 뭘까.

"국대 씨, 관리인의 죽음에 소평 씨가 관련됐다고

생가해요?"

부응옥란이 단도직입적으로 묻자 정재훈은 당황한 얼굴로 말을 더듬거렸다.

"아, 아니, 꼭 그렇다기보다는요…. 소평이랑 친하던 사람이 둘이나 죽었는데 그놈은 어디서 뭐 하는지 감감무소식이니까… 돌다리도 두드려보자는 거죠."

부응옥란은 생각할수록 정재훈이 수상했다. 허드렛일하는 노인에게 박카스나 담배를 가끔 사는 게 의심의 눈초리를 던질 일은 아니지 않은가. 의도가 쉽게 짐작가지 않았다. 문소평의 행방을 찾는 일에 적극적으로 동참하며 진행 상황을 곁에서 지켜보더니 이제 그에 대해 안 좋은 소리를 늘어놓고 있다. 이위진의 시체가 담겨 있던 파란 줄무늬 자루부터 발동된 축이 이어졌다.

"저놈 요즘에도 야간에 순찰하고 다니는지 모르겠네."

정재훈이 마지막 기름 자루를 끌고 가게를 나서자 민수 삼촌이 중얼거렸다.

"그게 무슨 말이에요? 혹시 국대 씨 자경단 활동 같은 거 해요?"

부응옥란의 질문에 민수 삼촌이 실소했다.

"자경단은 무슨! 다들 퇴근한 다음에 캄캄한 시장

을 돌면서 길바닥이랑 하수구에서 기름을 줍는대. 기름보다 쓰레기가 더 많을 텐데 그거 주워봐야 얼마나 된다고…."

정재훈이 들었다면 티끌 모아 태산 어쩌고 하며 반박했을 거다. 어쨌든 인적이 드문 시간에 시장을 돌아다니는 일이 잦다는 얘기였다. 목격자가 없는 범행을 저지르기에 제격인 습관이잖아. 부응옥란의 의심이 조금 더 짙어졌다.

작업을 이어가다 보니 어느덧 점심시간이 되었다. 민수 삼촌은 직원들을 데리고 백반집으로 갔고, 부응옥란은 김유정과 함께 시장을 한 바퀴 돌며 메뉴를 고르기로 했다. 민수 삼촌은 부응옥란에게 또 어디 가서 농땡이 부릴 생각 말고 식사 마치면 바로 돌아오라 했다. 부응옥란은 속으로 피식 웃었다. 말은 저렇게 해도 실은 작업하는 데 내가 꽤 도움된다는 뜻인가. 암튼 민수 삼촌은 누구랑 딱히 친목 다질 생각은 없고 눈앞에 쌓인 업무 처리에만 집중하는 스타일인 듯했다.

부응옥란과 김유정은 일단 좁은 골목을 지나 메인 통로에서 먹을거리를 찾아보기로 했다. 그런데 골목 끝에 다가갈수록 고성이 들리며 소란스러웠다. 젊은 남자 하나가 리본 아줌마에게 고래고래 소리를 지르는 중이었다.

옆에 서 있던 사람에게 물으니 저 남자 유튜버가 하나 이모 가게에서 특수 부위 고르는 장면을 찍다가 발이 미끄러졌고, 리본 아줌마가 간을 진열해둔 쟁반을 치는 바람에 명품 바지에 빨간 피가 튀었다고 했다. 20대 중후반으로 보이는 남자는 관심을 먹고 사는 유튜버답게 사람들이 모여들자 점점 더 흥분해 고성을 질렀다. 그러면서도 삼각대에 달린 고프로로 촬영하는 것은 멈추지 않았다.

"가게 앞 빙판을 방치해서 행인이 다치면 가게 주인이 보상해야 하는 거 몰라요? 내가 얼마 전에 로스쿨 다니는 형이랑 합방할 때 배웠거든. 이 바지 얼마짜린지 알아요? 그 고무 대야에 담긴 쓰레기 다 팔아봐야 주머니 한쪽 값도 안 되거든요. 어떡하실 거예요? 어? 어떡할 거냐고요!"

"빙판이 어디 있다고 그래. 내가 수시로 소금 뿌려서 녹이는데."

미끄러져 넘어지면 가장 문제가 될 사람은 리본 아줌마였다. 젊은이는 타박상에 끝날 일도 노인은 복합 골절을 입게 되니까. 리본 아줌마는 대답하며 소금을 뿌렸다.

"에이씨! 어디다 소금을 뿌려? 이 할망구가 지금 나

를 진상 취급해?"

유튜버는 숫제 반말을 지껄이며 금방이라도 덤빌 기세였다. 보다 못한 부응옥란이 자신의 팔을 붙들고 있던 김유정의 손을 떼어놓고 한 걸음 나서며 입을 열려던 찰나, 부응옥란의 앞으로 누군가 획 하고 나타나 유튜버의 손목을 잡아챘다. 정재훈이었다.

"너는 또 뭐야?"

유튜버가 주먹을 휘둘렀지만 정재훈은 가볍게 피하고는 거리를 좁혀 그의 몸에 팔을 둘렀다. 유튜버는 바위처럼 단단한 정재훈의 품 안에서 양팔이 고정된 채 옴짝달싹 못 하는 꼴이 되었다.

"너 이 새끼, 이거 안 놔?"

그는 벗어나려고 몸부림을 치다 통하지 않자 발을 마구 굴러 정재훈의 발을 밟아댔다.

"험한 꼴 보기 전에 그만하시죠."

"지랄하네. 험한 꼴? 어디서 협박이야?"

유튜버가 머리로 정재훈의 이마를 들이받았다. 정재훈이 그를 옆으로 뿌리쳤다. 발을 걸 필요도 없이 유튜버가 젖은 바닥에 나동그라졌다. 망신당한 유튜버는 얼굴이 시뻘게져서는 리본 아줌마의 작업대에서 칼을 집어 들었다.

“어어?”

모여 있던 구경꾼들이 술렁이며 일제히 뒤로 물러섰다. 마장동 상인들 사이에서는 다툼이 생겨 몸싸움이 벌어지더라도 칼은 들지 않는다는 무언의 약속 같은 게 있었다. 작은 분쟁으로 돌이킬 수 없는 사고를 저지르지는 말자는 불문율이랄까.

그때 구경꾼들 사이에서 정재훈의 얼굴을 유심히 살펴보는 젊은 남자가 있었다. 쥐색 코트에 정장을 말끔하게 차려입은 남자는 유튜버와도 아는 사이였다.

“너 혹시…?”

정장 남자가 알은척을 하며 앞으로 나서자 그의 얼굴을 본 정재훈의 표정이 순식간에 굳었다. 정재훈은 크게 당황한 얼굴로 뒷걸음질하다 아예 돌아서버렸다. 유튜버는 그의 등을 향해 칼을 겨누고 달려들었는데, 정장 남자에게 뒷덜미를 붙들려 제자리에 멈췄다.

“인수 형님, 이거 놓으세요. 내가 저 새끼를 그냥…!”

“그만해라.”

“예? 아… 예.”

정장 남자의 위압적인 눈빛에 유튜버가 칼을 내려놓고 차렷 자세를 취했다. 그는 여전히 돌아서 있는 정재훈의 등에 물었다.

"너… 맞지? 재훈이?"

"사람 잘못 보셨습니다. 일행분 진정되셨으면 이제 데리고 가시죠."

정재훈은 그를 쳐다보지도 않은 채 대답하고는 쪼그려 앉아 바닥에 쏟아진 리본 아줌마의 물건들을 정리했다. 정장 남자는 그 모습을 잠시 지켜보다 대답했다.

"실례했습니다. 제가 착각했나 봅니다."

그가 사과하고 자리를 뜨자 유튜버도 말없이 뒤를 따랐다. 구경꾼들도 하나둘 각자의 자리로 돌아갔다.

잠시 후 정재훈은 뒷골목 계단에 앉아 담뱃갑 비닐 포장을 뜯었다. 은박지를 찢고 담배 한 개비를 꺼내 입에 물더니, 일회용 라이터를 찰칵 켰다. 그러고는 하늘을 올려다보며 담배를 깊게 빤 뒤 연신 콜록거렸다.

"누구예요?"

어느새 옆으로 다가온 부응옥란이 물었다.

"아까 그 사람요? 생면부지. 전혀 모르는 사람인데요."

"픕. 거짓말 못 하는 사람을 가리키는 사자성어는 어디 없나요?"

정재훈은 손가락 사이에 끼운 담배에서 하얀 연기가 피어오르는 모습을 가만히 보고 있다가 옛날이야기를 털어놓았다.

　정장 남자는 유도 국가대표로 활약하다가 이제 코치로 전향한 최인수라는 사람이었다. 그는 올림픽 금메달리스트의 아들인데, 정재훈과 같은 팀이던 대학 시절부터 부동의 에이스였다. 교수들은 정재훈에게 최인수와 같은 체급에서 계속 맞붙지 말고 중량 조절을 통해 체급을 옮기라고 충고했다.

　그런데 마지막 도전이라 생각했던 아시안 게임 국가대표 선발전에서 정재훈에게 기회가 찾아왔다. 최인수가 발목에 부상을 입은 것이었다. 경기 도중에 다친 게 아니라 이동하다 계단에서 발을 삐끗했다고 했다. 결승에서 최인수와 대결하게 된 정재훈을 지도자들이 한쪽으로 불러냈다. 그들은 정재훈에게 최인수의 발목은 곧 나을 테고, 아시안 게임에서 대한민국이 금메달을 따기 위해서는 그가 대표로 선발되는 편이 좋지 않겠냐고 했다. 요컨대 져주라는 뜻이었다. 하지만 정재훈 입장에선 절호의 기회를 놓치기 싫은 것이 당연했고, 그는 전력을 다해 경기에서 승리했다.

　이후 열심히 훈련에 매진하며 아시안 게임에서의 각오를 다지던 정재훈은 일이 이상하게 돌아간다는 느낌을 받았다. 최인수는 계단에 놓인 음료수 캔을 밟아서 발목을 다쳤는데, 그가 계단을 내려오는 걸 본 정재훈이 들고 있던 캔을 일부러 계단에 놓았다는 의혹이 제기된 것이었다. 익명의 제보가 여러 건 접수되었다고 했다. 정재훈은 말도 안 된다며 반발했지만 지도자와 동료 선수들은 그의 비열한 행동을 기정사실로 믿는 눈치였다. 선수촌 내에서 국가대표 자격 박탈까지 거론되는 심한 왕따를 당한 끝에 정재훈은 깊은 회의를 느끼고 그날로 유도계를 영영 떠났다.

"마장동에서 지육과 내장에서 손질된 지방은 버려지는 폐기물이라고 여기지만, 수거 후 정제 과정을 거치면 바이오디젤로 재활용되거든요. 제 인생도 재활용될 수 있을까요? 사람을 때리는 게 싫어서 종합 격투기로 전향하지도 못하고, 다시 유도복을 입을 수도 없어요."

정재훈의 표정이 씁쓸했다. 부응옥란이 그의 어깨를 툭 쳤다.

"그래도 아까는 엄청 멋있었어. 근데 리본 아줌마는 국대 씨를 별로 안 좋아한다고 들었는데?"

"제가 국대라는 별명으로 불리는 게 못마땅하신 거죠. 충분히 이해합니다. 손자분은 멀리 타향에서 고생하며 운동하고 있는데, 저는 옛날옛적 잠깐 운이 좋았다는 이유만으로 여전히 국대라고 불리니까요. 리본 아줌마 인생에서 아들과 손자가 얼마나 중요한지도 알고 있고요.”

“착하네.”

“예?”

부응옥란은 어쩐지 정재훈에 대한 의심이 조금씩 사그라들었다. 그런 일을 겪고도 저런 마음가짐으로 세상을 볼 수 있는 사람이라면 절대로 하지 않을 결정들이 있다. 정재훈은 어떤 상황이 닥쳐도 남의 생명을 해치지는 못하는 부류의 사람이었다.

“국대 씨도 유튜버 한번 해봐요. 인물도 좋아서 잘될 거 같은데?”

“제가요? 뭘 새로 시작하긴 좀 늦은 것 같은데….”

부응옥란이 정재훈의 등을 꽤 큰 소리가 나게 때리며 우물거리는 말을 끊었다.

“어허! 무언 꼰 헌 콩!”

“예? 그게 무슨 말이에요?”

“늦는 것이 하지 않는 것보다 낫다. 베트남 속담이에요.”

“오오!”

취향 저격인 속담 공격에 정재훈의 눈이 초롱초롱 반짝였다.

“피울 줄도 모르는 담배는 당장 끊고.”

“예.”

두 사람은 김유정이 기다리고 있는 리본 아줌마 가게로 돌아갔다. 리본 아줌마는 새파랗게 어린 놈에게 막말을 듣고 위협까지 받았는데도 무덤덤한 표정으로 목욕탕 의자에 앉아 있었다. 아까의 소동 자체가 없었던 일 같았다. 오랜 세월 세상의 풍파를 흘려보낸 덕에 얻게 된 두터운 방어막이 있는 사람처럼 보이기도 했다.

“너!”

부응옥란이 다가오는 모습을 발견한 리본 아줌마가 손가락질했다. 곁에 선 김유정은 뭔가 민망한 얼굴이었다. 리본 아줌마가 말을 이었다.

“기름 자루에 담긴 시체 때문에 국대를 의심한다며?”

“아?”

부응옥란이 고개를 돌리니 어이없어하는 정재훈과 눈이 마주쳤다. 본인이 바로 옆에 있는데 이렇게 대놓고 말씀하시면 어떡해요? 유정이 쟤는 리본 아줌마한테 그런 얘길 왜 해서…. 부응옥란의 당황한 양손이 부채처럼 펄럭였다.

“그게… 잠깐 수상쩍게 생각하긴 했는데 지금은 아니에요. 진짜예요!”

리본 아줌마가 미간의 주름살을 더 깊게 만들며 기억 속의 장면을 확인했다.

"토요일이지? 그날도 나 새벽까지 있었는데 국대는 못 봤어. 그리고 얘가 쌈박질 운동을 하긴 했어도 애초에 천성이 나쁜 애는 아니야."

정재훈은 많이 놀란 듯 눈이 휘둥그레졌다. 김유정과 부응옥란에게 의심을 받았다는 이유 때문이 아니었다. 리본 아줌마가 자기를 국대라고 부르는 걸 처음으로 들었기 때문이었다. 골프 선수인 손자를 둔 리본 아줌마는 그 별명에 반감이 있는 탓에 정재훈을 절대 국대라고 부르지 않았다.

정재훈의 감동과는 별개로 리본 아줌마의 증언은 결정적이었다. 리본 아줌마는 동트기 전부터 한밤중까지 굴러가는 마장동 시장에서 주말도 휴일도 없이 누구보다 먼저 출근해서 가장 늦게 퇴근하는 인물이니 어떤 보안 카메라보다도 성능이 확실했다. 정재훈을 더 의심할 이유는 없었다. 그 와중에도 부응옥란은 순간 리본 아줌마 말에 어딘가 걸리는 부분이 있었지만, 그 전에 정재훈에게 먼저 사과할 타이밍이라고 생각했다.

"왜 그렇게 처음부터 우리를 열심히 도와줬어요? 의심스럽게."

사과치고는 조금 퉁명스럽게 나왔지만 정재훈은 무슨 뜻인지 잘 알아들었다. 그는 웃으며 되물었다.

"김제에서 여기까지 달려오신 분이 하실 말씀인가요?"

"아니, 나는…."

"같은 이주민이라서요? 그럼 저는 같은 지구인이라서라고 해두죠. 억울하게 누명 쓰고 인생의 경로가 틀어져버리는 걸 가만히 두고 볼 수가 있어야죠."

도움을 주는 손길에 감사함 이외에 다른 생각이 든 게 언제부터였을까. 부응옥란은 무안한 마음에 눈을 흘겼다.

"뭐야? 멋진 척…."

"멋지긴요. 전 이만 기름 걸으러 갑니다. 각자도생!"

정재훈은 상황에 전혀 맞지 않는 사자성어를 뻔뻔하게 던지고 자리를 떴다. 그럴 때마다 부응옥란은 그 표현에 자기가 모르는 다른 의미가 있나 미간을 찌푸리게 되었다.

"얘기 다 끝났으면 거기들 서 있지 말고 가. 장사 방해되니까."

리본 아줌마가 부응옥란과 김유정의 발치에 소금을 뿌렸다. 말은 그렇게 해도 혹시나 그새 살얼음이 끼어 두

사람이 미끄러지진 않을까 걱정이 되어서 하는 행동이
었다. 그러고 보니 아까 떠올랐던 얘기가 있었다.

"리본 아줌마, 토요일 밤에 국대 씨는 못 보셨다고
하셨죠?"

"그렇다니까. 아까 나 도와줬다고 편드는 거 아니다.
좋든 싫든 아닌 건 아닌 거야. 나는 없는 소리는 못 해."

"그럼 그날 다른 사람이나 뭔가 이상한 점은 못 보셨
나요?"

리본 아줌마는 장갑도 안 낀 맨손으로 얼음물에 담
긴 내장들을 정리하다가 잠깐 멈칫했다. 마디가 굵고 안
으로 말리듯 곱은 손가락에 주름이 깊었다.

"특별한 건 없었어."

"혹시 관리인 송 씨가 죽은 월요일 밤에는요?"

"아, 몰라. 자꾸 귀찮게 하지 말고 얼른 가!"

부응옥란은 리본 아줌마가 대답을 회피한다는 느
낌을 지울 수 없었다. 분명히 "국대는 못 봤다"라고 말했
다. 무심코 붙인 어미일 수도 있지만 국대가 아닌 다른 사
람이나 다른 것을 목격했기 때문에 말이 그렇게 나왔을
가능성이 있었다. 게다가 없는 소리는 못 하지만 굳이 모
든 얘기를 다 하는 성격도 아닌 것 같았다. 어떻게 하면
얘기를 들을 수 있을까.

그때 바로 옆 가게 하나 이모에게 상인회 회장이 찾아왔다. 그는 자연스럽게 진열장 안쪽으로 들어서더니 전열 패널로 만든 의자에 앉으며 엉덩이 아래에 손을 끼워 넣고는 하나 이모에게 능글맞은 시선을 던졌다.

"하나 이모, 내일 설맞이 노래자랑 나갈 거지?"

"당연하죠."

하나 이모가 종이컵에 커피 믹스를 담으며 답했다.

"조카한테 와서 축하 공연 좀 해달라고 부탁해봐."

"아유, 우리 하나 스케줄이 워낙에 꽉 차서 힘들어요. 인기만 따지면 탑 쓰리 못지않다니까. 호호호."

"그러면 다음 추석 때라도."

하나 이모는 뜨거운 물을 부은 종이컵을 커피 믹스 봉지로 휘저어 상인회 회장에게 건네며 대답했다.

"일단 얘기는 해볼게요. 장담은 못 해."

"고마워요, 하나 이모."

상인회 회장이 새끼손가락을 세워 흔들었다. 설맞이 노래자랑의 심사 위원인 상인회 회장이 모종의 약속을 하는 것처럼 보였다. 회장이 문득 리본 아줌마를 보며 물었다.

"리본 아줌마는 노래자랑 안 나가셔?"

하나 이모가 박장대소했다.

"으이그, 회장님도 참 짓궂으셔. 이 할매 지독한 음치 박치인 거 뻔히 알면서 웃음거리로 만드시려고? 그건 노래자랑이 아니고 개그 콘서트지."

화려한 조명 옆 그늘진 구석에서 반박하지 못하고 벌게진 얼굴로 고개를 숙인 채 일만 하는 리본 아줌마를 보던 부응옥란이 눈을 반짝이며 머리칼을 손가락에 감았다. 리본 아줌마가 쪼그려 앉아 졸면서 잠꼬대처럼 콧노래를 흥얼거리던 모습이 떠올랐다. 리본 아줌마, 얄미운 하나 이모를 눌러버리고 싶죠?

이튿날 북문 주차장 공간에 설치된 조그만 무대에서 설맞이 노래자랑이 열렸다. 대목 작업은 이제 마무리 단계여서 제법 한가해진 상인들과 일반 관람객들이 무대 앞에 모여들었다. 몇몇 청년들이 아이돌의 최신곡을 불러 장내가 어색해지기도 했지만, 아무래도 나이가 지긋한 상인들이 주로 참가하는 행사이다 보니 인기 트로트 곡들의 메들리가 이어졌다. 그중에서도 하나 이모는 엄청나게 화려한 의상에 댄스팀까지 동원하여 참가자가 아니라 초대 가수인 줄로 착각할 정도였다. 그녀는 조카 유하나가 미스 트롯 경연에서 불렀던 노래를 불러 대단한 박수갈채를 받았다. 하나 이모와 친분이 돈독한 몇 사람은 앵콜을 연호하기까지 했다.

"정말 대단한 무대였습니다. 다음 노래 부르실 분 바로 모시겠습니다. 최순자 님!"

후끈 달아오른 분위기를 이어가고자 사회자가 다음 참가자를 곧장 호명했다. 관객석을 채운 상인들은 고개를 갸웃거리며 서로 눈치를 살폈다. 사실 노래자랑 참가자는 대부분 체육 대회나 야유회 등의 다른 행사에서도 앞에 나서서 분위기를 띄우는 사람들이므로 이름만 들으면 웬만큼 알 만한 명단이었다. 하지만 최순자는 낯선 이름이었다.

"최순자?"

"그게 누구여?"

"우리 시장에 그런 사람이 있었나?"

수군대던 사람들이 일순 조용해졌다.

무대에 오른 건 다름 아닌 리본 아줌마였다. 늘 꾀죄죄한 차림에 기름 찌든 앞치마를 두르고 구부정한 몰골이었던 리본 아줌마는 깔끔한 양장 투피스 차림에 올림머리를 하고 빨간 립스틱까지 바른 모습이었다. 긴장한 얼굴에 뻣뻣한 걸음걸이로 무대 위를 걷던 리본 아줌마는 객석 맨 앞줄에서 환호하며 응원하는 부응옥란과 김유정을 보고서야 표정이 약간 풀어졌다. 두 사람은 주먹을 불끈 쥐어 치켜들며 파이팅을 외쳤다.

전날 오후, 하나 이모에게 무시당하던 리본 아줌마의 표정을 지켜보던 부응옥란은 아줌마가 남몰래 숨겨왔던 작은 소원을 재빨리 파악했다. 그의 팔을 한쪽으로 잡아끌어 은밀하게 제안했다.

"리본 아줌마, 내가 노래 가르쳐드릴게. 그러니까 노래자랑 나가요."

어이없는 표정을 짓던 리본 아줌마의 눈빛에서 일말의 반가운 희망이 보였기에 부응옥란은 확신을 가졌다.

"내일 모두에게 본때를 보여줘요!"

자신만만한 부응옥란에게 김유정이 의외라는 듯 물었다.

"치란, 노래 잘해요?"

부응옥란은 파마머리를 더 풍성하게 부풀리며 허공에 아련한 시선을 던졌다.

"이 시점에 또 내 이름의 유래를 얘기할 수밖에 없네. 유튜브에 영어로 응옥란 쳐봐. 1980년대에 미국에서 활동했는데 외모도 출중하고 노래 실력도 좋아서 엄청나게 인기 있던 가수야. 정말 심금을 울리는 명곡들이 많지. 그의 팬이었던 부모님이 내 이름을 똑같이 지은 거야."

"그게 뭐요? 이름이 이미자라고 다 노래를 잘하는

것도 아닌데."

"암튼! 리본 아줌마, 저만 믿으세요!"

김유정은 리본 아줌마의 손을 덥석 붙드는 부응옥 란이 끝내 미덥지 않은 표정이었다. 그러나 하룻밤 만에 전혀 달라진 모습으로 무대에 오른 리본 아줌마를 보며 김유정은 울컥할 정도로 감개무량했다. 자기도 모르게 탄식이 흘러나왔다.

"와, 정말 내 음악 인생 최대의 미션이었다."

의욕에 넘쳤던 것과는 달리 부응옥란의 노래 실력 은 평범한 수준이었고, 누군가를 가르치는 건 또 다른 이 야기라서 당장 리본 아줌마를 변신시키기는 불가능했 다. 별수 없이 성악 전공에 유학까지 다녀온 김유정이 나 섰다. 훌륭한 선생님들께 배운 내용과 어린 학생들을 가 르쳤던 경험 등을 총동원했다. 부응옥란은 원래 이런 흐 름이 자기 작전이었다고 주장하며 본인은 의상을 책임 지겠다고 했다.

무대 중앙에서 마음의 준비를 마친 리본 아줌마가 신호하자 전주가 흘러나왔다. 그리고 두 손으로 마이크 를 쥔 리본 아줌마, 아니 최순자 여사가 진솔한 목소리로 담담하게 노래를 시작했다.

누구라도 그러하듯이 길을 걸으면 생각이 난다
마주 보며 속삭이던 지난날의 얼굴들이
꽃잎처럼 펼쳐져 간다
소중했던 많은 날들을 빗물처럼 흘려보내고
밀려오는 그리움에 나는 이제 돌아다본다
가득 찬 눈물 너머로

옮긴 자와 죽인 자

짧은 정적에 이어 박수갈채가 쏟아졌다.

사실 처음에는 하나 이모가 한껏 띄워놓은 분위기에 찬물을 끼얹는 수준으로 잔잔한 전주가 흘러나오자 객석을 채운 사람들에게서 실망한 눈치가 역력했다. 최순자 여사의 정체를 알아챈 사람들은 입을 씰룩이며 리본 아줌마의 노래 실력을 비웃을 마음의 준비를 했다. 하지만 마이크를 쥔 손에 가득한 주름만큼이나 굴곡진 자신의 인생 이야기를 전하는 듯한 노래에 모두 숨을 죽였고, 첫 후렴구가 끝날 때쯤부터 이미 눈물을 훔치는 사람도 있었다.

부응옥란과 김유정은 무대를 성공적으로 마친 리본 아줌마에게 축하 인사를 건네고 싶었지만 상황이 여의치 않았다. 시장 사람들이 몰려들어서 리본 아줌마를 겹겹이 둘러싸고 저마다 얼마나 감동했는지 한마디씩 건넸다. 서로 자기 자리로 데려가서 막걸리를 따라주려 실랑이를 벌이기까지 했다.

리본 아줌마는 무척이나 기분이 좋아 보였다. 막걸리와 홍어무침을 들고 와서는 부응옥란과 김유정에게 권했다. 대가를 바라고 계산적으로만 한 일은 아니었다. 리본 아줌마가 행복해하니 진심으로 기쁘기도 했지만, 부응옥란은 쿠폰이 하나 생겼다는 기분이 들었다. 그간 경험해본 바로, 연세가 좀 있는 분들은 호의를 받으면 갚아야 한다는 생각이 강한 경우가 많았다. 부응옥란은 꿀꺽꿀꺽 비운 막걸리 잔을 테이블에 내려놓기도 전에 리본 아줌마가 입에 넣어주는 홍어와 미나리무침을 씹어 삼키고는 겨우 물었다.

"토요일에 진짜 뭐 보신 거 없어요? 사소한 거라도 괜찮아요. 유정이 얘 얼굴 수척해진 것 좀 보세요. 사라진 애인 걱정에 잠도 제대로 못 자고 밥도 먹는 둥 마는 둥 해요."

부응옥란이 발끝으로 김유정의 다리를 툭 찼다. 신호를 받은 김유정이 고개를 한쪽으로 기울이고 시선을 떨구며 불쌍한 표정을 지었다. 리본 아줌마는 애처로운 눈으로 김유정을 보다가 토요일엔 정말 특별히 생각나는 게 없고, 사실 월요일 늦은 밤에 김종환을 목격했다고 털어놓았다.

"엥? 아빠는 그날 천안에서 대리 불러서 집으로 바로 왔다고 했는데? 다른 날로 착각하신 거 아니에요?"

"물건들 정리도 다 하고 집에 가려다 잠깐 쉬고 있는데 급하게 지나갔어. 네 아빠는 나를 못 봤을 거다."

"혼자였어요…?"

김유정이 조심스레 물었다. 하나 이모를 염두에 둔 질문이었다. 생략된 단어들이 무엇인지는 리본 아줌마도 눈치챈 것 같았다.

"그날은 혼자더라. 너희 가게 쪽에서 나와서 큰길 쪽으로 걸어갔어. 내가 본 건 그게 다야."

김유정은 머릿속이 혼란했다. 아빠가 그날의 행적에 대해 거짓말을 했다. 여자를 만난 것도 아니라면 밤중에 가게엔 왜 갔는지 이해가 되질 않았다. 하필이면 관리인 송 씨가 화물 승강기 통로로 떨어지던 그 시각 그 장소였다. 김유정은 설마 관리인 송 씨의 죽음과 제 아빠가 관련된 건 아닐까 걱정이 덜컥 앞섰다. 그게 아니라면 굳이 거짓말할 이유가 없을 것 같았다.

"리본아!"

"거서 뭐 혀? 아그들은 냅두고 일로 와서 놀자!"

나른 테이블에 둘러 앉았던 노파들이 불러대서 대화는 끊겼다. 부응옥란은 이야기를 좀 더 자세히 듣고 싶었지만 어쩔 수 없었다. 그래도 리본 아줌마에게 친하게 지낼 분들이 생긴 점은 다행이었다.

손가락에 머리카락을 빙글빙글 감으며 생각에 잠긴 부응옥란에게 김유정이 물었다.

"치란, 리본 아줌마에게 도대체 무슨 얘기를 듣고 싶었던 거예요?"

"그냥. 불확실한 보안 카메라 따위보다는 실제로 목격한 내용이 있다면 더 신뢰가 가니까. 근데 토요일이 아니라 월요일에 변수가 생겼네."

"하지만 그 건은 승강기 오작동으로 인한 실족사로 종료되었잖아요."

김유정은 부친에 대한 자신의 의심을 부응옥란이 지워주길 바라는 눈치였다.

"그러고 보니 국대 씨가 뭔가 얘기했었는데…. 그땐 내가 국대 씨를 의심의 눈초리로 보고 있어서 흘려들었어. 뭐였더라."

다들 그냥 넘겼지만 있어야 할 게 없다고 했었다. 누군가 숨긴 걸까. 누굴까. 왜일까.

"현장에 관리인 할아버지 핸드폰이 없었다고 했어

요. 가족들도 아침까지 연락이 안 돼서 걱정하던 참이었
다고…."

"집에 두고 온 것도 아니란 뜻이군."

부응옥란과 김유정은 말없이 서로를 바라보았다.
차가운 칼바람에 김유정이 부르르 떨었다. 침묵 속에 의
혹이 깊어졌다.

"저… 집에 좀 잠깐 다녀올게요."

"나도 함께 가."

"아… 그게…."

김유정은 혼자 가고 싶은 눈치였지만 부응옥란이
놔주지 않았다.

"아까 리본 아줌마가 고맙다면서 홍어무침을 막 입
에 넣어주다가 흘렸잖아. 이것 좀 봐. 빨간 양념이 묻었
어. 식초 냄새도 나고. 얼른 옷 좀 갈아입어야겠어."

부응옥란은 자신이 관리인의 죽음과 관련하여 김종
환을 의심하고 있다는 사실을 김유정에게 밝히기가 껄
끄러웠다. 다만 김유정이 뭔가 짚이는 게 있어서 확인하
러 집으로 가는 게 분명했기에 이유를 둘러대며 따라나
선 참이었다. 월요일 밤 관리인이 승강기 아래로 추락할
때 무슨 일이 있었던 걸까.

"그럼 치란, 옷 갈아입으세요. 저는 아빠 방에 있는

화장실 쓸게요.”

김유정은 부응옥란이 방으로 들어가는 걸 확인하고 안방으로 갔다. 방은 중년 남자가 혼자 쓰는 공간답게 건조하다 못해 푸석했다. 벽에 붙은 침대엔 무채색 이불에 몸만 빠져나온 동굴이 있었고, 보통 가정의 안방에 으레 있을 법한 화장대도 없이 가구라 부를 만한 것이라곤 낮은 서랍장 위에 놓인 대형 TV뿐이었다. 조금 젊은 사람이면 컴퓨터 책상이라도 있으련만, 김종환은 컴퓨터는커녕 스마트폰 사용도 힘겨운 편이었다. 김유정이 알기론 따로 금고도 없고 계약서나 주요 서류도 그냥 TV장 서랍에 아무렇게나 보관했다.

첫 번째 서랍을 열었다. 낡은 리모컨, 열쇠 꾸러미, 드라이버 세트, 청색 테이프 따위의 잡동사니만 가득했다. 두 번째 서랍엔 영양제를 비롯한 각종 약상자와 오래된 통장, 여기저기서 만든 멤버십 카드 등이 있었다. 나름의 구분법이 있는지는 몰라도 겉보기엔 혼돈 그 자체였다.

김유정도 위쪽 두 개의 서랍은 확인차 열어본 것일 뿐, 뭔가 있다면 맨 아래 세 번째 서랍에서 찾을 거라고 생각했다. 몇 달 전 내장 입찰 때 인감도장을 찾아오라는 심부름을 했었기에 알고 있었다. 계약서, 보험 증서, 인감도장 등 맨 아래 칸은 다른 서랍에 있는 것들과 섞이지 말아야 할 것들이 모여 있었다. 여전히 정리되지 않은 상태였지만.

거기에 있었다.

절대 김종환의 것일 리 없는 지갑형 싸구려 핸드폰 케이스. 그것을 꺼내 드는 김유정의 손이 미세하게 떨렸다. 묵직했다. 빈 케이스가 아니라는 뜻이었다. 지저분한 커버를 열자 삼성의 저가형 스마트폰이 모습을 드러냈다. 전원을 켜봤지만 반응이 없었다.

침대 옆으로 가 콘센트에 꽂혀 있는 충전 케이블을 연결했다. 잠시 후 전자음 멜로디와 함께 액정에 삼성 로고가 떴다.

"뭐 해?"

부응옥란이 열린 문 밖에서 물었다. 깜짝 놀란 김유정이 핸드폰을 내리고 손으로 덮었지만, 자기 생각에도 너무 수상쩍었기에 도로 손을 펼쳤다. 부응옥란이 미간을 좁히며 가까이 다가갔다.

"그게 뭔데?"

"처음 보는 핸드폰이에요."

"네 아빠가 예전에 쓰던 거…."

"아뇨. 그럴 리 없어요."

두 사람은 핸드폰의 주인이 누구인지 알고 있었다. 그가 이미 죽었다는 것도 알고 있었다. 하지만 시체 곁에 있어야 했던 핸드폰이 왜 김종환의 방에 있는지는 아직 알 수 없었다.

문자와 카톡 대화는 대부분 삭제된 상태였다. 김유정은 아빠가 종종 스팸 문자 지우는 방법을 물었던 게 생각났다. 자꾸 잊어먹냐고 핀잔을 주곤 했지만, 최근에 가르쳐줬기에 기억하고 있을 것 같았다.

갤러리를 열었다. 설악산 단풍놀이 사진이 마지막이었다. 이미 알고 있었지만 핸드폰 주인이 누구인지 분명해졌다. 빨갛게 물든 나무 앞에서 관리인 송 씨가 어색하게 포즈를 취하고 있었다. 그 후로 석 달 이상 지나도록 사진 한 장 안 찍었다는 게 의아했다.

부응옥란이 우측 상단의 점 세 개를 터치해 메뉴를 열고 휴지통에 들어갔다. 대단한 포렌식 과정도 필요치 않았다. 스마트폰에 익숙하지 않은 김종환은 삭제한 사진이 일정 기간 휴지통에 보관된다는 것도 몰랐을 것이다.

화면에 지난 30일 동안 삭제된 사진과 동영상이 펼쳐졌다. 부응옥란이 그중 하나를 체크하고 복원 메뉴를 선택했다. 누가 봐도 올바른 결정이었다. 지난 월요일에 저장된 3분짜리 동영상이었는데, 썸네일을 보니 대상축산 옆 골목을 비추는 보안 카메라 화면이었다.

복원되어 갤러리로 돌아간 영상을 재생했다. 화면에 표시된 타임 코드는 토요일 10시 13분. 문소평이 사라지고 이위진이 사망한 시간대였다. 관리인은 월요일 밤, 그러니까 죽음을 얼마 남겨두지 않은 시점에 토요일 밤의 보안 카메라 영상을 잘라서 자기 핸드폰에 저장했다.

동영상 상단의 날짜와 시간을 확인한 김유정이 화들짝 놀라며 핸드폰을 향해 손을 뻗었다. 화면을 자세히 보려고 하는 줄 알았는데 그게 아니었다. 부응옥란이 영상을 보지 못하게 핸드폰을 빼앗으려는 시도였다. 하지만 호락호락하게 당할 부응옥란이 아니었기에 김유정의 손을 찰싹 쳐내고 물었다.

"왜 이래?"

"치란, 그, 그게….”

김유정은 얼굴이 빨개지며 대답을 하지 못했다. 그가 이상하게 행동한 이유는 영상에서 찾을 수 있었다. 영상 속 대상축산 쪽문을 통해 골목으로 나온 사람은 문소평도 이위진도 김종환도 아닌 김유정이었다.

영상 속 김유정은 쪽문으로 커다란 자루를 끌어냈다. 온몸을 기울이며 힘을 쓰는 모습이 매우 무거워 보였다. 자루 안에는 상당한 무게의 물체가 담긴 것이 분명했다. 예를 들면 많은 양의 소 내장이라든가 혹은 사람의 시체라든가. 부응옥란은 화면으로 들어가기라도 할 것처럼 가까이에서 들여다보았다. 문 앞에 준비한 손수레에 가까스로 실은 파랑 줄무늬의 자루는 이위진의 시체가 담겨 있던 바로 그 기름 마대였다. 김유정은 비틀거리며 손수레를 끌고 냉동창고로 가는 화물 승강기에 올랐다. 저장된 영상은 거기까지였다.

부응옥란이 슬로 모션으로 김유정에게 고개를 돌렸다. 김유정은 부응옥란의 시선이 채찍이라도 되는 듯 목을 움츠리며 손을 뻗어 핸드폰을 가져갔다. 부응옥란은 충격으로 머릿속이 어지러웠기에 아무런 저항 없이 핸드폰을 내주었다.

이위진의 시체를 냉동창고에 숨긴 게 유정이 너였다고? 정리해보자. 김유정의 의뢰로 문소평을 찾다가 이위진의 행적까지 조사하게 된 건데, 얘는 처음부터 이위진의 사망 사실을 알고 있었다는 거잖아! 자기가 이위진의 시체를 옮겼으면서 태연하게 그의 행방을 쫓는 일을 곁에서 지켜봤어. 얘가 이위진을 살해한 범인일까? 아니, 그건 아닐 거야. 돌이켜보면 문소평에게 냉동창고 어쩌고 하는 말을 들었다며 나를 시체 유기 장소로 데려간 건 갑작스러운 느낌이었어. 그러고는 이위진의 시체가 담긴 자루도 자기가 직접 열었고. 왜지? 왜 애써 유기한 시체를 내 앞에서 꺼냈을까? 처음부터 모든 걸 완전히 오픈하지는 않는다는 느낌을 받긴 했지만 대체 무슨 꿍 꿍이야? 혹시 지금, 수동적으로 자수하는 건가?

"너였어…? 네가 그런 거야?"

"치란, 그게 아니에요. 제가 다 설명할게요."

"그래. 더 이상 숨기거나 속이지 말고 제대로 설명해. 나를 살해하지도 말고."

농담을 덧붙였지만 부응옥란의 말투는 차가웠다.

"그런 거 아니라니깐요."

부응옥란도 김유정이 이위진 살해범이라고는 생각하지 않았다. 그랬다면 이렇게 태연히 마주 보고 대화를 하진 못했을 테니까. 그러나 이런 결정적인 사실을 감추고 이리저리 자기를 농락했다는 생각이 들어 부응옥란 입장에선 썩 유쾌하진 않았다. 요게, 요게 아무것도 모르는 척 순진한 공주님 얼굴을 하고선….

"숨겨서 미안해요. 근데…."

김유정이 얼빠진 표정으로 손에 쥔 핸드폰을 내려다봤다. 사건 현장에서 사라진 핸드폰이 자기 아빠의 수중에 있었다는 사실에 적잖이 충격을 받은 모양이었다. 게다가 그 핸드폰 안에는 자기가 시체를 은닉하는 영상이 담겨 있었다. 영상과 관리인의 죽음 그리고 김종환은 어떻게 연결된 걸까.

"설명해보라니까."

부응옥란의 재촉에 망자의 핸드폰을 쥔 김유정의 손이 파르르 떨렸다.

"나중에… 나중에요. 모든 게 밝혀진 다음에 제가 왜 그랬는지 전부 말씀드릴게요. 지금은 저도 예상하지 못했던 일이 벌어져서…."

"뭐?"

부응옥란이 인상을 구기며 언성을 높였다.

"그러니까 이건 너도 예상하지 못했던 일이란 거야? 그럼 지금까지 있었던 다른 일들은 예상하던 대로란 뜻이니? 나를 여기까지 불러다 네가 짜놓은 판에 놀아나게 하려는 계획이었어? 처음부터 네가 카드를 전부 펼치지 않았다는 건 알고 있었어. 하지만 이건 정도가 심하잖아. 이래서야 내가 네 말을 한 마디라도 믿을 수가 있겠니? 나를 너무 우습게 본 거 아니야?"

"절대 그런 생각은 아니었어요. 하지만… 저한테도 사정이 있어서…."

우물쭈물하며 여전히 사실을 털어놓을 기미가 없는 김유정의 태도는 부응옥란의 화만 돋우었다.

"사정? 도와달라고 해서 이 멀리까지 왔더니 그렇게 네 사정에 맞춰서 너한테 유리한 쪽으로만 유도해서 무슨 결론을 내고 싶은 건데? 세상일이 그렇게 네 마음대로 될 것 같아? 이주민인 내가 너희 부녀의 결백을 증언하면 의심의 여지가 남지 않을 거라는 생각이라도 한 거야? 대체 뭐야?"

김유정은 눈에 눈물이 차올랐지만 부응옥란을 똑바로 보며 목소리를 높였다.

"글쎄, 그런 게 아니라는데 자꾸 왜 그래요? 차마 얘기 못 한 부분은 있어도 거짓말을 하진 않았어요. 치란이 사건의 실체에 빨리 접근할 수 있게 방향을 바로잡아준 것뿐인데 뭘 유리하게 유도해요? 말씀이 너무 심하시잖아요!"

부응옥란은 기가 차다는 듯 헛웃음을 터트렸다.

"하! 나도 이제 모르겠다. 문소평이 어디에 있는지 혹은 죽었는지, 너나 네 아빠가 어떤 역할을 했는지 누가 알겠니? 일단 나 혼자 고민을 좀 해봐야 할 것 같다. 너랑 떨어져서 말야."

쏘아붙이는 동안 외투를 걸친 부응옥란은 김유정 쪽을 보지도 않고 현관을 나섰다. 엘리베이터에서 내려 밖으로 나서니 짙푸르게 맑은 하늘 아래로 늦은 오후의

투명한 공기가 깨진 유리 조각처럼 날카로웠다. 뾰족한 온도를 조금이라도 달래려는 듯 부응옥란이 하얀 입김을 길게 내뿜었다.

그때 부응옥란의 핸드폰이 울렸다. 김제의 강 소장이었다.

"네, 강 소장니…."

"찾았으요!"

강 소장이 부응옥란의 말을 끊으며 큰 소리로 호들갑을 떨었다.

"예?"

"아따, 누룽지 공장에서 일허던 체체크 씨요."

반가운 이름에 부응옥란의 얼굴이 환하게 밝아졌다.

"아! 정말요?"

"예. 계속 숨어 지냄시롱 여그저그서 일했대요. 인자 되았으요. 점때 유정 씨가 받아다 준 이직 동의서도 있응게. 마침 풍성제지에서 사람 구하드라고요. 거기는 번듯헌 기숙사도 있고 처우가 훨씬 좋지요이."

"다행이다. 수고하셨어요, 강 소장님."

"그나저나 녹란 씨는 언제쯤에나 오신대요?"

"여기도 거의 끝나가요."

부응옥란이 머릿속에서 순진한 표정을 짓는 김유정

에게 콧방귀를 뀌고는 말을 이었다.

"알고 보니 부잣집 아가씨가 맹랑한 구석이 있네요. 그동안 감쪽같이 속았는데, 이제 알았으니까 머지않아 답도 나오겠죠. 근데 왜요? 나래나 어머님께 무슨 일이라도?"

"할매는 잘 계셔요. 근디 나래가…."

"나래가 왜요?"

"파출소를 구석구석 너무 헤집고 댕겨서 쪼매 곤란허네요. 얼렁 오셔요이."

"아하하. 고생이 많으시네."

"웃을 일이 아니랑게요."

"끊어요."

"아따…."

전화를 끊은 부응옥란은 눈앞이 한결 또렷해졌다. 사람의 머리란 신기하게도 어떤 일을 계속 고민할 때보다 잠깐 다른 일에 정신이 팔릴 때 더 쉽게 방향을 찾게 되곤 한다.

부응옥란에게 있어 김유정이라는 아가씨는 정말 알 수 없는 캐릭터였다. 세상 물정 모르는 부잣집 공주님 얼굴을 하고 있지만, 드러내지 않은 속내가 있다는 느낌을 내내 지울 수 없었다. 분명 김유정은 이위진을 살해하지 않았다. 하지만 어떤 이유에서든 시체를 자루에 담아 냉동창고로 옮기는 일은 어지간히 단단한 마음을 지닌 사람이 아니면 하기 어렵지 않은가.

방금 강 소장이 언급한 체체크의 이직 동의서도 그랬다. 부응옥란과 강 소장이 갖은 회유와 협박을 동원해도 눈 하나 깜짝 안 하던 김영순 사장이었다. 혹시나 하는 마음에 김유정에게 조건을 내걸었는데, 아무리 조카라곤 해도 그렇게 쉽게 도장을 찍어줄 줄은 몰랐다. 부응옥란은 그 둘 사이에도 무언가 자기가 몰랐던 일이 있었던 건 아닐까 의구심이 들었다.

일단은 괜찮다. 김유정의 속내는 덮어두자. 우선 확인할 것이 있다. 관리인의 죽음과 이위진의 죽음, 그리고 문소평의 행방이 모두 연결되어 있으니 여기서부터 실타래를 풀면 된다.

부응옥란은 그 얽힌 실타래에 어떤 식으로든 이위진의 누나인 이연화의 죽음도 함께 뭉쳐 있을 거라고 믿었다. 어쩌면 드러나지 않은 다른 피해자들까지도.

콩 바오 항 껍 사오 받 뜨억 껍 콘*

혼자 시장으로 이동한 부응옥란이 황소와 돼지 조형물을 지날 때 전화벨이 울렸다. 저장되지 않은 번호였다. 통화 버튼을 누르고 핸드폰을 귀에 가져다 댔다.

"여보세요?"

수화기 너머에선 숨소리만 들렸다.

"여보세요?"

"아줌마."

거의 속삭임에 가까울 정도로 잔뜩 낮춘 목소리의 김종환이었다.

"유정이한테 들었어. 내가 감춰놓은 송 씨 핸드폰 봤다면서."

---

* Không vào hang cọp sao bắt được cọp con. 호랑이를 잡으려면 호랑이 굴에 들어가라는 뜻의 베트남 속담.

그가 직접 연락할 줄은 예상하지 못했기에 부응옥란은 내심 깜짝 놀랐다. 게다가 자기가 송 씨의 핸드폰을 숨겨두었다는 사실을 부인하지 않고 인정하다니 무슨 속셈인지 알 수 없었다.

"아… 네."

"동영상도 봤다며. 지금 전부 수상해 보이고 누구 말을 믿어야 할지 모르겠지만, 나 나름대로 사정이 있었어. 내가 솔직히 성질도 더럽고 가방끈도 짧고 여러모로 부족해서 엄청 자랑스러운 아빠라고 할 수는 없어도 유정이를 아끼는 마음 하나만큼은 세상 어떤 아빠 못지않으니까. 어떻게 생각할지 몰라도 나는 하나밖에 없는 딸을 위해서 아빠로서 해야 할 일을 한 거야. 여보세요? 아줌마, 듣고 있어?"

"예."

"내 말 무슨 뜻인지 알지?"

부응옥란은 그가 김유정과 똑같은 소리를 한다고 생각했다. 온갖 변명을 둘러대면서도 정작 중요한 말은 하지 않았다.

관리인이 죽은 날 밤, 김종환은 가게에 다녀왔지만 지방에서 바로 집으로 왔다고 거짓말했다. 게다가 사고 현장에서 보이지 않았던 망자의 핸드폰이 안방 서랍에서 발견된 건 부인할 수 없는 증거였다. 그러니 본인도 순순히 인정할 수밖에 없겠지만 딱 거기까지만이었다.

김종환은 송 씨가 화물 승강기 통로로 추락할 때 그곳에 있었다. 이 부분에 대해서는 인정하지 않을 셈인가. 그저 딸 바보 아빠 행세를 하시겠다? 그렇다면 나도 단도직입적으로 물을 수밖에.

"그 핸드폰은 어떻게 손에 넣으셨어요?"

"어? 아아, 핸드폰? 그러니까… 내가 그래서 지금 아줌마한테 전화한 거야. 뭘 생각하는지 알 것 같은데 내가 다 설명할 수 있거든. 근데 전화로 할 얘기는 아니고, 지금 잠깐 볼까? 알다시피 유정이도 엮인 일이라서 조금 조심스럽네."

"예. 그렇죠."

"아줌마, 지금 어디야? 가게로 올래?"

"좋아요. 마침 그쪽으로 가는 길이었어요."

"그래? 나는 집이니까 그럼 3층에서 잠깐만 기다려. 금방 갈게."

"3층요?"

"직원들 앞에서 할 얘기도 아니고, 현장에서 어떤 일이 있었는지 직접 보여주면서 설명하는 게 좋을 것 같네. 전부 다 얘기할게. 신고할 때 하더라도 내 말을 먼저 들어줘. 우리 유정이를 봐서라도.”

“알겠어요.”

김유정이 집에 돌아온 아빠에게 핸드폰 얘기를 한 모양이었다. 그리고 김종환은 그 사실을 부응옥란도 알고 있다는 말을 듣고 부랴부랴 전화를 걸었다. 내용이 더 퍼져나가기 전에 단속하려는 생각이었겠지. 유정이와 대화 끝에 아빠로서 솔직하게 털어놓을 결심이 섰을까. 드디어 사건의 진상을 파악할 수 있겠다.

부응옥란은 가게 앞에서 민수 삼촌을 마주쳤다. 그는 벌써 가게 불을 끄고 문을 잠그는 중이었다. 이번 주면 대목 작업 기간이 끝나서 작업량이 줄어든다더니 사실이었다.

“퇴근해요?”

“아줌마, 뭐 놓고 갔어?”

“아니, 잠깐 누구 좀 보려고요.”

“여기서?”

민수 삼촌이 의아한 듯 물었다.

아주 늦은 시간은 아니었지만 해가 짧은 겨울 오후라 이미 어둑해지기 시작했고, 다른 가게들도 다들 일찍 일을 마쳐서 길에 불빛도 적었다. 마장동에 온 지 채 일주일도 안 된 부응옥란이 여기서 약속이 있다니 이상하게 여길 만도 했다. 하지만 그것도 잠시, 민수 삼촌은 어깨를 으쓱하고는 돌아서서 떠났다.

"민수 삼촌, 이번 주에 큰 도움이 못 되어서 미안해요. 그래도 농땡이 부리고 놀러 다닌 건 아니었어요. 이쪽에도 이쪽의 사정이 있어서."

민수 삼촌의 걸음이 무심하게 멈췄다. 그는 고개를 살짝 돌려 쳐다보는 시늉만 하며 대꾸했다.

"어차피 초보자가 할 수 있는 일이 많지가 않아. 그래도 생각보다 잘하고 있어. 사건도 많아서 놀랐을 텐데 강심장이네."

"뭐야? 칭찬이야?"

부응옥란이 의외라는 듯 웃으며 물었다. 하지만 민수 삼촌은 못 들은 척 멀어졌다.

참혹한 시체에 익숙해질 수야 없지만, 워낙 많은 사건 사고를 접하고 경우에 따라서는 오히려 집요하게 쫓아다니는 부응옥란이기에 그녀의 태도를 처음 보는 사람은 놀랄 수밖에 없었다. 항상 사건 자체에 주눅이 들기보다는 빨리 해결하고 피해자를 도우려는 의지가 더 강했다. 그래야 억울하게 누명을 쓴 사람을 구하거나 추가적인 피해자가 생기는 걸 막을 수 있다고 믿었으니까. 주저할 틈 따위는 없었다. 김종환이 직접 만나자 했으니 어서 사건의 전말을 낱낱이 밝히고 문소평의 안전을 확인해야 했다. 사람들의 눈과 귀를 피해 따로 만나자는 걸 보면 숨기고 있던 진실을 털어놓을 마음의 준비가 된 듯하니 마음이 바뀌기 전에 얘기를 들어야 했다.

부응옥란은 계단을 통해 3층으로 올라갔다. 냉동창고 앞에 도착해보니 입구는 여전히 노란 테이프로 막혀 있었다. 부응옥란은 마대 자루에 싸여 있던 이위진의 시체가 떠올라 몸을 부르르 떨며 롱패딩을 입은 팔을 감쌌다. 이가 떨리지 않게 턱에 힘을 주었다. 냉혹한 진실이 가까이 있었다.

덜커덩. 끼이익.

요란한 소음과 함께 화물 승강기가 작동했다. 예쁜 목소리의 안내 방송도, 청량한 벨소리도 없이 올라온 승강기가 도착하고 철문이 위로 열렸다. 안에 타고 있던 김종환이 허리를 숙이고 밖을 내다보다 부응옥란과 눈이 마주치곤 고개를 까닥하며 웃음을 보였다.

"아줌마, 오래 기다렸어? 미안, 미안. 나도 서둘러서 오긴 했는데."

"아뇨. 괜찮아요."

김종환은 통화할 때만 해도 숨길 게 많은 사람처럼 속삭이더니 막상 부응옥란을 직접 대면하고는 밝고 여

유로운 모습이었다. 김종환이 승강기에서 내려 냉동창
고 문에 붙은 노란 테이프를 보며 양손을 허리에 올렸다.

"하아, 나 이것 참! 세밑에 뭐 이렇게 사건 사고가 이
어지나 모르겠네. 내년에 얼마나 운수가 대통하려고 액
땜을 이렇게 심하게 하지. 아줌마는 액땜이라는 말 모르
나? 이게 우리나라에서는…."

"알아요, 액땜. 솔직히 나쁜 일이 생겼을 때 위안 삼
기 위한 핑계라고 생각하긴 하지만."

김종환이 무슨 대단한 강의라도 할 것처럼 자세를
잡는 중에 부응옥란이 말을 잘랐다. 쓸데없는 소리 늘어
놓지 말고 할 얘기나 얼른 하지. 추워 죽겠구만. 김종환
은 살짝 기분이 상한 듯 눈을 껌벅이다 입을 열었다.

"어어, 미신 같은 거 안 믿는 타입? 그래그래, 그러니
까 사람이 둘이나 죽어나간 장소에 이렇게 겁도 없이 와
서 기다리지. 귀신도 안 무섭지?"

"글쎄요. 아직까진 사람 해치는 귀신을 실제로 본
적이 없네요. 대신 사람 해치는 사람은 자주 봤죠."

"오, 그래? 사람 안 해치는 귀신은 본 적 있고?"

대꾸해주면 계속 헛소리를 늘어놓을 기세어서 부응
옥란은 입을 다물었다. 콧김이 하얗게 뿜어져 나왔다. 김
종환은 눈썹을 올리고 대답을 기다리다 눈을 깜빡이며

고개를 옆으로 돌렸다. 잠시 침묵의 대치가 이어졌다. 윙 윙 소리를 내며 돌아가던 냉동창고의 냉각기 팬마저 멈추니 부담스러울 정도로 고요했다. 김종환이 지이익 발을 끌며 부응옥란에게 조금 가까이 왔다.

"영상을 봤다고?"

이제야 본격적인 대화가 시작되었다. 부응옥란은 고개를 끄덕이기에 앞서 자기도 모르게 침을 꼴깍 삼켰다.

"많이 놀랐겠네. 그치? 그냥 지인인데도 그러니 애비인 내가 봤을 때는 얼마나 놀랐겠어, 어? 누군들 자기 딸내미가 시체를 유기하는 영상을 보게 될 거라고 상상이나 해봤겠냐고. 불쌍한 우리 유정이, 남자 하나 잘못 만나서 별짓을 다 해보네, 정말."

김종환은 말을 멈추고 부응옥란의 표정을 살폈다. 그리고 눈을 크게 뜨고 손바닥을 뒤집으며 말을 이었다.

"아줌마, 설마 우리 유정이가 그 이위진인가 하는 애를 죽였다고 생각한 건 아니지? 그럴 리는 없잖아. 그냥 뒤처리만 떠맡은 거지. 영상에서도 보면 애가 바들바들 떨잖아."

"그러면 사장님은 여전히 이위진을 살해한 사람은…"

김종환이 인상을 팍 구기며 말을 끊었다.

"내가 처음부터 말했잖아. 당연히 소평이 그 새끼지. 정확하게 그날부터 자취를 감춘 걸 보면 몰라? 둘이 시비가 붙어서 죽여버렸겠지. 그러고서는 뒤처리를 순진한 유정이한테 맡기고 도망간 거야."

말은 된다. 너무나 그럴싸하다.

"유정이가 그렇게 얘기하던가요?"

김종환이 숨을 길게 내쉬며 한 발 뒤로 물러났다.

"사실 유정이한테 물어보지는 못했어. 애가 직접 얘기할 때까지 아는 척하지 않고 기다리려고 했지. 좋아하던 놈이 사람을 죽이고 내빼버린 데다가 자기는 시체를 유기했는데, 애비가 되어서 그걸 덮어주진 못할망정 따져 물을 수는 없잖아."

고난을 겪는 딸의 모습에 안타까워하는 아빠의 얼굴이었다. 그래도 짚고 넘어갈 것이 남아 있었다. 사건의 순서는 어딘가 어긋나 있었고, 부응옥란은 여전히 김유정의 행동이 이해되지 않았다.

"그런데 사장님은 죽은 관리인의 핸드폰을 어떻게 손에 넣으셨죠?"

김종환이 어디까지 진실을 말하는지, 혹은 거짓말을 하는지 확인하기 위해 부응옥란은 자기가 알고 있는 내용을 숨겼다. 관리인의 핸드폰에서 동영상만 본 게 아니었다.

"송 씨 그 자식…."

김종환이 이를 바드득 갈았다.

"애초에 내가 실수한 거였어. 그 영감탱이한테 보안 카메라를 맡기다니 고양이한테 생선을 맡긴 꼴이었지. 지금 와서 생각해보면 송 씨가 그날 밤에 유정이를 봤던 거 같애. 별로 도움되는 일도 안 하면서 아무 때나 쓸데없이 건물 주변을 어슬렁거리더니만. 그것도 모르고 아는 업체가 있다는 말에 속아서 그 능구렁이한테 홀랑 서버까지 갖다 바쳤어. 증거를 손에 넣은 놈이 다음으로 무슨 짓을 했는지 알아? 나를 협박했어. 유정이가 시체를 옮기는 영상이 있다며 돈을 요구하더라고. 나는 무슨 말도 안 되는 소리냐며 펄쩍 뛰었지. 당연하잖아. 그런 말을 믿을 수 있었겠어? 그런데 송 씨가 영상을 조금 잘라서 보낸 거야. 아줌마가 아까 본 영상 말이야. 와씨, 정말 얼마나 놀랐는지…."

부응옥란은 아까 김유정이 다른 데 정신이 팔린 사이에 관리인의 핸드폰에서 통화 목록을 확인했다. 거기엔 관리인이 승강기 통로에서 떨어져 죽기 직전인 월요일 늦은 밤에 김종환과 통화한 기록이 있었다. 관리인의 추락사와 관련해 김종환에겐 불리하게 작용할 내용이

기에 어떻게 나오는지 보려고 모르는 척 기다렸는데 그
는 사실대로 털어놓았다. 문자와 카톡은 모두 삭제되어
있었기에 확인할 길이 없었지만 어느 정도 신빙성은 있
었다.

"그래서 어떻게 하셨나요?"

"뭘 어떻게 해? 유정이가 살인을 저지른 건 아니지
만 어쨌든 시체 유기도 범죄인데 딸이 잡혀가게 그냥 놔둘
아빠가 어디 있겠어? 그러니 협박받고 있다고 신고할 수
도 없고 별수 없이 돈을 준비했지. 송 씨가 여기서 만나자
고 하더라고. 시체가 보관된 장소로 약속을 잡아 나를 확
실히 압박해서 딴생각을 못 하게 하려는 거였는지."

"그날 밤 여기서 관리인을 만나셨다고요?"

부응옥란의 목소리가 미세하게 떨렸다. 마침내 관
리인이 죽은 현장에 김종환이 함께 있었다는 결론에 도
달했다. 김종환의 뺨이 살짝 경련했다.

"무슨 생각 하는지 알아. 이럴까 봐 그날 얘기를 안
한 것도 있는데, 내가 그 자식을 죽였다고 의심하는 거
지? 절대 아니야. 내가 이렇게 험하게 살아도 엄연한 사
업가고 그딴 일에 말려들면 잃을 게 너무 많아. 나는 그냥
그 새끼가 원하는 돈을 주고 조용히 해결하려고 했어. 진
짜야. 그건… 그러니까… 사고였어. 어, 사고."

"사고요?"

"그렇다니까. 경찰도 이미 그렇게 결론 냈잖아. 승강기 작동 오류. 그 자식이 돈가방을 받고 신나서는 승강기가 제대로 왔는지 확인도 안 하고 허공으로 발을 디딘 거야. 나도 엄청 놀랐지. 바로 신고하려고 했는데 다시 생각해보니까 이거 누가 봐도 내가 범인으로 몰릴 상황이더라고. 나도 나지만, 조사가 이어지면 유정이도 걸릴 거 아냐. 그러니 어떡해? 그냥 집으로 갔지."

사정 설명을 하면서 자꾸 유정이 얘기를 하는 건 그편이 부응옥란의 공감을 끌어내기 쉽다고 생각해서였을 터였다. 하지만 부응옥란은 그리 호락호락하지 않았다.

"그러면 돈가방은요? 또 핸드폰은 어떻게 된 거예요?"

김종환의 얼굴이 잠깐 굳었다가 풀어졌다. 그는 담배를 꺼내 물고 불을 붙였다.

"그걸 그냥 둘 수는 없잖아. 비렁뱅이 노인네가 그런 큰돈을 어떻게 얻었나 수상할 거 아냐. 가방엔 내 지문이 묻었을 거고. 그래서 내가 1층에 내려가서 가방이랑 핸드폰을 챙긴 거야. 증거가 될 수 있으니까. 나도 알아. 사람이 죽었는데 시체 옆에서 우리 가족만 챙긴 것 같겠지. 하지만 백이면 백, 딸 가진 아빠라면 다 그럴걸."

또다시 딸 바보 아빠의 절박한 심정을 어필하는 김종환의 얘기를 들으며 부응옥란은 손가락을 빙글빙글 돌려 머리칼을 감았다. 김종환은 표정을 찡그리고 담배 연기를 내뿜으며 거짓말을 하고 있었다.

"관리인은 1층에 멈춘 승강기 위로 추락해 죽었어요. 그런데 1층에 내려가서 가방을 챙겼다고요? 승강기 위로 어떻게 올라갔어요? 그리고 핸드폰은 깨지거나 부딪친 흔적도 없고 피나 오물이 묻은 자국도 없이 깨끗했어요. 정말 그와 함께 떨어져 시체 옆에 있던 게 맞나요? 돈가방은 어떻게 처리했는지 확인시켜줄 수 있으세요?"

김종환은 부응옥란에게 시선을 고정한 채 담배를 깊이 빨아들였다. 그러곤 폐에 가득 머금은 니코틴이 몸 안에 흡수되길 기다리는 듯 그 상태로 잠시 멈추었다가 입과 코로 동시에 연기를 내뱉었다. 그는 뭔가를 말하려다가 멈칫하더니 다시 담배를 입에 물고 같은 동작을 반복했다. 그리고 사이에 담배를 끼운 두 손가락으로 부응옥란을 가리키고는 고개를 저으며 입을 열었다.

"아줌마는 궁금한 게 참 많네. 그 정도 말했으면 그냥 그런가 보다 하면 되지, 뭘 그렇게 꼬치꼬치 캐물어. 아줌마가 뭐 형사야? 돈 벌러 먼 나라까지 왔으면 조용히 돈이나 벌어."

김종환은 담배를 바닥에 버리고 발로 밟아 비볐다.

"지나간 것은 지나간 대로. 이 노래 몰라? 이미 지난 일들을 뭐 좋다고 자꾸 들쑤시는 거야? 그런다고 죽은 사람이 살아 돌아오는 것도 아니고, 애초에 아줌마가 걔네들이랑 아는 사이도 아니잖아. 왜 그러는 거야, 어?"

"무언 꼰 헌 콩."

부응옥란의 대답에 김종환이 인상을 구겼다.

"뭐? 뭐라는 거야? 그거 욕이지?"

"베트남 속담이에요. 늦는 것이 하지 않는 것보다 낫다. 늦었더라도 잘못된 일은 바로잡아야죠. 억울한 사람은 없는지, 자기 죄를 남에게 뒤집어씌운 사람은 없는지 확실하게 밝혀서요."

김종환이 고개를 숙여 찌부러진 담배꽁초를 보다가 그 자세로 눈만 치켜떴다.

"그동안 어디 시골에 살았다고? 아줌마가 도통 세상 무서운 줄 모르네."

냉동창고 냉각기 팬이 위이잉 가동되었다. 김종환의 눈썹 양 끝이 조금씩 위로 올라갔다. 부응옥란은 다리가 흔들리지 않게 발에 힘을 꼭 주었다. 그때 부응옥란의 핸드폰에서 벨소리가 울렸다. 김유정에게서 걸려 온 전화였다.

그 순간 김종환이 재빨리 손을 뻗어 부웅옥란이 손에 들었던 핸드폰을 낚아챘다. 그리고 주먹을 휘둘러 부웅옥란의 얼굴을 가격하더니 거의 하나의 동작처럼 배를 걸어찼다. 순식간에 벌어진 일이라 부웅옥란은 비명도 지르지 못한 채 차가운 시멘트 바닥에 쓰러지고 말았다. 따리리리리, 따리리리리. 김종환의 발길질이 이어지는 동안 핸드폰이 계속 기계음으로 노래했다.

김종환은 부웅옥란의 배에 올라타 목을 조르며 웃었다.

"감히 어디서 같잖게 탐정 행세야. 뒈질라고. 그래도 네 덕분에 내 얘기에 빈틈이 있는 걸 알게 됐네. 다음엔 더 잘할 수 있겠어. 돈가방 부분을 좀 고치면 돼. 아주 고맙다, 어?"

부웅옥란은 컥컥대며 사건의 진실을 깨달았다. 하지만 이걸 누군가에게 알릴 수 있을까. 의식이 작고 검은 점으로 쪼그라들었고 차갑게 얼어붙은 바닥의 단단함도 점차 느껴지지 않았다.

추락하는 탐욕

늦게까지 일한 직원들도 모두 퇴근한 대상축산 2층. 엥흐찐이 살다가 지금은 반년째 비어 있는 방과 냄새가 고약한 화장실 사이에는 조그만 방이 하나 있었다. 직원들이 탈의실로 사용하는 곳이라 오염된 작업복들이 아무렇게나 널브러져 있었다. 여기 있는 낡은 컴퓨터가 이 건물에 설치된 구식 보안 카메라의 영상이 저장되는 유일한 서버였다.

관리인 송 씨의 손이 파르르 떨렸다. 소주를 병째 들이켜도 흥분이 가시질 않았다. '이거 정말 로또나 다름없다!' 송 씨는 저장된 영상에서 원하는 부분을 잘라낸 다음 파일을 핸드폰으로 옮겼다. 지난여름에 날이면 날마다 골목에서 지린내가 진동하게 만드는 노상 방뇨범을 찾아내느라 보안 카메라 영상 조회와 저장하는 방법을 엥흐찐에게 배워두길 천만다행이었다.

대상축산 사장 김종환이 은밀한 말투로 억지스러운 핑계를 대며 보안 카메라 영상을 모두 삭제하라고 지시했을 때 송 씨가 떠올렸던 건 여자였다. 남들이 봐선 안 될 장면이 찍혔다는 의미라고 짐작했다. 김종환은 이혼 전부터 시장 안에 애인을 서넛 두고 있었지만, 요즘 가장 끈적한 사이는 하나 이모였다. 두 사람의 관계는 공공연한 비밀이었기에 단순히 둘이 함께 있는 장면을 걱정할 리는 없었다. 다른 종류일 것이었다. 엥흐찐에게 사장이 자꾸 추근댄다는 불평을 들은 적도 있었다.

"틀림없이 아무도 없는 사무실에서 하나 이모 그 여자랑, <u>으흐흐흐</u>…."

하지만 사무실에 설치된 보안 카메라는 방향이 돌아가 벽면만 비추고 있었다. 도도한 표정으로 자기를 멸시하던 하나 이모가 벌거벗고 낯 뜨거운 짓을 하는 영상을 기대하던 송 씨는 크게 실망했다. 일요일 밤 영상부터 빠르게 역재생하며 확인하니 토요일 밤에 김종환이 카메라를 만지는 모습이 찍혀 있었다.

"에이씨, 다 삭제하라길래 대단한 거라도 찍힌 줄 알았더니 이게 뭐야."

송 씨가 담배에 불을 붙였다. 영상은 다시 순방향으

로 빠르게 재생되기 시작했다. 컴퓨터 책상 아래에서 큼지막한 쥐 한 마리가 느긋하게 나오다가 송 씨가 발을 구르자 후다닥 달아났다.

"거, 쥐 새끼 한번 더럽게 크네. 추운데 빨리 처리하고 집에나 가야겠다."

그때 모니터 분할 화면에 이상한 게 보였다. 사무실이 아니라 골목으로 나가는 옆문 쪽 영상이었다. 사장 딸내미 김유정이 자기보다도 무거워 보이는 큼지막한 자루를 끌어내 손수레에 실었다. 그러더니 낑낑대며 화물 승강기에 싣는 게 아닌가.

"쟤가 야심한 밤에 혼자 뭘 옮기는 거야?"

너무나도 수상했다. 확인해볼 필요가 있었다. 송 씨는 3층으로 올라갔다. 냉동창고 열쇠야 늘 문 앞에 걸려 있으니 어려운 일도 아니었다.

냉동창고 문을 열고 들어가서 문제의 자루를 찾았다. 다른 자루들과 섞여 있었지만 유독 표면에 성에 하나 없이 깨끗한 것이 눈에 띄었다. 자루 입구를 묶은 끈을 풀어 안을 들여다본 송 씨는 기겁하며 엉덩방아를 찧었다. 자루 안에는 사람 하나가 웅크린 자세로 꽁꽁 얼어붙어 있었다. 시장에서 몇 번 본 적 있는 남자였다.

"이, 이게 뭐야? 사장 딸내미가 사람을 죽인 거야?

그래서 사장이 보안 카메라 영상을 다 삭제하라고 한 거
였어?"

송 씨는 자루를 다시 묶어놓고 2층으로 돌아갔다.
충격이 가시고 흥분이 찾아왔다. 방바닥에 널브러진 옷
더미 아래 직원들이 꿍쳐놨던 소주를 까서 병나발을 불
었다. 김유정이 야심한 밤에 사무실 옆문으로 수상한 자
루를 꺼내 화물 승강기에 싣는 영상을 3분 정도 잘라서
핸드폰에 저장했다. 그리고 서버를 초기화했다. 당첨 복
권을 누군가 다른 사람이 또 줍는 위험을 남길 순 없었다.

"딸이라면 끔뻑 죽는 사장이 치명적인 약점을 붙잡
혀버렸네. 딸이 살인자라는 엄청난 사실을 덮으려면 그
만한 대가를 치러야지. 가게 앞 청소하는 것처럼 그렇게
시키고 지나갈 일은 아니지, 아무렴."

시간을 끌 필요도 없었다. 송 씨는 벌써 머릿속으로
어디 지방에 내려가서 남은 인생을 편히 살아갈 계획을
세우고 있었다. 당장 김종환에게 전화를 걸었다.

"여보세요."

발신인을 확인한 듯 김종환은 그 짧은 말에서조차
귀찮아하는 기색을 드러냈다.

"아이고오, 사장니임."

"예, 왜요?"

"지금 바쁘십니까?"

"빨리 용건이나 말해. 이 시간에 뭔 일이야?"

또, 또! 열 살도 더 많은 형님한테 반말이지. 상황이 바뀌자 송 씨 마음속에서 외면하고 있던 감정이 스멀스멀 고개를 들었다. 하지만 지금 그 마음을 꺼내 보이는 건 시기상조라는 것을 송 씨 본인도 잘 알고 있었다.

"아무리 바쁘셔도 잠깐 좀 오셔야겠습니다. 그게 말입니다. 제가 보안 카메라 영상을 삭제하려다 본의 아니게 토요일 밤에 있었던 일을 봐버렸어요."

김종환은 대꾸가 없었다.

우리 사장님 많이 놀라셨나 보네. 내가 그 영상을 볼 수 있다는 생각은 하지도 못했지? 시키는 일만 하는 늙은이라고 생각했는데, 예상치 못하게 일이 꼬였다 싶으냐? 송 씨는 속내를 얌전히 숨기며 말을 이어갔다.

"사장님? 듣고 계세요?"

"…예에."

김종환의 목소리가 한결 부드러워졌다. 거봐, 얼마나 듣기 좋아. 송 씨의 입꼬리가 슬머시 올라갔다.

"이게 뭐 전화로 할 얘기는 아닌 거 같아요. 그렇죠?"

"그래서 어디로 가면 됩니까?"

아직 말투가 덜 고분고분한 걸 보니 김종환이 자기

입장을 다 깨닫지 못한 것 같았다. 송 씨는 확실한 증거를 잡고 있다는 걸 알리리라 결심했다.

"3층 냉동창고에서 기다리겠습니다."

"냉… 동창고?"

김종환이 당황한 듯 말을 더듬었다. 냉동창고. 이 네 글자만으로 김종환이 제 처지를 분명히 깨달았으리라. 이제 네 처지를 분명히 알았겠지, 후후후. 송 씨는 방에서 나와 화장실의 누런 소변기에 오줌을 갈겼다. 이미 지저분하고 지독한 냄새가 나는 변기라 물을 내릴 필요성도 느끼지 못했다. 계단을 올라 3층의 어두운 복도를 걸으면서 김종환에게 얼마를 요구해야 밀당 없이 돈을 빠르게 받아낼 수 있을지를 고민했다. 술기운이 살짝 올라와선지, 그냥 기분이 좋아선지 발걸음이 차차차 스텝을 밟았다.

흥정을 쉽게 진행하기 위해 냉동창고 자물쇠는 미리 열어두었다. 화물 승강기를 타고 올라올 줄 알았던 김종환은 어째선지 계단을 통해 올라왔다.

"그래서 원하는 게 뭡니까?"

김종환이 단도직입적으로 물었다.

"우리 사장님, 역시 시원시원하시네! 저야 자식이 없어서 몰랐는데, 아빠들은 다 딸 바보라더니 틀린 소린 아닌가 봅니다.”

김종환이 무슨 말인지 모르겠다는 듯이 머리를 옆으로 기울였다. 험한 인상이 일그러져 더 고약해 보였다.

“거 쌍스러운 주둥아리 관리 좀 합시다. 어디서 내 딸을 입에 올려?”

그러자 송 씨가 미간을 찌푸렸다. 이게 다 네 딸 덕분에 생긴 일인데 그럼 누구를 입에 올리지? 여기까지 한달음에 달려와놓고 설마 잡아떼겠다는 생각은 아니겠지? 아, 숨기고 싶으시다? 그럼 공손하게 부탁을 할 일이지. 가만있자. 그러면 뭐라고 부르나….

“어, 그래. 로또라고 합시다. 오케이?”

“로또? 이 영감탱이가 진짜…. 계속 헛소리만 늘어놓을 거야? 술을 얼마나 처마신 거야, 썅?”

“왜요?”

송 씨가 문이 열린 냉동창고 안을 가리키며 말을 이었다.

“저 정도면 로또 맞지. 흐흐흐.”

그런데 김종환은 송 씨의 손가락 끝에 시체가 담긴 자루가 있는 줄 모르는 듯 냉동창고 내부를 두리번거리다가 벌컥 짜증을 부렸다.

“전기세 아깝게 문은 활짝 열어놓고 지랄이야? 자

꾸 봉창 두드리지 말고 확실하게 말해. 내 성질 긁어서 좋을 일 없는 거 몰라?”

“아이고, 무서워라!”

“이 새끼가 진짜 겁대가리를 상실했나?”

김종환이 이를 갈며 눈을 부라리고 윽박질러도 송 씨는 두렵기는커녕 이죽거리는 웃음만 나왔다. 궁지에 몰린 주제에 으르렁대는 김종환이 우스웠다. 알았다, 알았어. 긴말하지 않으마. 그는 흐잇차, 기합을 넣으며 냉동창고 문을 옆으로 밀어 닫고는 말했다.

“10억.”

“뭐? 이 미친 새끼가⋯!”

김종환이 언성을 높였다. 송 씨는 능글맞게 웃으며 낮은 목소리로 나무랐다.

“에이, 그 정도는 쓰셔야지. 자그마치 살인죈데. 사장님한테 크게 무리 가지 않는 금액으로 책정했잖아요.”

김종환이 입을 다물었다. 긍정의 시그널이었다. 저 문 너머에 시체가 있으니 송 씨의 협박을 받아들이지 않으면 어쩔 도리가 없었다. 할 말은 다 했다고 여긴 송 씨가 버튼을 눌러 화물 승강기를 호출했다.

“오래는 못 기다립니다. 햐아, 영화에서나 보던 대사를 내가 다 해보네.”

승강기 문이 위쪽으로 열리기 시작했다. 송 씨가 핸드폰을 꺼내 흔들었다.

"영상은 완전히 삭제했으니까 걱정하지 마세요. 하지만 내 폰엔 남아 있다는 거."

그사이 승강기 문이 완전히 열렸는데 너머엔 깜깜한 허공만 있었다. 고물 승강기가 1층에 멈춘 채로 문만 열린 것이었다.

"이것도 좀 고치셔. 돈도 많으시면서, 어? 본인은 쓸 일 없다고 내버려두시면 됩니까? 직원들 힘들어요."

마지막이라고 생각하니 그동안 못 했던 충고까지 고개를 드밀었다. 아마 김종환이 평소 같았으면 주제넘는 소리 하지 말라고 호통을 쳤을 것이다. 그때였다.

"어억?"

김종환이 핸드폰을 낚아채는 동시에 송 씨를 밀쳤다. 균형을 잃은 송 씨는 멀어지는 김종환의 얼굴에 의아해졌다.

내가 떨어지는 중인가?

차갑고 단단한 기계 장치들이 그를 기다렸다.

철푸덕.

드러나지 않은

부웅옥란은 조금씩 의식이 돌아오며 지독한 한기를 느꼈다. 온몸의 세포가 통증에 사로잡혀 비명을 질러 댔지만 실제로는 소리를 낼 수도, 손가락 하나 꼼짝할 수도 없었다. 어떻게 된 거였더라. 그래, 김종환에게 두들겨 맞았지. 안간힘을 쓰다 겨우 눈을 떴다. 칠흑 같은 어둠에 아무것도 보이지 않았다. 냉동창고 앞이었지. 눈을 천천히 깜빡였다. 여전히 캄캄했다. 조명이 나갔나.

눈앞에 손을 펼쳐보려 했는데 팔을 움직일 수가 없었다. 묶여 있는 걸까. 부러진 걸까. 천천히 감각에 집중해 몸 상태를 확인했다. 팔꿈치가 옆구리에 닿아 있었고, 무릎 역시 가까이 있었다. 뻣뻣하게 굳은 손가락을 간신히 움직이니 턱이 만져졌다. 팔과 다리를 펴보려 했는데 무언가에 가로막혔다. 부웅옥란은 웅크린 자세로 꼼짝

할 수 없이 싸인 상태였다. 손가락의 감촉으로 짐작건대 종이 상자에 갇힌 것 같았다. 냉동창고 앞이 아니었다. 냉각기 팬이 요란하게 돌아가는 냉동창고 안이었다.

나래야, 엄마 큰일 났어. 미안. 방심했어. 김종환이 이렇게까지 나올 줄은 몰랐어.

절망적인 상황에 당연히 겁이 나고 무서웠지만, 부응옥란은 패닉 상태에 빠지지 않으려고 정신을 다잡았다. 이럴 때일수록 침착해야 해. 산소가 부족할지 모르니 숨도 몰아쉬지 말아야 했다. 그러자 머릿속으로 정리되는 것들이 있었다.

관리인의 죽음에 김종환이 결정적인 행위를 한 것은 다시 생각해봐도 분명했다. 그리고 관리인을 만나기 전 협박받는 과정에서나 관리인이 죽고 난 뒤에도 김종환은 김유정에게 자루에 대해 아무 얘기도 하지 않았다. 딸의 마음을 보호하기 위해서라고 하기엔 석연치 않은 구석이 있었다. 아무리 딸 바보라 해도 김종환 성격상 이런 경우에는 딸에게 침묵하기보다 오히려 크게 꾸짖으며 사실 관계를 정확히 확인하고 입단속할 것 같았다. 그렇다면 진짜 이유는… 순간 부응옥란의 눈빛이 또렷해졌다. 관리인이 확보했다던 영상을 김종환이 사전에 보지 않았다면? 본인도 숨기고 싶은 게 있는 입장이라면,

그렇다면 자기가 나오는 영상을 가졌다고 오해하기 충분하지 않을까? 그 말인즉슨, 김종환이 협박받을 만한 행위를 했다는 뜻이겠지.

냉각기 팬이 멈추고 무거운 정적이 찾아왔다. 내부 온도가 충분히 내려갔다는 의미였다.

김유정이 이위진의 시체를 냉동창고에 옮겨둔 것은 틀림없는 사실이었다. 하지만 영상이 남아 있는 줄은 모르는 것 같았다. 송 씨의 핸드폰 영상을 볼 때 화들짝 놀라지 않았는가. 김유정은 그 사실을 숨기려 하지 않고 오히려 부응옥란을 냉동창고로 데려갔다. 그리고 숨겨둔 자루를 직접 풀어 이위진의 시체를 공개했다. 왜?

영상의 내용을 보면 이위진이 살해당한 장소는 대상축산 내부였다. 그날은 일이 없는 토요일 저녁이라 아무도 출근하지 않았고, 문소평만 가게로 이동 중이었다. 가게에서 시체가 발견되면 당연히 문소평이 의심받을 상황이었다. 실제로 냉동창고에서 시체가 발견되었을 때 모두가 그를 용의자로 지목했으니까. 이주 노동자인 문소평에겐 정당한 항변의 기회가 주어지지도 않았을 것이고, 살인 누명을 벗는다 해도 강제 추방의 처벌이 가해질 수 있었다. 이런 이유로 김유정이 벌벌 떨면서도 이위진의 시체를 감췄을 가능성이 높았다.

부응옥란은 찬찬히 영상의 내용과 김유정의 말들을 곱씹었다. 토요일 저녁에 아무도 없는 가게로 문소평을 보낸 사람은 누구였지? 김유정은 그날 약속이 취소되어서 문소평과 데이트하려고 가게 앞에서 만나기로 했다고 했어. 김종환이 문소평에게 뭔가 일을 시켜서라고.

모든 게 맞아떨어졌다. 김종환이 시체가 있는 장소에 문소평을 보냈다. 그런데 그곳에 먼저 도착한 김유정이 시체를 발견하고 문소평을 보호하기 위해 현장을 정리했다. 그 장면이 담긴 영상을 본 관리인이 김종환을 협박했는데, 김종환은 협박의 내용을 오해하고 관리인을 살해했거나 추락 사고를 보고도 죽음에 이르도록 방치했다. 그럼 김종환은 어떤 협박으로 오해한 걸까. 부응옥란은 문득 차 안에 타고 있던 하나 이모의 얼굴이 떠올랐지만, 그 주제는 협박이 되기에 부족했다. 이혼한 사람이 연애하는 게 협박 껀덕지가 될 정도로 대단한 비밀도 아닐 뿐더러, 만에 하나 남사스런 장면이 보안 카메라에 찍혔다 한들 관리인을 살해할 목적으로는 충분하지 못했다. 그러니 부응옥란이 추측하건대 남은 경우의 수는 하나, 김종환이 이위진을 살해했고 그 증거로 관리인에게 협박받았을 가능성이 높아 보였다. 관리인에게 보안 카메라의 교체를 지시한 일도 애초에 김유정 때문이 아니라 자기가 나온 부분을 제거하기 위함이었을 것이다. 시키는 대로 잡일이나 하는 하찮은 노인네가 영상 내용을 확인하리라고는 상상도 못 했기에.

부응옥란은 등허리에 대못이 박힌 것처럼 끔찍한 통증이 느껴졌다. 그리고 온몸의 피부가 타는 듯이 뜨겁다가 점차 감각이 무뎌졌다. 몸이 부서져 사라지고 머리만 남은 기분이었다. 그나마 돌아왔던 의식도 폐와 심장이 느려지며 조금씩 희미해졌다. 부응옥란은 그 와중에도 눈을 감고 있는 편이 눈꺼풀로 안구를 보호하는 방법일까를 고민했다. 지금 잠들면 이대로 못 깨어나겠지. 나래한테 혼나겠네. 하필이면 유정이에게 모진 말을 퍼붓고 헤어지자마자 이런 일이 생길 건 뭐람.

그때 멀리에서 뭔가를 쾅쾅 두드리는 듯한 소리가 들렸다. 곧이어 금속성 마찰음이 들려왔다. 멈췄던 냉각기 팬이 다시 돌아가나. 여기서 온도가 더 내려가면 이젠 버티기 어렵겠지. 꺼져가는 의식 속에 어렴풋이 여자 목소리가 들렸다. 하지만 부응옥란은 당장 그게 무슨 의미인지 생각할 기력도 없었다. 목소리가 다시 들렸다. 이번엔 조금 더 크게.

"치란!"

나를 부르는 소리구나. 누굴까.

“치란!”

목소리가 가까워졌다. 유정이구나.

부스럭거리는 소리가 들렸다. 김유정이 냉동되어 쌓여 있는 무더기를 헤집는 모양이었다. 소리는 멈추었다가 조금 멀리에서 다시 들렸다. 유정아, 나 여깄어. 어떻게든 신호를 보내야 하는데 목소리가 나오지 않았다. 절박한 심정을 몸이 따라주지 않았다. 희망이 손에 닿지 않았다. 오직 어둠과 냉기뿐이었다.

그때 몸이 흔들렸다. 부응옥란이 웅크린 채 갇혀 있는 상자를 누군가 밖에서 움직였다. 정신이 번쩍 들었다. 부응옥란은 남은 힘을 모두 쥐어짜 김유정의 이름을 외치고 도움을 요청하려 했다.

“으…….”

마침 냉각기 팬이 멈추고 창고 안이 조용해졌다.

“치란!”

김유정이 외쳤다. 상자가 마구 흔들렸다. 테이프가 떨어지는 소리가 들렸다.

“치란! 조금만 참아요!”

부응옥란은 응급실 커튼이 둘러진 침대에서 눈을 떴다. 따뜻하고 밝았다. 조용하고 포근했다. 침대 곁엔 포도

당 수액이 걸려 있었고, 투명한 관이 팔로 이어졌다. 눈을 옆으로 굴리니 왼쪽 뺨이 시야에 들어올 정도로 퉁퉁 부어올라 있었다. 온몸이 욱신거려 신음이 흘러나왔다.

"치란! 깼어요?"

김유정이 큰 소리로 반겼다.

"으… 어지러우니까 목소리 좀 줄여."

"죄송해요."

고개를 돌리니 시무룩한 김유정이 보였다. 부응옥란이 피식 웃음을 흘렸다.

"네 덕분에 살았는데 뭘 또 그렇게까지 죄송하니?"

"아니에요. 그래도 다행히 빨리 찾아서 조금 휴식만 취하면 괜찮을 거래요. 타박상은 완전히 나으려면 시간이 약간 걸리긴 하겠지만요."

동상이나 골절은 없다는 뜻이었다. 의사는 조금이라도 늦었으면 영구적인 손상이 남았을 수도 있다고 했지만, 김유정은 자기의 공을 내세울 생각이 없었다.

"여기 치란 핸드폰요. 전원이 꺼져 있더라고요."

김종환이 관리인의 핸드폰을 보관해두었다가 문제가 생겼기 때문에 이번엔 전원만 꺼서 부응옥란과 함께 상자에 담은 모양이었다. 대부분의 범죄자가 겁이 많고 생각은 짧아서 깔끔한 해결책을 고안해내지 못한다. 사실 완벽한 계획에 따른 치밀한 범죄 따위는 픽션에서나 가능하다.

"고마워. 근데 어떻게 알고 찾으러 온 거야?"

"민수 삼촌요. 치란을 가게 근처에서 봤는데 알고 있냐며 전화했더라고요. 혼자 누구를 만난다는데 살짝 걱정된다면서요."

의외의 이름에 부응옥란이 눈을 동그랗게 떴다.

"민수 삼촌이?"

"네."

걱정이 된다고 했다라…. 마장동에 온 지 채 일주일도 안 된 부응옥란이 가게에서 만나기로 한 사람이 누구인지 얘기하지 않아도 충분히 짐작할 수는 있었을 거다. 가장 가능성이 높은 김유정에게 전화해서 확인한 모양이었다. 약속 상대가 김유정이 아니라니까 걱정이 된다고 말했다는 건데 부응옥란이 김종환을 만나면 걱정할 상황이 발생할 거라 예상했다는 의미일까.

김종환의 발치에서 누구보다 가까이 그를 지켜봤던 민수 삼촌이 무언가 알고 있는 걸까. 그저 부응옥란이 가게로 갔을 뿐인데, 김유정에게 전화까지 걸어 그녀가 누굴 만나는지 확인했다는 건 그저 꺼림직한 지레짐작 수준이 아님을 의미했다. 과거에 김종환이 저질렀던 어떤 행위. 폭압적인 사장의 위계에 짓눌려 보고도 못 본 척할 수밖에 없었던 일이 있었던 게 틀림없었다.

부응옥란은 찬찬히 그간 모아온 퍼즐 조각을 맞췄다. 민수 삼촌이 알고 있는 게 무엇일까. 부응옥란의 예측대로 김종환이 이위진 혹은 송 씨를 살해했고 민수 삼촌이 그 사실을 알고 있는 걸까. 그럴 수도 있었다. 하지만 부응옥란의 머릿속에서는 다른 퍼즐 조각이 떠올랐다. 지난번 모차르트 미장원에서 들은 말이었다. 어르신들은 대뜸 김종환이 애인 삼으려 들지 모르니 몸 간수 잘하라고 경고했었다. 혹시 민수 삼촌도 같은 생각을 했던 것은 아니었을까. 만약 그렇다면 부응옥란은 자신이 직접 겪었던 상황과 연결해서 짐작되는 부분이 있었다.

"죄송해요, 저 때문에 이런 일까지 당하시고…."

김유정의 울먹이는 소리에 부응옥란이 상체를 일으켰다. 어디라고 할 것 없이 안 아픈 데가 없어서 오만상이 절로 지어졌다.

"아앗, 일어나지 마세요. 절대 안정을 취하셔야 해요."

부응옥란은 하늘색 담요를 걷어내고 자신의 옷차림을 살폈다.

"에이, 이게 뭐야? 환자복을 입혔어야지. 이래선 마

음껏 아픈 척도 못 하겠다.”

부웅옥란이 농담으로 김유정을 달랬다. 웃음이 터진 김유정의 뺨에 눈물이 주르륵 흘렀다. 부웅옥란이 그녀의 뺨을 향해 손을 내밀었다. 김유정은 부웅옥란이 손등으로 눈물을 닦아주려 한다고 생각하며 눈을 꼭 감아 눈물을 짜냈다. 그런데 부웅옥란은 마지막 순간에 손목을 꺾더니 엄지와 검지로 김유정의 볼을 꼬집었다.

“아….”

“요 녀석!”

부웅옥란이 꼬집은 손을 옆으로 당겨 김유정의 뺨을 쭉 늘이며 말했다.

“넌 좀 혼나야 해.”

볼을 꼬집혀 놀랐던 김유정의 동그란 눈에 또다시 눈물이 차올랐다.

“죄… 죄송해요.”

화난 표정을 짓던 부웅옥란의 얼굴이 풀어지며 피식 웃음이 새어 나왔다.

“됐다. 너로서는 그게 최선이었겠지.”

그러는 와중에 응급실 입구 쪽에서는 고성이 들려왔다. 혀가 꼬인 발음으로 횡설수설하는 소리로 짐작건대 술에 취한 노인이 다쳐서 실려 들어온 모양이었다. 비협조적인 환자를 통제하려는 의료진의 난감한 시도가 이어졌다.

소란한 가운데 고개를 푹 숙인 김유정의 어깨가 조용히 들썩였다. 하늘색 담요에 진청의 눈물방울이 점점이 떨어졌다. 부응옥란이 한쪽으로 비켜 앉아 손바닥으로 침대를 가볍게 토닥였다. 하지만 김유정은 눈물이 앞을 가려 그 손을 보지 못했고 입구 쪽의 소란 때문에 소리를 듣지도 못했다.

"이리 앉아."

김유정은 시키는 대로 침대에 앉아 불규칙한 숨을 고르며 조금씩 감정을 추슬렀다. 두 손을 무릎 위에 올리고 손가락이 하얘지도록 힘을 주어 주먹을 쥐었다. 주정뱅이 노인은 그새 진정이 좀 된 건지 응급실 안 소란이 한결 잠잠해졌다.

"마음고생 많았지?"

"…."

"아무리 그래도 혼자 시체를 옮길 생각을 하다니 너 정말 강심장이다. 나라면 못 그랬을 것 같아."

김유정은 조용히 훌쩍이며 대꾸가 없었다.

"많이 놀라고 무서웠을 텐데 빠르게 판단하고 용감하게 잘해주었어. 가장 가까이 있던 사람이 의심스러운

302

상황에서 누굴 믿어야 할지도 몰랐을 거 아냐. 나를 찾아온 건 탁월한 선택이었어."

"…"

"그나저나 문소평 씨는 안전한 곳에 있는 거야?"

"알고… 계셨어요?"

"처음엔 몰랐지. 사라진 애인을 찾아달라는 네 말을 믿었으니까. 근데 아까 상자 안에서 생각해보니까 너는 처음부터 문소평 씨를 찾으려는 게 아니라, 이위진을 살해한 범인이 누군지를 알아내려는 거였더라. 문소평 씨가 무턱대고 의심받을까 봐 사건의 진상이 밝혀질 때까지 숨어 지내라고 시킨 거 맞지? 편견 없이 여러 상황을 살펴보라고 나에게까지 비밀로 했던 거고 말이야. 힘들었을 텐데 내가 네 마음을 헤아리지 못하고 철모르는 어린애라고만 여겼어. 이렇게 똑똑하고 용감한 사람인데…. 내가 미안해."

"으아앙!"

김유정은 훌쩍임이 잦아들다가 부응옥란의 사과에 다시 울음이 터져버렸다. 결국 큰 소리로 엉엉 울며 엄마에게 칭얼대는 아이처럼 부응옥란의 어깨에 얼굴을 파묻었다. 마음을 털어놓을 상대도 없이 많이 외롭고 답답했겠지. 이주 여성도 아니고 부잣집 딸인데 처지는 크게 다르지 않구나. 부응옥란이 김유정의 머리를 다정하게 쓰다듬었다. 그간 억눌렀던 감정을 충분히 쏟아내도록 시간을 주었다.

김유정은 애초에 자기가 직접 시체를 냉동창고에 숨기고 문소평을 멀리 피신시켰다. 그리고 실종된 애인을 찾아달라며 부응옥란을 데려왔다. 부응옥란은 자기를 감쪽같이 속여 넘긴 게 괘씸했고, 평소 눈치 빠르기로는 누구에게도 뒤처지지 않는다고 믿던 자존심에 큰 상처를 입기도 했지만 김유정의 선택이 옳았음을 누구보다 잘 알았다. 그저 눈앞에 보이는 단편적인 사실들만으로 사건의 진정한 본질은 묻히며, 손쉽게 주변의 이주 노동자가 범인으로 지목되는 전개 과정을 너무나 여러 번 경험했으니까. 만약 김유정이 아니었더라면 문소평은 제대로 된 변호의 기회도 얻지 못한 채 이위진을 살해한 범인으로 몰렸을 가능성이 컸다. 자극적인 기사로 여론의 뭇매를 맞고 처벌을 피하기도 쉽지 않았을 것이다.

"응급실에서 그렇게 크게 울면 어떡하니? 다들 큰일 난 줄 알겠다. 의사 선생님도 놀라서 뛰어오려는 걸 내가 말렸어."

겨우 울음을 그친 김유정에게 부응옥란이 미간을 찌푸리며 말했다. 김유정은 눈이 동그래져서 주변을 살

펐다. 아닌 게 아니라 응급실에 있는 환자들과 보호자들
의 시선이 그들을 향하고 있었다.

"사람 창피해서 더는 못 있겠다. 간호사 선생님 불
러서 이 링거 좀 빼달라 해. 얼른 가자."

"안 돼요! 이 몸으로 가긴 어딜 가요? 절대 안정을…."

부응옥란의 장난스러운 말에 김유정은 펄쩍 뛰었지
만, 부응옥란의 얼굴을 보고는 말을 멈추었다. 말은 그렇
게 했어도 진지한 표정이었다.

"지금 가야 해. 마무리 지어야지."

두 사람은 다시 시장으로, 대상축산 3층으로 향했
다. 부응옥란의 왼쪽 광대는 보라색으로 부었고 움직일
때마다 복부와 옆구리에 묵직한 통증이 느껴졌다. 끔찍
하게 폭행당했던 현장으로 돌아가는 게 꺼려질 만도 했
지만 주저할 여유가 없었다. 상황이 바뀌기 전에 끝을 봐
야 한다는 생각뿐이었다. 그때 조금만 더 서둘렀더라면,
하는 후회는 질색이니까. 시간은 절대 약자의 편이 아니
니까. 나중으로 미룰수록 유리한 자들이 주장하는 지연
된 정의 따위는 믿지 않으니까.

냉동창고 앞에 도착해보니 자물쇠 고리가 부서져
있었다. 벽면에 늘 걸려 있던 열쇠는 보이지 않았다. 그

제야 김유정의 손에 붙은 반창고가 눈에 들어왔다. 냉동창고 안에서 부응옥란이 어렴풋이 들었던 쾅쾅 두드리는 소리는 김유정이 소화기로 자물쇠를 부수는 소리였던 모양이다.

"치란, 여긴 왜 다시…. 뭐 두고 갔어요?"

김유정의 질문에 부응옥란이 냉동창고 문 너머의 모습이 보이기라도 하는 듯 시선을 고정한 채 대답했다.

"과거의 나."

"예? 그게 무슨 말이에요?"

"사람이 어떤 평범하지 않은 일을 큰 망설임 없이 능숙하게 할 수 있는 건 대부분 경험이 있기 때문이야. 나와 비슷한 일을 당한 사람이 있었어. 찾아야 해."

부응옥란이 이를 악물고 냉동창고 문고리를 옆으로 밀었다. 요란한 소리를 내며 미끄러진 철문이 끝에서 철컹 부딪혔다. 창고 내부에는 냉동된 내장이 무너져 흐트러져 있었고, 부응옥란이 들어 있던 커다란 종이 상자는 박스 테이프가 마구 뜯어진 채 아까의 다급한 상황을 여실히 보여줬다.

"비슷한 일을 당한 사람요?"

"응. 너도 아는 사람이야."

이제 부응옥란은 미심쩍은 상자를 구분할 수 있을

것 같았다. 종이 상자 대부분은 수입해 온 재료들이 담겨 있었고, 미개봉 상태라 본드로 접착된 채 닫혀 있었다. 그런 박스들이 냉동창고에 수북이 쌓인 가운데, 운반 중에 뜯어졌거나 한 번 열었던 상자들은 부응옥란이 들어 있었던 것처럼 박스 테이프로 싸매져 있었다. 개봉 흔적이 있는 상자들만 열어 확인하고 옮기다 보니 안쪽 깊숙한 곳에서 수상하리만치 테이프를 꽁꽁 싸맨 상자가 드러났다. 머릿속에 막연히 생각했던 이미지가 마침내 눈앞에 나타난 것이다. 과연 부응옥란을 구해냈던 상자와 비슷했다. 김유정은 땀이 식으며 손이 덜덜 떨렸다.

두 사람은 상자를 공간이 넉넉한 가운데로 옮겼다. 30킬로 규격의 수입 상자들에 비해 훨씬 무거웠다. 숨을 몰아쉬며 둘은 한참 말이 없었다. 겹겹이 박스 테이프를 두른 상자를 내려다보기만 했다. 하지만 상자가 스스로 문제를 해결할 수는 없다. 피해자의 한을 풀고 같은 일이 더는 반복되지 않게 하는 일은 남은 사람의 몫이다. 아무리 사회적으로 힘이 없는 사람이라고 할지라도 박스 테이프, 종이 상자, 냉동창고 정도로는 지워버릴 수 없다는 걸 만천하에 알려야 한다.

부응옥란과 김유정은 서로의 눈을 바라보며 마음을 다잡고 박스 테이프를 뜯어내기 시작했다. 접착면이 요란하게 떨어지는 소리가 마치 오랜 세월 틀어 막혔던 입에서 터져 나오는 비명 같았다. 두 사람은 상자 안에서 기다리는 게 무엇인지 알고 있었지만 공포심은 전혀 느껴지지 않았다. 가슴 아픈 연민뿐이었다.

마침내 상자가 열리고 사지가 구겨진 채 담긴 젊은 여자가 드러났다. 하얀색 반소매 티셔츠만 입은 참혹한 모습에 심장이 시려왔다. 폭행당한 흔적이 역력한 얼굴은 하얗게 성에가 끼지 않았더라도 알아보기 힘들 정도였지만, 부응옥란은 상자를 열기 전부터 누군지 짐작하고 있었다.

"이름이 엥흐찐이랬나?"

"네…."

김유정은 상자를 찾고 뜯는 동안 마음의 준비를 충분히 했음에도 적잖이 충격을 받은 얼굴이었다. 가깝게 지내던 사람이 끔찍한 모습으로 냉동된 모습을 그저 머릿속으로 상상하는 것과 직접 눈으로 보는 것은 전혀 다른 문제였으므로. 그럼에도 김유정은 눈을 감거나 고개를 돌려 외면하지 않고 현실을 처절하게 직시했다. 지켜주지 못했으니 제대로 용서라도 빌어야 하지 않겠나.

"이제 경찰에 신고해."

부응옥란의 말에도 김유정은 시체에서 한참이나 눈

을 떼지 못했다.

"잠깐만요."

자세히 살펴보니 엥흐찐의 오른손 검지 손톱이 검게 물들어 있었다. 살인범에게 저항하다 상대를 긁은 것이라면 DNA로 범인을 잡을 수 있겠지만 그런 것치곤 피가 지나치게 많이 묻었다. 단순히 싸우다 긁은 수준이 아니라 상처를 후벼 판 것 같았다.

엥흐찐의 왼팔 팔꿈치 아래에서 손목까지 드문드문 까맣게 번진 자국이 있었다. 김유정이 조심스럽게 팔을 문질러 얼어붙은 성에를 벗겨냈다.

"세상에…."

팔에는 손톱으로 긁어 새긴 글자들이 적혀 있었다.

"이게 뭐죠? 3axNpan? 세 개의 도끼와 팬?"

"팬이라… 냉동창고의 팬일까?"

"아뇨. 엥흐찐 언니는 영어도 잘했어요. p와 f를 혼동할 리가 없어요."

"어쨌든 당장은 이 다잉 메시지가 무슨 뜻인지 정확히는 모르지만 하나는 확실해."

부응옥란이 침통한 얼굴로 말을 이었다.

"엥흐찐은 상자에 담겼을 때 살아 있었어."

김유정이 두 손으로 얼굴을 감쌌다. 부응옥란이 줄

곧 말을 아꼈지만 김유정도 이미 분명히 알고 있었다. 도 저히 인간이 벌인 짓이라곤 상상할 수도 없는 끔찍한 범행을 저지른 자가 누구인지. 엥흐찐이 여기에 이렇게 냉동되어 있는 동안 자신은 그 사람 덕분에, 그와 함께 안전한 공간에서 배부르고 따뜻하게 지내왔다는 사실이 구역질 나게 혐오스러웠다.

김유정이 주머니에서 핸드폰을 꺼냈다.

"그래. 할 만큼 했으니까 이제 경찰 손에 넘기자."

부응옥란이 김유정의 어깨를 토닥였다. 김유정이 귀에 가져다 댄 핸드폰에서 신호음이 이어졌다. 수화기 너머에서 남자 목소리가 전화를 받았다.

김유정이 잠시 뜸을 들이다가 입을 열었다.

"…아빠."

부응옥란은 깜짝 놀라 입이 떡 벌어졌다. 지금 뭐 하는 거야? 경찰이 아니라 김종환에게 전화했어? 김유정이 통화를 이어갔다.

"치란이 아까부터 내내 안 보여요. 실은 좀 다퉜거든요. 혹시 보셨나 해서요."

대체 무슨 생각인지 알 수 없었다. 상대의 대답을 기다리던 김유정이 대화를 이었다.

"역시 못 보셨군요. 그럴 줄 알았어요. 저요? 저 지금 냉동창고예요. 근데 열쇠가 늘 걸렸던 자리에 없네요? 아, 아빠가 가져가셨어요? 그랬구나. 근데 누가 자물쇠를 부쉈던데요. 그래서 별일 없나 하고 안에 들어와봤어요. 예? 예, 부서져 있었어요. 뭐… 특별히 없어진 물건은 없는 것 같아요. 좀 더 둘러볼게요.”

수화기 너머에서 다급한 목소리가 들려왔다.

“오신다고요? 지금요? 네, 그럼 기다릴게요. 알겠어요. 가만히 있을게요.”

전화를 끊은 김유정이 핸드폰을 다시 코트 주머니에 넣었다. 긴장이 풀리지 않았는지 주머니 입구를 바로 못 찾고 두어 번 더듬은 후였다. 입술이 파르르 떨리는 것도 추위 때문만은 아니었다.

“유정아, 어쩌려는 거야?”

김유정이 웃는 것도 우는 것도 아닌 얼굴로 답했다.

“모르겠어요.”

자기도 모르는 김유정의 마음을 오히려 부응옥란은 알 수 있었다. 김유정은 가능하다면 아빠가 죄를 인정하고 뉘우치게 하고 싶은 거다. 경찰에게 험한 꼴을 당하기 전에 말이다.

뭐, 그렇게 된다면야 더할 나위 없이 좋겠지만….

절벽의 끝에서

한달음에 냉동창고에 도착한 김종환은 내부의 모습에 적잖이 당황했다. 워낙 면적이 넓고 다양한 종류가 보관되어 있다 보니 애초에도 정돈된 구역과 정리 안 된 구역이 마구잡이로 섞여 있었지만, 지금의 상황은 불과 몇 시간 전에 보고 갔던 것과 상당한 차이가 있었다. 누군가 뭔가를 찾느라 여기저기 헤집어놓은 듯한 광경이었다.

김종환은 무너진 마대 자루들과 수입 상자들 사이로 다급하게 뛰어들어 두리번거렸다. 커다란 종이 상자를 확인하고 옆으로 옮긴 다음, 아래 상자를 들여다보았다. 급하게 옆으로 쌓던 상자가 넘어져 발등을 찍는 바람에 거칠게 욕을 뱉은 김종환이 허리를 펴고 이마의 땀을 훔쳤다. 그때 입구 쪽에서 김유정이 말했다.

"아빠."

“너는 가만히 있으라니까 어디 갔었어?”

“화장실 좀요. 근데 뭐 찾으세요?”

태연하게 행동하는 김종환의 모습에 김유정도 짐짓 모르는 척했다.

“뭘 찾긴. 이상하게 어질러져 있어서 뭐 없어진 거 없나 확인하는 중이지. 경찰이 출입 금지 테이프까지 붙여놨는데 어떤 놈이 자물쇠를 부쉈어?”

“아, 난 또….”

다른 사람의 목소리가 들렸다.

“나 찾느라 그렇게 정신없는 줄 알았네.”

한쪽에 숨어 있던 부응옥란이 김유정 옆으로 걸어 나왔다. 그의 등장에 김종환은 귀신이라도 본 것처럼 큰 눈으로 표정이 굳었다. 기습 성공. 부응옥란과 김유정이 슬며시 손을 잡았다. 그런데 김종환의 얼굴이 경련하듯 떨리다가 웃음으로 바뀌었다.

“아… 아줌마! 어우, 다행이다. 나 진짜 무슨 일 났을까 봐 십 년 감수했잖아.”

그러곤 가슴을 쓸어내리며 두 사람을 향해 다가왔다.

“유정아, 그러니까 이게 어떻게 된 거냐면… 이 아줌마가 멀쩡한 사람을 살인자라고 몰아세우잖냐. 내가 송 씨를 떠밀어 죽였다고 말이야. 어디 네 아빠가 그럴 사람이냐, 응? 아니라고 좋은 말로 하는데도 계속 성질을 긁길래 겁 좀 주느라고 여기다 가둬버렸거든. 알아, 좀 심했지. 그렇다고 내가 진짜로 이 아줌마를 어떻게 하려고 그런 건 아니야. 그냥 잠깐 겁만 주고 바로 꺼내주려고 했어. 너한테서 떼어놓고 싶어서 그랬어. 저 아줌마를 네가 너무 믿고 따르니까 계속 붙어 있다 보면 아무래도 안 좋은 영향을 받을 거 아냐. 유정이 너도 이제 알겠지만 사람 사이에도 수준이라는 게 있어. 이 아줌마는 절대로 너한테 어울리는 사람이 아니야."

김종환은 쉴 새 없이 횡설수설하는 와중에 두 사람의 눈치를 보고는 한 박자 쉬며 표정을 바꿨다.

"어쨌거나 너무 다행이다. 내가 너한테 전화를 받고 나니까 생각이 나더라고. 이 아줌마 꺼내는 걸 깜빡했다는 게 말이야. 어떻게, 직접 상자 뜯고 나온 거야? 힘이 장사네. 다행이야. 정말 큰일 날 뻔했는데…."

"제가 찾았어요."

김유정이 답했다.

"아, 네가? 잘했다, 잘했어. 네가 이 애비를 살렸다. 하마터면 진짜 살인자 될 뻔했네. 나도 이 욱하는 성격 좀 고쳐야 하는데…. 앞으로 조심하마."

무조건 잡아뗄 심산인가. 부응옥란은 김유정과 눈

을 맞추었다. 유정아, 틀렸다. 네 아빠는 죄를 인정할 생각이 털끝만큼도 없다. 그만 기대를 버려.

"아빠가 관리인 아저씨 핸드폰을 갖고 있던 건 맞잖아요. 그날 만났어요?"

김유정은 아직도 포기할 생각이 없었다. 아빠의 마음을 돌릴 수 있다고 믿었다.

"그, 그건….."

멈칫하던 김종환의 표정이 일순 험악해졌다.

"유정이 네가 그렇게 말하면 안 되지. 다 누구 때문에 이 지경이 됐는데, 어?"

김종환이 윽박질렀다. 김유정은 금세 주눅이 들어 어깨를 움츠렸다. 굳게 마음을 먹었지만 오랫동안 유지되어온 심리적 지배 상태가 어디 그렇게 한순간에 극복이 되겠나.

"그래, 유정아. 네가 그러면 사장님이 서운하시지. 너마저 사장님 마음을 못 알아주면 어떡하니?"

부응옥란이 나섰다.

"제가 사장님께 말을 너무 심하게 하긴 했죠. 죄송해요. 반성하고 있습니다."

김종환은 약간 당황하면서도 얼굴에 화색이 돌았다.

"그, 그래, 그렇게 말해주니까 고맙네. 나도 미안했

어.”

부응옥란이 손사래 쳤다.

“아유, 아닙니다. 귀한 따님이 저 같은 사람이랑 너무 붙어 지내니까 걱정하시는 게 당연한걸요. 다 유정이 위해서 그러신 거잖아요. 관리인 만났던 것도 그렇고요.”

김종환은 딸과 베트남 여자를 번갈아 보며 눈을 끔벅였다. 이 무식한 여자가 진짜 내 말을 곧이곧대로 믿는 건가.

“근데 술에 취한 영감이 발을 헛디뎌서 떨어져 죽고 나니, 협박당했다는 게 알려지면 살인범으로 의심받을까 봐 걱정이 되어서 현장에 있었다는 사실을 감춘 거고요. 맞죠?”

관리인이 토요일 밤 영상을 봤다면서 고삐를 쥔 듯이 거들먹거릴 때 김종환은 정말로 자기 코에 코뚜레가 뀄 것처럼 당황할 수밖에 없었다. 심장이 너무 빨리 뛰고 머리가 정상적으로 작동하지 않았다. 사무실 내부의 카메라는 벽으로 돌려놨지만, 송 씨가 전후 상황을 종합해서 자신이 이위진을 살해했다는 사실을 유추했다고 생각했다. 그러니 그리 당당하게 돈을 요구했겠지. 자꾸 딸이 어쩌니 하는 소리를 했을 때도 그가 감옥에 가면 김유정이 혼자 남아 고생하겠다는 비아냥으로 들렸다.

하지만 그의 폰에 담겼던 영상을 보니 그게 아니었다. 송 씨는 시체를 옮기는 영상만 보고 김유정이 이위진을 죽였다고 오해했다. 그래서 돈 많은 아빠인 김종환을 협박했다. 그러다 저세상으로 떨어졌다.

"그래, 내가 아까도 그렇게 말했잖아. 솔직히 나는 잘못한 게 일절 없어. 죄가 있다면 겁이 나서 사고 현장에 있었다는 얘기를 안 한 거 정도? 그리고 아무리 큰 허물이 있다 해도 덮어주려고 할 만큼 딸을 사랑한 것뿐이지."

"맞아요. 근데 사장님은 문소평이 범인이라고 하셨는데, 그날 그 장소로 문소평을 보낸 게 사장님이었잖아요. 그러니까 제 생각엔 뭔가를 감추고 계시구나 싶어서 그랬어요. 아무래도 이상하긴 하잖아요?"

부응옥란이 고개를 끄덕이며 가벼운 공격을 던졌다.

"내가 감추고 싶었던 거…."

김종환이 말끝을 흐렸다. 그러다 딸을 보며 한숨을 뱉었다. 그러곤 담배를 한 대 물고 결심한 듯 입술에 힘주어 이야기를 시작했다.

"그래. 더는 숨길 수가 없겠네. 인정할게. 내가 소평이한테 죄를 뒤집어씌우려고 가게에 오라고 전화했어."

"아빠!"

문소평에게 누명을 씌우려 했다는 고백에 김유정의

317

감정이 격해졌지만, 부응옥란은 그녀의 팔을 붙잡고 진정시켰다. 아직이다. 얘기를 더 들어봐야 한다. 저 사람이 쉽게 죄를 털어놓을 리 없다. 예상은 빗나가지 않았다.

김종환의 이마에 주름이 깊어지고 눈이 차갑게 희번덕거렸다. 입술을 야비하게 비틀면서 목소리가 입을 통과하기 전부터 목에 위압적인 핏대를 세웠다. 그는 딸의 시선을 피해 부응옥란에게 삿대질하며 항변했다.

"그럼 어떡해? 아줌마 같으면 아줌마 딸이 사람을 죽였는데 무슨 수를 써서라도 그걸 덮으려고 하지 않겠어? 소평이한테는 미안하지만 어쩔 수 없었지. 우선 유정이를 살려야 할 거 아니야? 여러모로 부족하긴 해도 나도 아빠야! 유정이를 위해서라면 더한 짓도 할 수 있어!"

부응옥란은 벌어진 입을 다물지 못했다. 이 작자의 말을 제대로 이해한 건지 의심스러웠다. 기껏 생각해낸 탈출구가 유정이를 살인자로 몰아가는 거였어? 이자는 정말 바닥이 어디인지 알 수가 없구나.

김종환은 말문이 막힌 부응옥란과 김유정에게 자기 얘기가 먹힌다는 생각인지, 자기 입에서 나오는 소리를 스스로 진실이라고 믿는 건지 혹은 둘 다인지 확실치 않았지만 정체를 알 수 없는 광기에 도취한 듯 온몸을 파르르 떨었다. 그는 허공에 주먹을 마구 휘두르며 목청을 높였다.

"아오오! 그래! 내 지금껏 모르는 척 했지만 이렇게 다 밝혀졌으니 묻자. 유정아, 대체 왜 그랬냐? 그 이위진이란 놈을 왜 죽여서 이 사달을 냈어? 너한테 몹쓸 짓이라도 하려고 하디? 설마 그놈한테 당한 건 아니지? 이 애비가 무슨 수를 써서라도 다 덮어줄 테니까 걱정 말고 얘기해봐. 일단 사실 관계를 정확히 파악해야 이 사태를 어떻게 해결할지 대책을 세울 거 아니냐."

그는 고래고래 소리를 지르느라 목에 무리가 왔는지 요란하게 목을 긁고는 가래침을 바닥에 뱉었다.

김유정의 입술이 파르르 떨리더니 붉어진 눈에 그렁그렁 눈물이 맺혔다. 혼란스럽긴 했지만 뜨겁지는 않았다. 슬프다기보다는 피가 차갑게 식는 느낌이겠지. 유정아, 여기가 또 다른 살곳이다. 그 얼굴에 드러난 감정을 확인한 부응옥란은 그나마 다행이라고 안도했다.

김유정의 성격이라면 자기가 누군가를 내치는 것보다는 차라리 버림받는 편을 선호할 것이다. 아빠를 의심하고 그의 살인 혐의를 자기 손으로 밝히는 행위에 대해 커다란 죄책감을 느끼고 있었을 거다. 평생 풍족한 삶을 영위하도록 뒷바라지를 해준 헌신적인 보호자이자 유일한 가족을 저버리는 배은망덕한 딸이 된 기분이었겠지. 그래서 경찰에 신고하기를 계속 미루고 아빠가 자수하게 하려 했다.

하지만 그는 기다렸다는 듯이 절벽에서 딸의 손을 놓았다.

절벽 끝에 매달린 쪽이 자기인 줄도 모르고.

"거짓말 말아요."

부응옥란이 얼음장같이 차가운 목소리로 말했다.

"뭐?"

"이위진을 죽이고 문소평에게 뒤집어씌울 계략을 꾸민 건 당신이면서 어떻게 불쌍한 딸한테 죄를 넘기려 하죠?"

"무슨 헛소리야?"

김종환의 표정이 험악해졌다.

"뭐가 헛소리예요. 사실이잖아요."

"개소리 마! 누군지도 잘 모르는 새끼를 내가 왜 죽여? 그럴 이유가 없잖아!"

김종환의 언성이 높아져도 부응옥란은 차분하고 여유로웠다.

"이위진이 누군지는 몰랐더라도 그의 누나 이연화는 잘 알았잖아요. 아주 잘 알았죠."

"이연화…?"

김종환의 얼굴에 당황한 빛이 역력했다. 부응옥란이 피식 웃음을 흘렸다.

"뭘 또 모르는 척이에요. 여기서 일했었고, 동거남한테 살해당한 걸로 알려졌던 피해자 말이에요. 이위진은 자기 누나를 죽인 범인을 찾아내기 위해 한국에 왔어요. 그리고 1년여에 걸친 조사 끝에 마침내 진범이 누군지 알아냈죠."

부응옥란은 거기서 말을 멈추었다. 굉장히 길게 느껴지는 잠시간 동안 정적이 흘렀다. 김종환이 침을 삼키는 소리가 울렸다. 김유정은 아빠에게 고정된 부응옥란의 시선이 의미하는 바를 깨닫고 다리를 휘청였다.

"서, 설마 그것도 아빠였어요?"

"아니야! 유정아, 이 이상한 여자 말 믿지 마! 소평이다. 이거 다 소평이 새끼가 저지른 짓이야. 너 이년, 그놈이랑 한패지? 둘이 짜고 우리 부녀를 함정에 빠트리려고 하는 거냐?"

김종환은 이제 입에서 나오는 대로 억지를 부리고 있었다. 조금 전까지 자기 딸이 이위진을 죽였다고 주장했던 것도 이미 잊은 것 같았다. 부응옥란은 충격에 사로잡힌 김유정을 보며 짧은 한숨을 쉬고는 설명을 이어갔다.

"사실 당신이 여자들을 죽인 이유야 짐작할 수 있었지만, 왜 이위진을 죽였는지는 도통 모르겠더라고요. 하지만 역으로 당신이 이위진을 죽였다는 사실이 당신의 다른 범죄를 증명하는 열쇠가 되었지요. 그가 당신의 범행 사실을 알아낸 거예요. 이위진이 누나의 살인범으로 당신을 지목하자 죽여버린 거죠? 그리고 시체가 있는 현장으로 문소평을 불렀어요. 이주 노동자가 살인 사건을 신고했다가 범인으로 몰리는 진행을 기대하면서요. 중국인은 수틀리면 무슨 짓을 저지를지 모른다고들 하니까. 그런데 문소평과 만나기로 약속한 유정이가 먼저 현장에 도착했던 거예요. 충격에 휩싸인 와중에도 죄 없는 사람이 억울한 누명을 쓰는 사태만은 막고 싶었던 유정이는 우선 시체를 숨기기로 결심했어요. 처절한 용기였죠. 유정이는 자기 연인뿐 아니라 아빠도 걱정했던 거라고요. 이런 인간인 줄도 모르고."

부응옥란이 김유정의 어깨를 토닥이곤 말을 이었다.

"계획과 달리 문소평도, 시체도 사라지고 나서 당신은 관리인에게 범행 정황이 담긴 보안 카메라 영상을 지우라고 지시했어요. 그런데 그냥 시키는 대로 할 줄 알았던 송 씨가 영상을 빌미로 협박했고, 이미 브레이크가 고장 난 당신은 그 사람까지 죽여버렸죠. 어때요? 사실과 다른 부분이 있나요?”

“어… 그….”

그간 벌어진 사건들의 인과 관계를 파악해 완벽하게 재구성한 부응옥란의 추리에 김종환은 말문이 막힌 듯 입만 뻐금거렸다. 떨리는 눈동자가 갈 곳을 잃고 방황하다 부응옥란에게 멈추었다. 이제 사실대로 고백할 생각이 들었을까. 부응옥란의 손이 패딩 주머니 안에서 움찔했다.

그 모습을 본 김종환이 씩 웃더니 바닥에 침을 퉤 하고 뱉었다.

“왜? 녹음이라도 하게? 증거도 없이 그렇게 유도하면 내가 거짓 자백이라도 할까 봐?”

부응옥란이 눈을 질끈 감고 콧김을 내쉬었다. 그렇게 쉬울 리가 없지.

“증거가 없긴 왜 없어요?”

“아까부터 말로만 떠들지 물증은 하나도 없잖아!”

그러자 부응옥란이 김종환의 바로 앞에 얼굴을 들이댔다. 그리고 그의 험악한 눈을 똑바로 들여다보며 한 글자씩 속삭였다.

“엥. 흐. 찐.”

의기양양하게 부응옥란을 노려보던 김종환의 눈빛

이 살짝 흔들렸다.

"이연화에 이위진에 관리인 송 씨까지 거침없이 살인을 저지른 냉혈한의 피해자가 그게 다가 아닐 거라고 확신했어요. 애초에 이 세 건의 살인은 이연화를 죽인 것에서 시작되었는데, 젊은 여성 이주 노동자잖아. 내가 이런 권력형 성범죄를 한두 번 본 줄 알아? 그리고 나를 상자에 담아 냉동창고에 넣는 과정이 뭐랄까, 너무 물 흐르듯 자연스러웠어요. 전에도 해본 일인 것처럼 말이죠. 그래서 아까 유정이하고 냉동창고를 뒤졌어요. 아니나 다를까 상자에 담긴 엥흐찐의 시체를 발견했죠. 더 이상의 증거가 필요해요?"

"그 따위가 무슨 증거라는 거야! 외국 애들 도망가고 죽어나가고 별별 문제 일으키는 게 하루이틀인가? 소평이 새끼가 엥흐찐도 죽이고 냉동했나 보지."

김종환은 부응옥란의 말이 끝나자마자 따져들었다. 그는 끝까지 모르쇠로 일관하며 버틸 작정이었다. 부응옥란은 점점 속이 부글부글 끓어올랐다. 존댓말을 쓰지 않는 걸로 상대에 대한 마음을 드러낼 수 있다는 건 한국어의 큰 장점 중 하나였다.

"이연화를 죽였는데 의심도 받지 않고 멀쩡한 동거남이 범인으로 지목되어 도망가는 걸 본 당신은 못된 자신감을 얻었을 거야. 가게 2층의 열악한 방에서 생활하는 손쉬운 상대 엥흐찐에게도 침을 흘렸겠지. 왜 죽였는지는 모르겠어. 주제도 모르고 고귀하신 사장님을 거절했나?"

김종환은 씩씩거리기만 할 뿐 대답이 없었다.

"그런데 그거 알아? 당신이 수입 상자에 담아서 테이프로 꽁꽁 싸매 냉동창고에 갖다 넣었을 때도 엥흐찐은 아까의 나처럼 숨이 붙어 있었어. 그 불쌍한 아가씨는 마지막 힘을 쥐어짜서 자기의 팔을 손톱으로 긁어 범인의 정체를 남겼지."

부응옥란의 손짓에 김유정이 핸드폰을 들어 화면에 뜬 사진을 김종환에게 보여주었다. 엥흐찐의 팔을 가까이에서 찍은 사진이었다.

3axNpan.

"뭐! 이게 뭔데, 썅!"

겁먹은 들개처럼 짖어대는 김종환을 무시하고, 부응옥란이 김유정에게 말했다.

"유정아, 체체크 기억하니?"

"고모네 공장에서 일했던…."

"맞아. 여기저기 도망 다녔는데 강 소장님이 찾아서 제지 공장에 취직시켜줬대. 너무 잘됐지. 핸드폰 새로 개

통했다고 번호도 받았어.”

부응옥란이 밝은 목소리로 얘기하면서 체체크에게
영상 통화를 걸었다. 두 번째 신호음이 울리기도 전에 체
체크가 전화를 받았다. 공장 기숙사 방이 깨끗하니 아늑
해 보였다.

“녹란 언니!”

“아유, 표정이 좋네.”

“정말 고맙습니다.”

화면 속의 체체크가 고개를 숙였다.

“됐어. 앞으로 정신 똑바로 차리고 잘 살아. 나한테
또 도움받을 일 없게.”

“네.”

“부탁할 게 있어. 이것 좀 봐줘.”

김유정이 렌즈 앞에 자기 핸드폰의 화면을 비췄다.

엥흐찐의 팔에 적혀 있었던 문구였다.

“잘 보여? 읽을 수 있어?”

“몽골어네요. 자키랄(захирал).”

“무슨 뜻이야?”

“사장.”

“사장이라고? 확실해?”

“네, 사장 맞아요.”

"그래, 알겠다. 체체크야, 고마워."

전화를 끊은 부응옥란의 날카로운 시선이 김종환에게 꽂혔다. 통화하는 내내 불쾌한 표정으로 눈을 굴리던 김종환은 턱을 들고 으르렁거렸다.

"뭘 꼬라봐? 너, 죄 없는 사람을 이렇게 모함하고 무사할 줄 알아?"

"죄가 없어?"

결국 폭발한 부응옥란이 언성을 높였다.

"여자들을 잔인하게 죽인 것도 모자라서 하나뿐인 딸한테 뒤집어씌우려 한 쓰레기 주제에 죄가 없어?"

"그 입 닥치지 못해!"

얼굴이 시뻘게진 김종환이 부응옥란에게 달려들어 멱살을 움켜쥐었다. 궁지에 몰린 오만한 자들이 선택할 수 있는 수단은 고작해야 폭력뿐이다.

"어디서 굴러먹은 년이 터진 주둥이를 함부로 놀려? 감히 내가 누군지 알고!"

"아빠! 이제 제발 그만해요!"

컥컥거리며 휘청이는 부응옥란을 구하려 김유정이 아빠의 팔에 매달렸다. 김종환은 부응옥란의 목을 거머쥔 채로 김유정을 밀쳐 넘어뜨렸다. 그는 애지중지하던 딸이 불안정하게 쌓여 있는 냉동 내장 더미 쪽으로 쓰러져서 자칫 크게 다칠 뻔했는데도 관심을 주지 않고 핏발 선 눈을 희번덕거리며 부응옥란의 목을 더욱 세게 졸랐다.

"네가 한 번 죽었다 살아나니까 아주 무서운 게 없지? 이번에는 끝을 보자!"

그때 눈물로 어른거리는 부응옥란의 시야에 누군가 다가오는 모습이 들어왔다. 크지 않은 체구의 남자가 어둠에서 갈라진 그림자처럼, 냉각기 팬에서 흘러나온 찬 바람처럼 문득 나타났다. 남자는 김종환의 뒤에 붙어서 그의 목에 팔을 두르고 단단하게 조였다. 누구지?

"끄으… 어… 어떤 새끼…?"

김종환이 앙다문 잇새로 소리를 내보냈지만 호흡이 가로막혀 질문을 마칠 수 없었다. 그는 몸을 거세게 흔들어 저항하면서도 부응옥란의 목을 쥔 손은 놓지 않았다.

"누…누구야, 씨…"

김종환이 목소리를 쥐어짜 상대의 정체를 물었다. 그러자 뒤에 있던 남자가 김종환의 머리 옆으로 얼굴을 가까이 댔다. 무표정하게 굳은 이목구비를 본 김유정이 자기도 모르게 숨을 급히 들이마시는 입을 손으로 막았다. 남자가 김종환의 귀에 속삭였다.

"이위진입니다, 사장님."

김종환의 손이 흠칫하며 부응옥란의 목에서 떨어졌

다. 이위진일 리가 없지 않나. 이 세상 사람이 아닌 자의 이름을 대는 남자는 누구일까. 김종환은 올가미처럼 조여오는 팔과 자기 목 사이로 손가락을 넣으려 용을 썼다. 그러나 절박한 움직임에도 목에 손톱자국만 남길 뿐 숨을 들이마실 수 있는 틈을 만들어내진 못했다.

“제 이름은 이연화입니다.”

남자가 다시 망자를 자처했다. 목을 가다듬으며 숨을 고르던 부응옥란이 그의 얼굴을 알아봤다. 벗어나기 위해 안간힘을 쓰는 김종환을 제압하느라 경직되어서, 그리고 가슴속에 소용돌이치는 감정 탓에 사진으로 봤던 인상과는 상당한 차이가 있었지만 분명히 그 사람이었다.

남자가 미세하게 떨리는 목소리로 또 다른 망자의 이름을 입에 담았다.

“저는 엥흐찐입니다. 세상에서 잊힌 모든 이름입니다. 버림받고 사라진 모든 사람입니다. 억울하게 죽어간 모든 영혼입니다.”

남자의 목소리는 점점 격앙되었고, 팔에도 힘이 잔뜩 들어가서 부들부들 떨리는 모습이 확연하게 보였다. 그런데 부응옥란의 눈에는 어쩐지 김종환의 목에 엥흐찐의 삐쩍 마른 피투성이 팔이 감겨 있는 것처럼 보였다.

하나가 아니라 여러 개의 팔이 한데 겹쳐 김종환의 숨통을 끊으려 하는 것 같았다. 김종환의 허파에는 공기가 제대로 못 들어간 지 한참이나 되었고, 입에서는 끈적한 침이 길게 늘어졌다. 해체된 내장과 고깃덩이가 가득한 차가운 죽음의 공간이 그를 집어삼키려 했다.

"소평 씨, 안 돼요!"

김유정이 큰 소리로 울먹이며 겹겹의 원한에 매달렸다.

"이제 됐어요, 소평 씨. 제발 그만해요. 소평 씨까지 범죄자가 되는 꼴을 볼 수는 없단 말이에요."

문소평의 옷깃을 붙들고 그의 팔을 두들기는 김유정의 하얗게 언 뺨에 눈물이 흘렀다. 저항하던 김종환의 손이 서서히 아래로 내려갔다.

"소평 씨, 제발…."

"문소평 씨, 유정이를 생각해서라도 그만 멈춰요. 두 사람이 원하는 결말은 이게 아니잖아요. 유정이를 정말 혼자 남게 할 거예요?"

두 사람의 설득에 문소평의 앙다문 턱 근육이 경련하듯 튀었다. 충혈된 눈동자는 김유정에게 머물렀다. 요란하게 돌아가던 냉각기의 팬이 멈추었다. 그러나 가시 담요 같은 한기는 여전했다.

“유정이가 당신의 무죄를 입증하기 위해 얼마나 노력했는지 생각해봐요. 그 모두를 무위로 돌아가게 할 셈이에요? 희생자들을 위해 분노하는 마음은 누구보다 내가 잘 알아요. 나도 항상 싸우고 있으니까. 하지만 지금 문소평 씨가 이 사람을 죽이면 기울어진 세상의 편견을 사실로 인정하는 거나 다름없어요.”

“그래요, 소평 씨. 아빠를 용서해달라는 말이 아니에요. 저도 쉽게 용서는 안 될 테니까요. 하지만 돌이킬 수 없는 끝은 피하기로 해요.”

“으흐흑….”

결국 문소평이 뜨거운 숨을 토해내며 팔을 풀었다. 김종환이 그의 발 아래에 모래성처럼 힘없이 무너져 내렸다. 문소평의 가슴에 얼굴을 파묻은 김유정의 어깨가 소리 없이 들썩였다. 바닥에 드러누운 김종환의 상태를 확인한 부응옥란이 안도의 한숨을 내쉬었다.

희미하게 들리던 사이렌 소리가 점점 가까워졌다.

쭉멍남머이

부응옥란이 김제역에 내렸을 땐 아직 한밤중이었다. 그래도 고향에서 설을 쇠려는 사람들의 본격적인 귀성이 시작되기 하루 전이어서 다행히 기차표가 남아 있었다. 만약 표가 없었다면 눈물 바람으로 인사해놓고 유정이네 집으로 뻘쭘하게 돌아갈 뻔했다. 10시를 훌쩍 넘긴 시각이어서 집에 가는 버스는 이미 끊겼다. 한겨울의 칼바람에 롱패딩을 여미고 택시 승차장을 향해 터덜터덜 걷는데 주차장에서 빵, 하는 경적이 들렸다. 부응옥란이 멈춰 서서 가만히 보고 있으니 순찰차 운전석 창이 내려가고 강 소장이 고함을 질렀다.

"후딱 안 오고 뭣을 보고만 있대요? 춥지도 않은가벼!"

부응옥란은 짐짓 반가운 표정을 감추고 최대한 느

굿하게 걸어 조수석에 탔다.

"어떻게 알고 와서 기다렸대? 파출소장이라고 순찰차를 이렇게 개인적으로 써도 돼요?"

"어떻게 알았긴요. 서울서 유정 씨가 연락했응게 알었지. 히익! 눈탱이가 밤탱이 되았네? 뭔 일이래? 괜찮여요? 그나저나 이참에도 활약이 갱장혔다든서요?"

"다들 도와준 덕분이죠."

괜한 겸손은 아니었다. 이번 사건은 김유정이 의도한 길을 따라 차근차근 걸음을 옮긴 덕분에 최종 목적지에 도달할 수 있었으니까. 게다가 누나 이연화의 죽음에 얽힌 진실을 찾으려 했던 이위진의 집념, 숨이 끊어지는 순간에 자기 팔을 후벼 파 범인의 정체를 확실하게 남겼던 엥흐찐의 원한, 마지막으로 체체크의 도움이 아니었다면 김종환의 범죄 행각을 낱낱이 밝히고 단죄하는 건 불가능했다. 물론 국대 정재훈, 주비 따거, 리본 아줌마 등 상대적 약자들의 연대도 잊으면 안 된다.

"그리서 행방불명됐다던 유정 씨 애인은 어떻게 찾은 거여요?"

자세한 얘기는 듣지 못한 모양이었다. 하긴 김유정 입장에서 자기 아빠가 다수의 살인을 저지른 악마였다는 사연을 퍼트리고 싶진 않았겠지. 부응옥란도 그런 것까지 입에 담을 생각은 없었다.

"그게 사실은 행방불명이 아니었어요. 사건의 진실이 어두운 그림자에 안 덮이게 하려는 유정이의 계획이었지요. 약자들은 피해자가 되는 경우가 많은데 다른 한편으로는 손쉽게 가해자로 지목되기도 하잖아요. 중국 출신이라는 이유만으로 살인 누명을 뒤집어쓸 위기에 처한 연인을 위해 싸울 줄 아는 강인한 아이더라구요. 지금 당장은 세상이 무너진 것처럼 절망적인 상황이겠지만, 스스로 선택하고 지켜낸 소중한 사람과 함께니까 충분히 이겨낼 수 있을 거라 믿어요. 나이나 보이는 것만으로 편견을 가졌던 저 자신을 반성했다니까요."

"맞어요. 인정헐 건 인정히야죠. 이러니저러니 혀도 우리 다음 세대가 우리보담은 똑똑허고 단단허죠이. 글타고 히서 우리의 참견이나 조언이 암짝에도 쓸모없다는 뜻은 아니고."

고개를 끄덕이며 동의하는 강 소장에게 부응옥란이 인상을 썼다.

"우리? 소장님하고 나를 한 세대로 묶으려는 거예요, 지금? 완전 어이없어."

"옴마? 맨날 맞먹을라고 함시롱 이럴 때만 젊은 척은…."

334

서로 눈을 흘기던 둘은 동시에 박장대소를 터트렸다. 얼굴 가득 즐거운 주름을 짓던 부응옥란은 멍든 왼쪽 눈이 아파서 찡그리며 웃음을 멈췄다.

"그리서 범인 잡을라다 그놈헌티 뚜드리 맞었어요?"

"이딴 건 괜찮아요."

부응옥란이 오른 어깨에서 왼쪽 허리로 안전벨트를 끌어내려 착용하고는 말을 이었다.

"억울한 일을 겪고 지워지는 사람이 너무나 많아요. 그러니 저도 더 열심히 해야죠."

부응옥란의 결의에 찬 선포에 강 소장은 어이가 없었다.

"아따, 뭣을 더 열심히 헌대요? 녹란 씨가 경찰이요, 아니면 거시기 뭐 탐정이요? 우덜 경찰이 더 열심히 수사헐랑게 그짝은 육아에 좀 집중허쇼잉! 그짝 딸내미가…."

"소장 아줌마, 지금 내 흉 보는 거예요?"

뒷좌석에 숨어 있던 나래가 갑자기 튀어나왔다. 강 소장은 비명을 지르며 머리를 쥐어뜯었다.

"으아아악! 야 좀 보랑게요! 니 언지부터 여기 숨어 있었냐?"

"엄마 얼굴은 왜 그래?"

“응, 영광의 상처.”

“아.”

놀란 표정을 짓던 나래는 부응옥란의 가벼운 대답을 순순히 받아들였다. 정말 모전여전이었다.

“나래, 너 그러다 진짜 큰일 난다잉. 순찰차 뒷자리는 안에서 문이 안 열리는 거 모르냐?”

“자동차 문 유리를 깰 때는 중앙이 아니라 모서리 쪽을 노리면 된대요.”

강 소장의 꾸지람에 나래는 한쪽 입꼬리를 올리며 뒷문 유리창 한쪽 구석을 손톱으로 두드렸다.

“아야, 그게 말잉게 쉽지…. 근디 그런 소리는 또 어디서 들었냐. 진짜 누구 딸내미 아니랄깜시.”

강 소장이 부응옥란을 째려봤다. 서울에 가 있는 동안 나래에게 많이 시달린 모양이었다.

“우리 예쁜 딸한테 소리 지르지 말고 얼른 출발해요.”

“맞아요! 출발해요! 사이렌도 울려요! 삐요 삐요!”

나래는 오랜만에 엄마를 만나 신이 나는지 순찰차 뒷좌석에서 폴짝폴짝 춤을 췄다.

“아, 글쎄 사이렌은 암때나 울리는 것이 아니랑게!”

강 소장은 정말 진절머리 나는 모녀라는 듯 고개를 저으며 차를 출발시켰다. 이동하는 동안에는 나래에게 순찰차에 몰래 타면 절대 안 된다고 몇 번이나 강조한 끝에 결국 다시는 그러지 않겠다는 약속을 받아냈다. 부응옥란도 조용히 감사를 전했다. 물론 집에 도착한 다음에 따로 주의를 줄 예정이었다.

낮이고 밤이고 복잡한 서울과 달리 시골길은 한산해서 순찰차는 금방 거여 마을에 도착했다.

"나래와 어머님을 잘 보살펴주셔서 감사해요. 솔직히 든든했어요."

"엥간허믄 담번에도 봐주겠지마는 약속은 못 허겄네요이."

부응옥란의 인사에 강 소장은 엄살을 부렸고, 두 사람은 킥킥대며 웃었다. 동네에 돌아와서 마음이 편해졌는지 쉽게 웃음이 나왔다. 방금까지 신나서 떠들던 나래가 연신 하품을 해대서 부응옥란이 딸을 업고 오르막으로 향했다. 밤하늘에 그믐달이 새침하게 걸려 있었다.

"녹란 씨, 거시기 그거 뭐라고 힜지요?"

강 소장의 질문에 부응옥란이 발을 멈추고 돌아봤다.

"뭐가요?"

"그거 뭐시냐. 새해 인사요. 베트남 말로."

"아, 쭉 멍 남 머이?"

"그려, 그거요!"

강 소장이 짝, 하고 손뼉을 쳤다. 그러고는 활짝 펼친
손바닥을 흔들며 큰 소리로 인사했다.
"쭉 멍 남 머이!"
부응옥란도 웃음 가득한 얼굴로 인사했다.
"쭉 멍 남 머이!"

작가의 말

마르티나 트란(Martina Tran). 작가의 말은 소중한 친구와 약속한 대로 그녀의 이름으로 시작합니다. 베트남 출신의 결혼 이주민 캐릭터를 처음 구상했을 때, 캘리포니아에 사는 마르티나가 응옥란(Ngoc Lan)이라는 이름에서부터 설정상의 디테일까지 많은 도움을 주었어요. 부응옥란을 처음 등장시켰던 단편 「살처분」을 쓸 때도, 그리고 이 장편 『니자이나리』를 쓸 때도 초기 기획 단계부터 집필, 퇴고까지 그녀의 조언들이 큰 힘이 되었습니다. "호랑이를 잡으려면 호랑이 굴에 들어가야 한다"와 "호랑이 굴에 들어가지 않으면 호랑이를 못 잡는다" 중 어느 쪽이 더 자주 쓰이는지와 같은 사소하지만 중요한 질문들에도 귀찮은 내색 한번 하지 않았어요. 감사의 인사를 전하는 것으로 작가의 말을 시작하겠노라 약속했지요. 늘 주변 사람들을 챙기고 사랑하는 그녀의 성격이 부응옥란에게도 어느 정도는 투영되지 않았나 싶습니다.

　혐오가 만연한 시대입니다. 정말이지 안타까운 일입니다. 그딴 거 말고 이왕이면 좀 따뜻한 게 널리 퍼지면 좋을 텐데 말이죠. 우리 사회가 어쩌다 이 지경이 되었는지 분석하는 건 제 몫이 아니니 나름의 생각이 있더라도 이 자리에서 세세하게 풀어놓지는 않겠습니다. 그래도 한마디 하자면, 혐오는 기본적으로 알지 못한다는 점에서 기인합니다. 다시 말해 혐오 대상을 이해해보지 않았기 때문이라는 거죠.

그래서 저는 우리 주변에 다양한 모습으로 존재하는 사람들을 이야기 속에 풀어놓고 싶었습니다. 좁고 깊은 우물 같은 혐오자들의 알고리즘 속에서 징그러운 괴물처럼 그려지고 있는 이들이, 사실은 여느 우리와 다르지 않은 모습으로 곁에 살고 있다는 걸 보여주기 위해서요. 하지만 저는 그들을 대변할 의도도 능력도 없으며, 감히 그들의 고충을 온전히 이해하는 척 나댈 생각도 없습니다. 그저 그들의 존재가 지워지지 않고 눈에 띄기만 했으면 좋겠다는 마음이랄까요.

말은 그렇게 해도 전복적인 캐릭터가 주는 통쾌함을 원하긴 했나 봅니다. 베트남에서 온 결혼 이주민이 주인공으로 활약하며 사건들을 해결하고, 또 다른 이주민들을 돕는 이야기를 구상한 걸 보면 말이죠. 뭐, 약자라고 피해자 역할만 하란 법은 없잖아요!

상당히 모험적인 시도라고 할 수 있는 기획임에도

가능성과 의의를 발견해 짧지 않은 기간 동안 원고를 완성하기까지 곁에서 길잡이가 되어주신 소피 김보희 피디님께 감사드립니다. 저는 글을 쓸 때 건너뛰거나 생략하는 걸 워낙 좋아하는 성격이라 피디님이 아니었더라면 군데군데 구멍이 뚫려서 두루뭉술한 이야기가 되었을 거예요. 덕분에 원고가 훨씬 짜임새 있고 촘촘해졌다고 생각해요. 이야기가 정확한 텍스트로 독자들을 만날 수 있도록 세심하게 다듬어주신 마레 강현지 피디님, 그리고 책을 아름답게 디자인해주신 박민수 디자이너님 외 안전가옥에 계신 모든 분께도 감사의 마음을 전합니다.

백화제방을 비롯해 동료 작가님들의 객관성 없는 응원과 다정한 조언도 첫 장편을 쓰느라 갈팡질팡하는 얼뜨기 작가에게 큰 힘이 되었습니다. 주변에 좋은 분들이 많아서 얼마나 다행인지요. 좋은 마음들이 좋은 세상을 만들 수 있다고 믿습니다. 우리 모두 힘내요!

끝으로 제 필명의 본래 주인이자 저의 0번 독자인 가족에게 사랑을 (다시) 고백하며 마칩니다.

2026년 1월
전효원 드림

안전가옥의 여덟 번째 매치업의 주제는 '인간 증발'이었습니다. 저는 이 주제를 통해 우리 사회에서 사라지는 사람들과, 필사적으로 찾는 사람들을 들여다보고 싶었습니다. 더불어 증발된 사람을 이용하는 사람과 사회에 대해서도 주목하고 싶었습니다.

다양한 이야기의 기획안이 접수된 가운데 최종 선발 단계에서 두 작품을 두고 저는 고민에 빠졌습니다. 한 작품은 현실의 뒤편에 자리한 가상의 공간이 주 배경이었고, 두 작품 모두 훌륭한 주제 의식과 흥미로운 줄거리, 매력적인 장르의 외피를 쓰고 있다는 점 때문에 결정을 하기 어려웠습니다.

고민 끝에 저는 『니자이나리』를 선택했습니다. 이 이야기에는 세 가지 새로움이 있었습니다.

하나, '마장동 축산물 시장'이 이야기의 주무대라는 점이 굉장히 매력적이었습니다. 마치 제가 마장동 축산물 시장에 있는 것 같은 생동감이 느껴졌습니다.

둘, 결혼 이주 여성과 부잣집 딸인 한국인 20대 여성이 콤비가 되어 사라진 외국인 노동자를 찾는다는 줄거리가 새로웠습니다.

저는 사라지는 사람들을 통해 사회라는 울타리 경계로 밀려나는 사람들을 주목해보고자 했습니다. 그런데 애초에 울타리 밖에 있는 사람들이 바로 한국에서 일하는 외국인 노동자라는 작가님의 관점이 이 작품을 꼭 선택해야 하는 이유가 되었습니다.

부응옥란과 유정이 콤비가 되어 사건을 마주하는 과정이 비전문적으로 보이지만, 사소한 지점에서 균열을 들여다보고 문제의 본질을 파헤치는 용기로 이어지기에 이는 생활 밀착형 수사물이라는 탁월한 매력을 선사합니다.

또한 부응옥란과 유정은 사라진 문소평을 찾으며 각자의 마음속에 있는 선의를 끌어내고, 그 선의를 차곡차곡 쌓아 '우리'를 지켜주는 단단한 힘을 만들어냅니다. 어쩌면 이 이야기는 우리가 알면서도 외면하고 싶은 '악'을 마주하게 하고, 미미하다고 여기던 나의 힘을 찾게 해주는 게 아닌가 싶습니다.

존재하지만, 우리가 잘 모르는 세계에서

존재하지만, 우리가 잘 모르는 사람들이

분명 존재하지만, 사라졌는지도 모르는 가치를 발

견하고 더욱 반짝이게 만들었습니다.

오늘도 누군가를 애타게 찾는 이들의 물음에 반짝이는 생존 신호로 응답하길, 우리가 주의를 기울여 작은 반짝임을 발견하고, 결국 아름다운 빛으로 마주하길 바랍니다.

안전가옥 스토리PD
김보희 드림

니자이나리, 찾지 않는 이름들

초판 1쇄 발행 2026년 1월 21일

지은이   전효원

기획   안전가옥
프로듀서   김보희 강현지
마케팅   김수인
비즈니스   김태경 박혜신 심희정 이기훈 이수인 임수빈
경영지원   권혜영
디자인   박민수

펴낸이   김홍익
펴낸곳   안전가옥
출판등록   제2018-000005호
주소   04779 서울특별시 성동구 뚝섬로1나길 5,
              헤이그라운드 성수 시작점 202호
대표전화   (02) 461-0601
전자우편   marketing@safehouse.kr
홈페이지   safehouse.kr

ISBN 979-11-94891-09-3 (03810)
값 16,000원

이 도서는 2025년 문화체육관광부의 '중소출판사 도약부문제작지원' 사업의
지원을 받아 제작되었습니다.

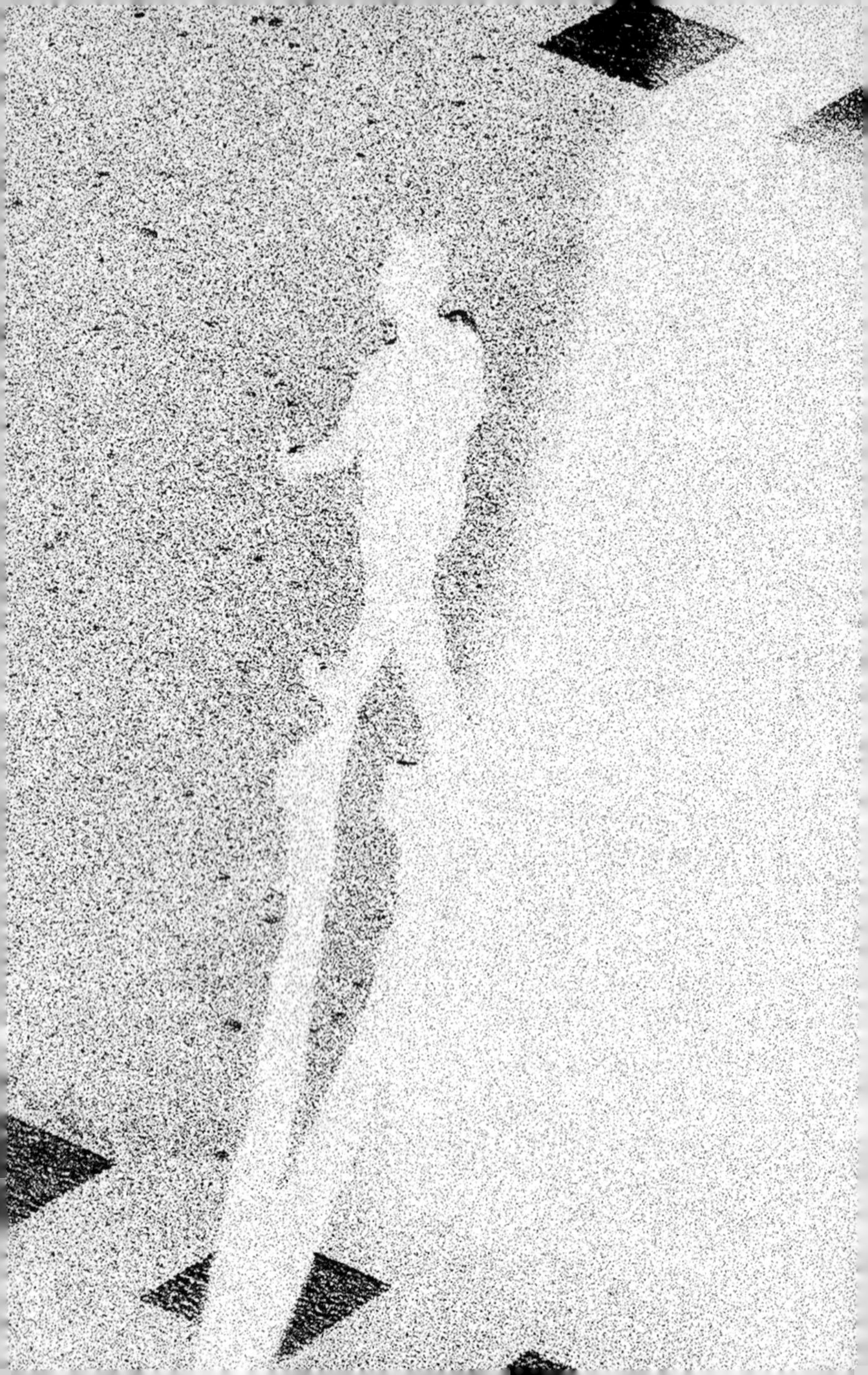